傭兵団の料理番

17

Youheidan no Ryouriban

も寝る」

Ko Kawai

川井 昂

illustration

四季童子

食事を始めるアユタ姫。
『ん～！　美味《うま》い！
これは美味いよ、シュリ！』

ミコトさんは口の中の料理を味わっている。
『美味い。美味いぞ、シュリ』

『男が叫び、その腕を掴《つか》んで抱き寄せ……』
コフルイさんが真顔で、アユタ姫が隠し持っていた愛読書を朗々と音読。

『よし…』。
ガングレイブは手紙を封筒に戻し、
丁寧に机の上に置く。
まず、やることは。

「リルさん、このままだと
僕の男が廃《すた》ります」

傭兵団の料理番

INTRODUCTION

歴史に残る戦いへ

リュウファの一人である『うち』が砦《とりで》に来て、シュリに食事を要求する。しかし

アユタがシュリの身の上話を聞きたがり、シュリは地球にいた頃のことを話すことに。

両親の話をするうちに突然、リュウファの隠れた人格『当方』こと

ガンリュウ・ヤナギが出現した。

そしてシュリは、ガンリュウによって恐ろしい真実を知ることになる。

大陸の外に存在する『敵』、自分の出生の秘密、家族の本当の正体、

人間がこの大陸に逃げてくる原因となった黒幕の存在。

同時に、国主ギィブの暗殺の知らせが届き、神殿の間諜《かんちょう》が暗躍するなど、

状況は目まぐるしく変わっていく。そんな中、アユタは

父親であるギィブの仇《かたき》を討つべく行動を開始する。

だがそのときダイダラ砦には、シュリ奪還を目指す

ガングレイブたち、ウーティン、ヒリュウ、

六天将《ろくてんしょう》の面々が集結しつつあった。

ついに歴史上最も短くも激しい戦闘

『ダイダラ砦電撃戦』の火蓋が切られようとしていた。

17

Youheidan no Ryouriban

傭兵団の料理番

17

川井 昂

ヒーロー文庫

傭兵団の料理番 17

Youheidan no
Ryouriban

illustration：四季童子

C O N T E N T S

イラスト／四季童子
装丁・本文デザイン／5GAS DESIGN STUDIO
校正／福島典子（東京出版サービスセンター）
ＤＴＰ／伊大知桂子（主婦の友社）

プロローグ～アユタ～

戦《いくさ》は体も心もとても昂《たか》ぶる。生き残るために、体に熱が籠《こ》もるように、だ。

アユタは現在、ダイダラ砦《とりで》の団長として自分たちを雇った人に会いに行く途中だ。その人がいるのは、いくつかの傭兵団《ようへいだん》をまとめたことで大規模になった本陣。

時間は日中。食事前。兵士たちが休憩している間に、軍議をしようとのことだった。

「さてさて……どんな顔をしているかな、あの人は」

「姫様、楽しそうですね」

傍《そば》にいるコフルイが聞いてくる。腰の剣に手を置きながら、にこやかな表情で。

アユタの様子を見て、ご機嫌で心が落ち着いているらしいと、安心してるんだろうな。

「そりゃそうだ」

アユタは笑みを浮かべながら言った。これから向かう本陣の方角へ視線を向けたままだ。

「聞きたいことがある。話したいこともとてもたくさんある。それに」

楽しいに決まってるし、ご機嫌になるに決まってるんだよ。だってさ。

「久しぶりに会うんだ。聞きたいことも話したいこともとてもたくさん」

テビス姫とアユタは友人だ。同じ『教室』の仲間でもある。

だから、テビス姫がいる大天幕へ向かう足取りだって、軽くなってしまうんだ。

護衛のコフルイとネギシが真剣な表情をしたまま、共に歩く。

「テビス姫は本当にシュリのことを知ってると思うか、コフルイ？」

「可能性は高いだろう。お前が疑問に思うのは無理もないがな。テビス姫は姫様の言うとおり、食に関して力を入れているお方だ。情報だってまずテビス姫に最初に伝えられるだろうさ」

コフルイとネギシがそんな話をしているが、アユタはそんなに心配をしてない。

二人とも不安そうというか、シュリのことを知らない可能性や、知ってる場合の根拠を話し合うのはもっともだけど。

テビス姫は、きっと知ってる。知っていて、力になってくれる。

だから、問題ない。根拠はないけど。

「ところで姫様」

コフルイが聞いてきた。

「最近、夜になると姫様の天幕から嬉《うれ》しそうな笑い声がよく聞こえる、との報告を受けています。どうしました？」

「もうすぐテビス姫に会えるんだ、無理もないだろう」

「……そうですか」

コフルイとネギシが疑わしそうな視線をアユタに向けているのがわかる。アユタは思わず顔を背けてしまった。ゴメン、嘘《うそ》。

「まぁ、その、聞くなよ、コフルイ」

「……そうであったな……ネギシの言うとおりだ……。すみませぬ、姫様」

「あ、いや、うん」

なんかネギシとコフルイが本当に申し訳なさそうな顔をしているが、アユタとしては戸惑いながら返答するだけだ。

なにを勘違いしてるのか知らないが、アユタとしては人生最良のものが手に入ったことを喜んでるだけだし。

シュリのことだ。

アユタの「幼馴染《おさななじ》み」とするに相応《ふさわ》しい男の子を見つけた喜びだ。

もう『子』ではないんだけど、ともかく幼馴染みといえば『男の子』呼びだ。これは譲れない。アユタの中で決して譲ることのできない一線だ。

とにかく、アユタは歓喜に満ちているのだ。長年手に入れることを望んでいた、異性の友人という存在を。理想とする幼馴染みというものが、今まさにアユタの手の中にある。

毎夜毎夜愛読書を読みふけりながら、シュリがアユタを助けるためにしてくれた行動を振り返りつつ、喜びと幸せに悶《もだ》える日々を送っているのだ。

ああ、人生最良の日々だ。とても良い。

アユタが喜びに身を震わせながら歩いていたら、とある天幕の前に着いた。

入り口の両脇には警備兵二人が立っており、天幕に入るのを阻止するように手に持っていた槍《やり》を交差させる形で、道を塞いでくる。

「こちらはテビス姫様の天幕である。誰だ」

「テビス姫様から呼ばれている、アユタだ。通してくれるか」

「あぁ……伺っております。どうぞ」

警備兵が槍を退《ど》かしてくれる。

アユタがコフルイとネギシを一瞥《いちべつ》すると、二人とも頷《うなず》いた。

ここからは一人で入る、という意思表示と了解の合図。さすがにアユタとて、テビス姫の天幕に護衛を伴おうとするほどアホではない。

アユタが警備兵の前に立って両腕を上げると、一人がアユタの体をポンポンと軽く叩《たた》きながら確認してくる。胸も、尻も、武器を隠せそうなところは全てだ。

コフルイとネギシは平気な顔をしてる。アユタとて当然、平気だ。砦《とりで》で傭兵団《ようへいだん》として活動しているような女性が、警備兵を相手に身体検査であれこれ文句を言うのは、かえって怪しまれるし関係を悪くする。

「問題ありません。中へどうぞ」

警備兵は元の位置に戻り、アユタに頭を下げて言った。

「わかった」

アユタは警備兵の隣を通り過ぎ、天幕の入り口に手を掛けた。

ちらり、とアユタの体を触った警備兵の方を見たが、男性特有の劣情や欲情を浮かべた様子は一切ない。

恐ろしいことだ、警備兵がこれほどまでに規律と理性を保ち、自分の職務に誇りを持って当たることができる。テビス姫が、自分の兵たちにどれほど忠誠を尽くされているのかがわかる。

男性の劣情なんてものは、そう簡単に抑えることはできない。特にここは戦場だ、明日には死んでる可能性だってある。女性の体に触れた際に、生存本能に突き動かされて反応したってアユタは何も言わない。仕方ないし。

だからといって襲ってきたら、さすがに抵抗はするけどな。

なのに警備兵にはそんな様子は微塵《みじん》もない。だからコフルイもネギシも平気な顔をしてたんだ。ニュービストの兵士は、変なことはしないって知ってるから。

「さて……」

アユタは天幕の入り口から中に入る。

天幕はとても大きく、十人以上入ってもまだ余裕があるほどに中は広い。

中央には大きな長方形の机がある。そして机の上には大きな地図と複数の駒、筆と紙が置かれている。

これで、さまざまな情報を整理したり、作戦を立てたりするんだろう。金のある国はこういう情報処理のための道具ですら充実しているので、見るたびに羨ましく思う。さすがのアユタとて、ここまで道具は充実させていない。

机の脇には十数個の丸椅子が規則正しく置かれている。この丸椅子は簡素な作りではなく、長時間座っても腰が痛くならないように綿を詰めた革張りのもの。

天幕の端には箱が置かれているが、中身はわからない。備品だろう。奥には小さな机と小さな椅子があり、これは木で作られた簡素なもの。おそらく、これはこの軍のまとめ役の人が、後で一人で考え事をするために置かれているんだな。

そして大きな机の上の地図を前にして、何かを考えている少女が一人。

それがテビス姫だ。

いつもの服ではなく、戦場で身に着ける鎧《よろい》姿だな。当たり前なのだが、テビス姫の小さな体で鎧を着てここにいるのは、どこか違和感がある。

まぁ……普通は大国の王様の一人娘で姫であるこんな小さな女の子が、鎧を着て戦場に来ること事態が異常なんだけどな。

「お久しぶりです、テビス姫様」

「お？　おお、アユタか。久しぶりであるのぉ。息災《そくさい》であったか？」

「ええ、それはもう」

幼馴染《おさななじ》みのおかげで、と口にしようとして、慌てて止める。途中で言い淀んだアユタを見て、テビス姫は少し眉を下げた。不思議に思ってんだろな。

さすがにアユタだってわかってる。幼馴染みを見つけて囲ってます、なんて、おかしい奴の言葉だ。言えるわけがない。

だが、テビス姫はこれ以上追求してくる様子はない。

「それで、テビス姫様。他の者たちは？」

「まだじゃな。アユタを先に呼んだわけだし。妾《わらわ》としても、先にアユタと話をしておきたかった」

テビス姫は天幕の中にあった椅子の一つに腰を下ろした。乱暴な座り方をしてるはずなのに、気品を損なわないのは正直凄《すご》いと思う。

「さて、アユタよ」

テビス姫は、懐から一冊の本を取り出した。

「久しぶりに語ろうか」

アユタもニヤリと笑い、同じように懐から本を取り出した。

「かしこまりっ」

そこらの椅子にアユタも座って、テビス姫と向き合う。

「さて……アユタよ、どうであろうか、最近の『先生』の本は」

「相変わらず、素晴らしいとしか」

テビス姫は手に持っている本を愛《いと》おしそうに撫《な》でた。

「であろうな。淫靡《いんび》にして美麗、素晴らしいものである……」

うっとりしたテビス姫の顔を見て、アユタも頷《うなず》いた。事実である。

アユタは愛読書の背表紙を指で撫で、呟《つぶや》いた。

「とても素晴らしい……次はアユタの好きな本の続きらしいので、楽しみです……」

「待てや」

ず、と場の空気が重くなった。顔を上げると、なぜかテビス姫の顔に険が浮かぶ。

「なぜだ。アユタよ、なぜ次の本についての情報をもっておる？　妾《わらわ》の情報網では、まだ新刊は出ていないはず、なぜ次の本のことを知っておるようなことを？」

「テビス姫様」

アユタもまた、真剣な顔をした。

「『副担任』に、出会ったのです」

「なんとな……!?」

「存在が怪しまれておりましたが……そいつは」

「待てっ！」

シュリのことを言おうとした瞬間、テビス姫はアユタに向かって手を伸ばした。

とてつもなく躊躇《ちゅうちょ》しているようであり、視線を逸《そ》らしたもののこちらをチラチラと見て、気になるようで口がヒクヒクとしている。

「ほ、本当に、『副担任』が……？」

「はい」

「……話は、聞いたか？　詳しい話を」

「はい」

「そ、れは……いや、やはりよい!!　わ、妾は一読者としての立場を、守りたい！」

な、なんと、なんと気高いお姿かっ！　アユタは感動のあまり、椅子から転げ落ちてしまった。美しいものを見たことで目から自然と涙が溢《あふ》れ、すぅっと流れる。

そうだ。我々『生徒』は、あくまでも読者の一人でしかない。『先生』の作品をこよなく愛する、読者の集まりにすぎないのだ！

なのに、なのにアユタは……その不文律を破り、次の作品の情報をミコトに聞いてしまうとは！

「テビス姫様。このアユタ、お恥ずかしい限りにございますっ。一読者としての立場を忘れ、なんと恥知らずであったことか」

「いや、やっぱり聞きたいわ。次はアユタが好きなものであるのだな？」

「間違いなくっ」

あーあーうるせぇ！　好きなものの情報はどんな手段を使っても手に入れ、現物はあらゆる伝手《つて》を駆使して取り寄せる。これが本当の好事家《こうずか》よぉ!!

テビス姫は吹っ切ってスッキリした顔で、アユタに聞いてくる。本は両膝の上に大切そうに置いている。

「ふむ……『副担任』は誰であったのだ？　『先生』とは誰じゃ？」

「それは」

シュリです、と言おうとしたところでアユタはやめた。外から人の気配がする。

数人のものだ。警備兵により武器を隠し持っていないかの検査を受けている、そんな声と音がしてきた。

「ここまで、であるな」

テビス姫はサッと本を懐にしまい、椅子から立ち上がった。ほぼ同じ拍子でアユタも立ち上がり、本を懐に隠す。

これで、もうここは『教室』ではない。ただの軍議のための天幕である。

我々『生徒』の掟《おきて》は氷の如く冷たく厳しく、その繋《つな》がりは血よりも濃く深く強い。

それこそ、我々なのである。テビス姫の啓蒙《けいもう》は素晴らしい。

「さて、アユタよ。期待しておる」

「はっ」

「存分に力を振るいて、勝利を」

テビス姫は短い言葉でアユタを鼓舞して、そのまままとめ役の立ち位置で堂々とする。

懐に官能小説を隠し持っている少女が、戦場では軍の総大将だ。

同じ『生徒』として、誇らしいっ。

そこから続々と傭兵団《ようへいだん》の団長たちや、ニュービスト軍の重要な職に就いている者たちが入ってきた。全員が一番にアユタを見る。

自分たちよりも先にここにいるアユタに、不信感や違和感を覚えてる奴がいるんだろうな、とアユタは予想した。

アユタがテビス姫の要請で戦《いくさ》に参加したときは、必ずアユタは一番にここにいたからな。

密談をしているのか、と疑われて別の傭兵団団長に絡まれたことがあるけど、そんな事実はないので、ハッキリと違うと答えている。密談ではない、『教室』だ。

最後の一人が天幕に入ってきた時点で、全員の顔を見やる。

テビス姫に近い六席に座るのが、ニュービストにおける将軍とそれに近い地位の者たちだろう。全員が鎧《よろい》を着込み、険しい表情だった。

かつてのユユビ……鉄鉱石を多く産出する隣国との戦《いくさ》を経てから、この将軍たちは帥《すい》としての技量を格段に上げている。自国が脅かされ、もはやこれまでというときに外の傭兵《ようへい》団《だん》に救われたことを恥と知り、努力を重ねた猛者《もさ》たちだ。

残りの六席が、アユタと同じく傭兵団の人間。雇われてニュービストに味方している。

無論、女性はアユタ一人。残りは無骨《ぶこつ》な男どもだ。嫌らしい目でアユタの胸や首、足を見ているが、無視する。そもそも、こいつらはそこまで大した傭兵団の奴じゃない。

この中でまともな武力を持っているのは、ニュービストの将軍麾下《きか》の兵士、それとアユタの部下だ。他の五つの傭兵団は、一応はそれぞれ百人近い人数はいるものの、練度が低くて大したことはない。

それでも、戦は数が重要となる。この五つの傭兵団、五百人近い兵士を運用できるのは大きい。無論、荒くれ者たちなので、いつ裏切るかわからないところはあるだろう。

アユタがテビス姫から秘密裏に頼まれている仕事に、こういった傭兵団たちが裏切らないように目を光らせる役割もある。テビス姫と個人的に友誼《ゆうぎ》を結んでいるが故にできる、裏取引だ。

裏切った傭兵団の情報を逐一集め、戦場で厄介なことをしないように『対策』をしておくのも、お仕事ってこと。その分、報酬はとても良い。

アユタが他の傭兵団、そしてニュービストの将軍や士官たちの様子を観察していると、テビス姫が声を上げた。

「ここに集った者たちよ！　よく聞け！」

少女が出しているとは思えないほど、透き通る大きな声。耳にキンキンと響くような不快なものではなく、頭の芯にしっかりと届くような清々《すがすが》しさがあった。

「周辺の領主どもが結託してニュービストに侵攻するとの情報を得て精査した結果、事実と判明した。また、向こうに使者を送ったところ命からがら帰ってくる事態となった」

他の者からの発言はない。みんな、静かにテビス姫の話に聞き入る。

「なんとも不遜《ふそん》な者どもよの。今まで我が国と通商を結びながら、裏では祖先からの土地を狙わんとしておる。許してなるものか」

テビス姫の大げさな身振り手振りによる演説。

「ここに妾《わらわ》は、改めて連合軍を叩《たた》き、ニュービストの平和を守るため、此度《こたび》の戦《いくさ》を開始すると宣言しよう！　皆の者、協力を頼む！」

「「「ははっ！」」」

最後に、アユタたち全員で返事した。頭《こうべ》を垂れ、使命感に燃える兵士を演じておく必要があった。

なんとも芝居がかった演説だと思うだろ？　でもこれも重要なんだよ。

頭を下げながらアユタが目をやると、ニュービストの士官たちはやる気十分の顔つき、傭兵団《ようへいだん》団長たちは演じるのにげんなりとしているようだ。マシな傭兵団らしい。今回は楽に勝てそうだな。

士気を上げることはとても重要だし、使命に対して連帯感を持つのも大事なことだ。

自分たちは侵略者に対して抵抗するよ！　みんな協力してね！　罪もない国民を守るためだから！　私たちの行いは正義だから敵を殺しても問題なし！　よろしくね！て感じ。なんというか、人が人を殺すときに抱く罪悪感は凄《すご》いからな、それを少しでも軽減する意味もあるし、そうやって戦える兵士を増やす意味もあるには、あるかも。ただ、アユタは別にそんな罪悪感とか、もうないからな。戦場で敵兵を殺す、初めての経験はもう乗り越えてっから。今更こんな芝居に付き合わされるのも疲れるというか。

「では軍議を始める。将軍、頼む」

「承知いたしました、姫様」

テビス姫の呼びかけに、テビス姫の一番近くの席に座っていた将軍の一人が立ち上がる。こいつが今回の総指揮官的立ち位置か。顔をよく覚えておこうと、アユタは将軍の顔を注視する。顔を覚えておけば、いざという時に役に立つ。コフルイの教えだ。

　将軍は机の上の棒を手にすると、地図上に置かれた駒を配置につかせて仮想戦場盤を作り、説明を始めた。

「まず、我々の位置はここ。そして敵の位置はおおよそここだ。おおよそ、というのは一番早くに受け取った情報によるからだ。どうも移動する気配があるらしく、それがこう動く様子を見せていて……」

　将軍たちも、アユタを含めた傭兵団団長たちも、将軍が動かす駒の動きを目で追った。淡々と、事実や上がってきた報告と内容を説明してくれる。実に理解しやすい、いつもこうなら助かる。ぼんくらな雇い主だと希望的観測や根拠のない予想を話し出すから。

　話の中の重要な部分だけ抜き出して理解するってのは、面倒くさいんだ。

「以上だ。ここまでで質問は？」

「では、アユタから」

　アユタは手を上げて将軍に質問する。

「よし、なんだ」

　将軍はアユタが質問することを了承してくれた。

「二つある。一つは敵についてだ。なぜ動き出したのか、内部で何かあったのか、前兆はあったのか、それとも不明か。二つ目は、敵に協力する謎の勢力はあるか？　アユタたちは敵の謎の勢力に襲撃された。退けはしたが、敵の正体がわからないことには、動くのは危険過ぎる」

「一つ目の質問に関してだが、不明だ。ただ、内部で何かあった様子はないとの報告は受けている。二つ目の謎の勢力についても、これも不明と言わせてもらおう。以上だ」

ありがたい。将軍はきちんと答えてくれた。アユタはちらりとテビス姫側、それと傭兵《ようへい》団《だん》側に視線を巡らせる。視線の動きを気取《けど》られないように、最小限にだ。

傭兵団が、雇い主のニュービストに戦況について質問をして、返答をもらう。これが重要なんだ。

当たり前の話を繰り返すようだけど、傭兵団ってのは基本的に勝ち馬に乗りたいもんだ。負け戦《いくさ》で使い潰されるなんてゴメンだから。

とはいえ傭兵団の連中だって、空気と水だけあれば生きていけるなんて存在ではない以上、飯は食べる。飯にありつくためには金がいる。傭兵団稼業には他にも多くの金が必要なんだ。

だからこそ、この戦はどういうものなのかという質問はしたい。具体的にどうなっているのか、どういう流れなのかと、聞きたいことは山ほどある。

当然だよね、情報はとても大事なんだから。

だけど、雇い主の中には嘘《うそ》の情報を流してきて死地に追いやる奴もいるし、そもそも何も言わずにさっさと敵を殺して来いなんていうとんでもねえバカもいた。

アユタたちはそんな不誠実な奴のために、金をもらえるからといって戦争に参加するのはゴメンだ。金はもらえども、死んでは意味がない。

むしろ不誠実な奴なんだから、金を払ってもらえない可能性だってある。こんな依頼を受けることを避けられないことはあるにはあるけど、事前情報として『そういう奴』ということは知っておきたいんだよ。

前述の理由から、アユタは基本的に、こういう場面では一番に質問をする。

一番に質問をするのが傭兵団の、女であるアユタという状態で。

雇い主がどういう判断でどういう言動をするのかを見る、最高の材料になるからな。んで、とんでもねぇ言動をした場合は見限る。それと、他のマシな傭兵団団長たちにヤバさを見せておくのも、後で有利に働くだろうさ。

ニュービストはこの点をよく理解していて、アユタの質問に答えてくれている。わからないことはわからない、と正直に答える点も含めてな。

意地っ張りで見栄っ張りな雇い主だと、さっき言った通りわからないのに嘘を言う可能性もあるからな。わからないなら、わからないと言ってくれた方がいい。その方が助かる。

「俺からも質問がある。いいか？」

「なんだろうか？」

「戦場はどこになると読んでいる？　ここら辺は山の周りは基本平地、しかし南側には湿地帯がある。足を取られて体力が削られるのはゴメンだ」

「それは同感だ。かといって東側の平地で軍を展開する、という真正直な手段が通じる相手とは思えないのが我々の結論だ。だから、山の中……山岳戦と森林戦、というか遭遇戦が主体となる戦場だと思ってほしい」

「騎馬隊は無理か……」

そこから続々と、他の傭兵団《ようへいだん》の団長たちからも質問が出て、ニュービストの将軍たちがそれぞれ丁寧に答えている。先ほどの芝居とは打って変わって、これで傭兵団連中とニュービストとの間に連帯感が生まれた。

一人が質問して、それに答えてくれる様子を見れば、他の奴だって質問をする気になるんだよ。最初の一人こそが重要だ。

さらに、質問して、答えて、戦《いくさ》に対する意識と理解を共有すれば、本当の連帯感が生まれる。共感こそが大事。これで傭兵団連中が裏切る可能性はガクンと減る。

ふとテビス姫の方を見ると、侃々諤々《かんかんがくがく》と戦場の情報を共有する傭兵団連中とニュービストの将軍たちの様子に、満足そうに微笑《ほほえ》んでいた。膝の上で手を組み、おとなしく黙って座っている。

頼もしくなった部下たちに満足してるのかもしれないとアユタは結論付けてみた。

「では、以上である。姫様」

「うむ」

会議が一段落し、将軍の一言でテビス姫が頷《うなず》く。真剣な話し合いの結果、相当な時間が経《た》っていた。天幕の外の光の様子が変わっているようだ。

他のみんなを見れば、少し疲弊している。将軍たちは慣れてる様子でできるだけ疲れた様子を見せないように努力をしてるが、傭兵団連中は明らかに疲れてんな。

こいつら、国のまともな正規軍と話し合いなんてしたことないかもな。こういった軍議では、見栄を張らないとダメだぞ、疲れてる様子は見せちゃダメだ、舐《な》められる。

アユタが心の中で注意をしていると、テビス姫が全員の顔を見てから口を開いた。

「皆のもの、ご苦労である。此度《こたび》の軍議で行動方針が決まった。後に食事をそれぞれの団に運ばせよう。大したものではないが、腹を満たして明日からの行動に備えてくれ」

「ありがたい、遠慮なくいただきます」

テビス姫の申し出に、アユタは頭を下げて礼を言っておく。すると他の団長たちもアユタと一緒に頭を下げていた。

アユタたちの様子を見て、アユタたちへ向ける将軍たちの視線が柔らかくなるのを感じたね。

これこれ、こういうのを望んでた。テビス姫の顔を視線だけで窺《うかが》うと、アユタの視線に気づいて意味深に小さく頷《うなず》く。

テビス姫はアユタの動きについて、傭兵団《ようへいだん》とニュービスト軍が連携を取れるようによくやってくれた、と認めてくれたようだ。これでアユタが死ぬ可能性も減ったし、ニュービストが勝つ可能性も上がっただろ。

「姫様、食事を運ばせるというのは」

「兵糧《ひょうろう》は十分にある。それも計算しておる。心配はない」

テビス姫は苦笑しながら言った。

「とはいえ、戦場であるからな。そこまで期待してもらっても困るがな」

「ニュービストの食いもんは旨いから、問題ありませんよ」

「はは！　それは嬉《うれ》しいことを言ってくれるな」

アユタの軽口にテビス姫は笑いながら答えた。ここまでかな、おとなしくしておくか。

「まぁ、シュリがおらぬので困っておるのだが」

――テビス姫の言葉が出るまでは。

「はっ⁉」

アユタの口からマヌケな声が出てしまった。将軍たちはさっきの軽口も含めてムッとしていたが、アユタの様子にさらに不機嫌な表情を見せる。

傭兵団の団長連中もアユタの変化に、疑問を抱いている様子。

天幕の中で、奇妙な緊張感が生まれてしまっている。アユタは今、かなり呆《ほう》けた顔をしてることだろう。覇気《はき》もなく、さきほどまでの真剣な様子もないだろう。

テビス姫はシュリのことを知っているとは思ってたけど……でも、仕方ないんだ。

「ふむ？　アユタはシュリのことを知っておるのか？」

テビス姫の口から、シュリの名前がこんなにハッキリ出るとは思ってなかったんだよ。

テビス姫は不思議そうな様子で、目を細めてアユタの様子を観察し始める。

「あ、いえ、知りません」

アユタは青ざめた顔を背けて必死に否定する。不自然すぎてテビス姫には一発でバレるだろうが、アユタは構わなかった。嘘《うそ》だとバレていても、知らないと言い張らないといけない。

だって、そうだろ。そうじゃないと、きっと。きっと。

「そうか。顔色が悪いぞ、きちんと休め。シュリがおれば、妾《わらわ》も満足できる料理をみなに饗《きょう》して、疲れを取ってもらうことができるのであろうが」

テビス姫は今までに見せたことのない、年相応の少女のような笑みを浮かべていた。

やめろ、言うな。それ以上、言うな。アユタの前で、

「出会ってから長い時が流れたのぉ。初めて妾の国に来て、麻婆豆腐《マーボーどうふ》を作り、妾の舌を満足させおったからな」

「姫様はそこから、シュリにご執心でありますからな。各地でシュリの情報を集めつつ、

とうとうスーニティにいると聞いて押しかけてしまわれた。ハハハ」

「笑うでないわっ。仕方なかろう、あれだけ美味《うま》い料理を作れるのじゃから。スーニティにいる間も、シュリはなかなかの騒動を起こすので退屈せなんだ。料理勝負をしてみたり、結婚式のために駆けずり回ったりと、愉快であったわ」

ハハハ、と笑うニュービスト陣営を見ながら、アユタは目眩《めまい》がするようだった。いや、血が引いて顔は青ざめ、目の前がグラグラと揺れている。

思わず机に左手を突き、右手で顔を覆って隠すほどに動揺していた。アユタにとって、許しがたい光景が目の前に広がっているのだから。

「お、い。大丈夫、か？」

よその傭兵団《ようへいだん》の団長がアユタを心配そうに見てくるが無視する。反応する余裕がない。心が軋《きし》む、捻《ねじ》れそうになる。本当に心臓が痛い。頭も痛い。息も荒くなる。頭は熱いのに体が冷たい。

わかってる。わかってるぞ、この感覚。アユタは知ってる。

「……これは、殺されかけるときの、絶望的な気持ちのやつ……」

アユタの口の端から、空気が漏れるような呟《つぶや》きが出た。

アユタの知らない、アユタが出会う前のシュリの様子。アユタにとってシュリは理想の幼馴染《おさななじ》みなのに、その過去を、他の奴の方がたくさん知っていることが許しがたい。

アユタが知らないシュリの過去を知る奴が、存在することが許せない。

いや、まだだ。アユタは少し落ち着く。

シュリが『流離《さすら》い人《びと》』であることをアユタは知ってる。テビスはきっと知らない。ちらり、とテビスの様子を窺《うかが》う。

まだ楽しそうに、シュリとの出会いから今までのことを語ってる。やめろ、その口を閉じろ、それ以上お前がシュリを、アユタの知らないシュリを語るな。

「おっと、すまぬな。こちらだけで話が盛り上がってしもうた。ここらで解散としよう。ご苦労であった」

テビスは手を叩《たた》き、他の者たちに退出を促す。将軍たちはやれやれと笑いながら椅子から立って退出していく。無論、邪魔にならないように椅子を机の下に置く。

傭兵団の団長たちも、将軍たちの後に続いて慌てて外に出て行くが、椅子はそのままで、机の下に戻すようなことはしない。

アユタは椅子に座ったまま、動けなかった。大丈夫、大丈夫だ。アユタの方が、シュリのことを知ってる。あいつはアユタの幼馴染みになるんだ、当然のことだ。

「大丈夫であるか？　アユタ？」

気づくとテビスがアユタの横に来ていた。心配そうな顔でアユタの顔を覗《のぞ》き込み、肩に手を置いている。

今はテビスの手が気持ち悪くて、いや、殺意が湧いて仕方がない。

「い、いえ、なんでもない、です」

アユタは慌てて笑顔で取り繕うが、絶対にバレてる。アユタは必死に隠してる、と。

だからなのだろうな。テビスは笑顔でアユタに聞いてくる。

「アユタ、お主《ぬし》はシュリを知っておるな？　あからさますぎるぞ」

多分、テビスにとってはいつも通りの友情からくる、からかいの笑みにすぎない。

でもアユタにとっては、アユタからシュリを奪おうとする醜悪な笑顔に見えてしまっていた。そんな目で見たくないのに、だ。

「い、いえ。知らない、です」

「どこで会った？」

「知りません」

「いつ頃のこと？」

「知りません」

「どこで知った？」

「知りません」

ひたすら同じ言葉を繰り返す。もう、アユタの頭の中では上手い言い訳なんて一つも思いつかなかった。否定して、黙秘するしかない。

言いたくないし、言わない。絶対に言いたくなかった。

もう、アユタにとってテビスは、もう。

「まぁ、よい。今は言えぬ理由があるのだろう。しかしな、アユタ」

テビスはアユタに耳打ちをした。

「今はわからぬでもよい。覚えておけ。シュリは流離《さすら》い人《びと》と呼ばれ、『神殿』に追われている者だ。お主にもいずれ、シュリのことで協力してもらわねばならぬことがある。外の者でも信頼できるからこそ、話した。そのときは頼むぞ」

「失礼しますっ」

アユタは椅子から立ち上がり、さっさと天幕から出た。

「姫様？」

「姫様っ」

天幕の外は良い天気だった。すっかり昼を過ぎているのだろう、ニュービストの兵士たちが食事を取っている。美味《おい》しそうに、食事を。

天幕の傍《そば》で仲間と火を囲み、談笑しながら食事をする。戦《いくさ》の前線にある野営地とは思えないほどの平穏さだ。

そして、アユタの目の先には、驚いているコフルイとネギシがいた。アユタの様子が尋常ではないことが見てわかったんだろうな。

でも、話す余裕はない。何も言えない、アユタの中にある焦燥感が、アユタを駆り立てる。前へ、前へ、アユタが会いたい人の元へと。

そうして他の傭兵団《ようへいだん》の陣地を抜け、アユタの軍団の陣地まで戻ってくる。他の部下たちが、アユタを不思議そうな目で見ていた。その中の一人が食事を途中で止めて立ち上がる。

器と匙《さじ》を持ったままアユタに話しかけてきた。

「姫様、ちょっといいですか」

「なんだっ？」

アユタは心が荒れたままなので、返事も乱暴なものになってしまう。部下は驚いていたが、すぐに言ってくれた。

「その……ミコト様が、秘密裏に会いたい、と」

「なに？」

ミコトが戻ってきている？　ここに？　この陣地に？

アユタの心はスッと落ちついたものとなる。頭が冷静に回るようになった。

この陣地にいることを、どうしてミコトが知ってる？　アユタはミコトに、この戦《いくさ》に参加することは言っていないはずだ。ミコトが知ることはできないはず。

今はミコトはニュービストにいるはずだ。シュリの正体をテビスが知ってるかどうかを調べるため、潜り込んでいるのだから。なのにここに来ている。どこで知った？

ニュービストが戦をすることとなっても、アユタが救援要請を受けるなんてどうやって知ることができるっていうんだ？

ミコトがここにいる理由。

「わかった。お前たちは食事をしていろ。ネギシとコフルイが来たら、待ち人に会いに行った、とでも言っておけ」

「わかりました」

部下の返答を話半分に聞き、示された方へ向かう。さりげなく部下が指先で、陣地から離れた木を示していたからだ。あそこにいるんだろう。

陣地のあちこちに部下たちの顔が見える。みんな、これからの戦に対する気負いはない。食事をして、これからの戦のことを考え、気持ちを落ち着けている。

親しい者同士で集まり談笑をしているのだが、アユタの顔を見た者は共通して、ギョッとしたものに変わるんだな。

仕方ないんだ。仕方ないんだよ、この顔は！

アユタが示された木の裏へ向かうと、そこにミコトが立っていた。ちょうど陣からは見えない、陰の位置にだ。

目を閉じ、木に大薙刀《おおなぎなた》を立てかけていたミコトだったが、アユタの接近に気づくとゆっくりと目を開いた。

「お待ちしておりました、姫様」

「さっさと要件を言え、ミコト。悪いが今のアユタは虫の居所が悪い」

不機嫌さを隠すことなくアユタはミコトに伝える。腰に手を当て、そっぽを向いてしまっているアユタだったが、これ以上不機嫌な顔を見せたくない気持ちもあるんだよ。

ミコトはそんなアユタを目だけで観察してから、溜め息をつく。

木に立てかけていた大薙刀《おおなぎなた》を手に取って、背筋を正してアユタと対面した。

「わかりました。ではお伝えします」

「結果は？」

「知り合いでした」

すでにわかってはいたものの、瞬時にアユタは取《と》り繕《つくろ》う。でも、表情と体の動きが止まった。なのに胸の鼓動だけが高い。

どくん、どくん、と。わかっていたのに。いつもよりもずっと速い。

「……確か、だな？」

「はい」

「証拠は？」

「テビス姫はシュリに、王家の印を刻んだ包丁を渡しております。かなり懇意にしておるのでしょう」

どくん、とさらに大きく心臓が鼓動する。アユタの表情から感情が完全に消え失せた。

アユタは大きく深呼吸をして、腰に当てていた手を下ろす。それからミコトの顔をしっかりと見ることにした。

嘘《うそ》を言ってる顔じゃない。冗談を言うような奴じゃない。なら、本当か。

本当にテビス姫とシュリは、

「昔から知っている、懇意な間柄だったようです」

アユタ以上に、アユタなんかとは比べものにならないほどに、昔からの、知り合いの。

幼馴染《おさななじ》みといえる以上の、そんな付き合いが。

破綻《はたん》。

「そうか」

破綻した。

「わかった。詳しい内容は？」

「書面にまとめております」

「よし。あとでコフルイに渡せ。伝えておく」

「了解しました。私はこのまま、隠れて待機しております。渡してから、ここを去りましょう」

「そうしろ。アユタとミコトの関係を知れば、テビス姫のことだ。アユタの正体にだって気づくだろう。今はまだ、グランエンドの姫であるとは知られたくはない」

「かしこまりました、仰せのままに。その前に、姫様」

「なんだ」

「鼻血、拭《ぬぐ》った方がよろしいかと」

はたと気づいて、アユタは自分の鼻を指で擦《こす》った。そこには、赤い血がべっとりと。どうやら鼻血の勢いが強いらしい。ボタボタと流れてるようだ。乾いた地面に落ちて、赤い斑点を作る。そのまま地面に吸収されていた。

鼻から唇、顎を伝って落ちる鼻血を見て、アユタは理解する。

アユタの理想は、完全に、夢は、あっけなく、破綻《はたん》したんだと。

理解することを、体が拒んでる。

アユタの様子を見たミコトが、アユタの鼻に布を当ててくれた。懐から出した清潔な布だ。ニュービストへの潜入中に手に入れ、いざというときのために取っといてくれたものだろうな。

ミコトを見ると、心配そうな目をしていた。

「姫様。なにかございましたか?」

「な、んでもない」

「……話してはもらえない、と？」

こいつは本当にアユタのことを心配してくれてるからこそ、そんな目になるんだろう。いつも通りのミコトだ、当たり前の行動だってアユタにはわかる。ミコトはそうする、そうするのがミコトなんだと、頭では理解してる。

でも、今は鬱陶《うっとう》しくてたまらない。

「今は、何も言いたくない」

「そうですか」

スッと、拍子抜けするほど軽くミコトは引く。アユタの鼻に当てた布はそのままだ。アユタがその布を手にすると、ミコトの手が離れる。大薙刀《おおなぎなた》を片手に持ち替えてから、頭を下げた。

「今はあなたにどれだけ強く聞いても、答えてはもらえぬでしょう。いつか聞かせてくれ」

「わかった」

踵《きびす》を返して、アユタは足早にここから去ろうとする。

不意に、右手を後ろから掴《つか》まれそうな感覚があったが、すぐに消えた。ミコトがアユタを引き止めようと手を伸ばし、途中で止めたのかも。今はそれがありがたい。

再びアユタは自分たちの陣に戻る。

「どこだ」

誰にも聞こえないほどの声で呟《つぶや》いていた。

「どこにいる？」

ブツブツと独り言を漏らしながら早歩きで進む。途中ですれ違ったり、アユタの姿を見た部下たちの反応はさまざまだ。

恐れをなして道を譲るか、もしくは話しかけられずに見送るか。でも今はどうでもいい。

早く、早く、会いたい。

「いた」

陣に築いた仮設調理場。その外れで一人で食器を洗う青年の姿がある。

たらいに入れた食器を相手に、蹲踞《そんきょ》の姿勢で瓶《びん》の中の水を柄杓《ひしゃく》で掬《すく》って慎重に使いながら、ちゃんと綺麗《きれい》にしてくれていた。

シュリに、会いたかった。

皿洗いに集中し、周りの様子に気を散らされることはない。自分の仕事に真面目に取り組む姿。アユタの接近にも気づかないほどの集中力。

後ろから覗《のぞ》き見えた顔には、疲労も苦労も窺《うかが》えず、ただの皿洗いすら楽しそうに笑顔で仕事をこなす。時々、鼻歌すら聞こえてきた。

「あぁ」

思わずその姿に息が漏れた。アユタの好きな本の、幼馴染《おさななじ》みが好きなことに向かう姿そのものが、目の前にある。理想が、目の前に。手が届く距離に、手で触れられる場所に。

もう少しで、シュリのうなじに指が触れる。

「ん？　あれ？　アユタ姫様？」

その寸前で、シュリはアユタの姿に気づいて振り返った。瞬時にアユタは手を引っ込めて、いつもの顔に戻る。いつもの顔って、どんなだっけ？　と混乱しながら。

「戻られていましたか、軍議は終わりましたので？」

「ああ。アユタの仕事はいったん終わりだ」

嘘《うそ》ではない。アユタは胸を張って、腰に手を当てて答える。堂々とする。

堂々と仕事をしたんだぞと主張する。

「なるほど、そうですか。お疲れさまです、大変でしたね」

シュリは笑みを浮かべながら、手に持っていた食器をたらいに移して立ち上がる。

「お腹《なか》、空《す》きました？　よけれっ⁉」

たまらなかった。もう、アユタは我慢しない。どうせ、シュリの方には誰も視線も意識も向けていない、それはわかってた。わかってたから。

アユタはシュリの腰に手を回し、しっかりと抱きしめた。

胸に顔を沈《うず》めて、表情を隠す。

きっと、アユタの顔は真っ赤だっただろう。耳まで真っ赤、首まで真っ赤。

心配する言葉も、仕草も、態度も、何もかもあの本のまま。でも、アユタにとって関係なくなりつつある。本のことは、別のこととなりつつあるのがわかる。

理想通りの姿で、理想通りの侠気《きょうき》を見せ、理想通りの接し方をしてくれて、それでいて。

「いや、今は、ただ、こうさせて」

シュリらしい朴訥《ぼくとつ》な雰囲気を、好きになっていた。愛していた。

愛して、愛したい。心から好きになって愛していて、どうしようもなくなった。

シュリの背中に回した手と腕に力が籠《こ》もる。

そうしないと、ここからシュリがいなくなってしまうような予感があったんだ。

「そ、そうですか」

戸惑った声がシュリから出た。アユタはそれを聞き、ちょっと冷静になって恥ずかしく思う。こんな生娘《きむすめ》みたいな、恋に恋する少女みたいな直情的な行動をした手前、いきなり離れたらおかしいかな？

「ところで、僕は何も知らないままここに来たので、どこに雇われて、どこの人たちと軍議をしたのか知らないんですが。そろそろ教えてもらっていいですか？」

「ん？　ああ、それ」は、と口にしようとして、直前で止まる。

テビスはシュリのことを知っていた。シュリはテビスから包丁を賜《たまわ》るほど懇意にしている。

　互いに互いを知っている。ここで、もし、もしも。

「……を、知ってどうする？」

　慌てて言い直す。アユタの心臓はバクバクと鼓動する。不安と、恐怖からだ。

「いえ、知りたいと思ったので。ちらっと見えたあっちの装備が、僕が知ってる国の……ニュービストの装備だったかな？　と思ったので」

　バクン、と大きく心臓が鳴った。

「……シュリは」

「はい？」

「シュリは、テビス、姫を知ってるのか？」

「ええ」

　ふと視線を上に向けてシュリの顔を見た。

　シュリは、アユタを見ていなかった。テビスの本陣がある方向を見てる。

「昔、ちょっとしたきっかけで知り合いまして」

　シュリが懐かしそうに語ろうとしている。

　やめろ、と叫びたかった。自分で聞いておきながら、自分が最も聞きたくない言葉が出ようとしている。

アユタの背中に汗が流れる。緊張による冷や汗だ。

「ガングレイブさんたちといた頃、ニュービストで仕事をしたことがありまして」

楽しそうに語り始めたシュリの言葉が聞こえる。顔は見えない。見たくない。

「あの頃、初めて会ったときに麻婆豆腐《マーボーどうふ》を献上しました。それから縁がありましてね」

アユタに作った麻婆豆腐は、実は以前、ほかの誰かに作ったことがある。

「いろいろとやらかしてくれたものですよ、テビス姫様は。はは、困ったもんですよ」

アユタの知らないシュリは、実は以前にも別の誰かとの思い出の中に。

「ニュービストを離れてからも、何かと追いかけられました。権力って怖いなぁって」

アユタにわからない話題が、実は以前の別の誰かと共有できるもので。

「まぁ、なんですか」

決定的な、言葉。

「昔からの腐《くさ》れ縁《えん》とかですよっ⁉」

アユタはシュリのシャツの中に腕を差し込み、背中の地肌に爪を立てる。

続けてシュリの左の首元に、アユタは噛《か》みついた。

「いた、いたい！　アユタ姫様、何を⁉」

「動くな」

シュリが痛みに慌てる声が聞こえる。アユタを引き離そうとしつつも、女性だからと力を込めるのを躊躇《ちゅうちょ》しているのがわかった。それでいい。なら、引き離されないようにとアユタは力を込めて抱きしめて爪を立て、さらに噛みつくだけだ。

「動くな、声を出すな、そのままにしてろ、さもないと、殺す」

小さく、小さく、他の誰にも聞こえないように出した脅し。シュリの体が強張《こわば》った。本気だと察して、体を強張らせて耐えようとしているらしい。

そのままアユタは背中に立てた爪をさらにシュリの肌に食い込ませ、首元に噛みついた顎に力を込めていく。

シュリが必死に声を出さないように堪《こら》えて数秒。アユタは手を広げつつシュリから離れて様子を見る。

痛みと驚きで力が抜けたシュリは、その場に尻餅《しりもち》をつくように座り込む。首に左手を当て、背中の辺りを強張らせて痛みを克服しようとする。その顔は何が起きたか理解できない、という呆《ほう》けた顔。右手を地面に突いて体を支えるが、震えていた。

ああ、それだ。その顔だ。

アユタは満足したけど、シュリがアユタを見上げた顔には、怯《おび》えと恐怖があった。理解できないものを見るような顔と目。体が震えているが、事態を理解しようと努めている。

そうだ。その顔だ。それでいい。

その顔は、アユタしか知らない。アユタとシュリだけが知っている、これから『昔の話』となる『思い出』だ。

幼馴染《おさななじ》み同士しか知らない、秘密の話題で秘密の思い出で秘密の、秘密の。

「シュリ」

びく、とシュリの体が震えた。

アユタは膝立ちとなってシュリの左手を握る。ゆっくりと首から引き離す。シュリの手には力が籠《こ》もっていなかった。抵抗しないってことだ。

首には、ハッキリとアユタが付けた歯形が残っている。さらには血が薄く出ている。近づいて背中側を見る。服を剥《は》いで地肌を見れば、爪の跡が刻まれて血が滲《にじ》んでいた。

ああ、これだ。これで、いい。これがいいんだ。

アユタは恍惚《こうこつ》とする。気持ちが良い。アユタしか知らない、シュリとの何かができた。

「シュリ」

「は、はい」

怯《おび》えた表情を見せたシュリに、アユタは優しく、ニッコリと笑った。

「大丈夫。これからはアユタが守るから」

ふわりと優しく、シュリの首に手を回して抱きしめる。今度はアユタの胸に、シュリの

顔を埋《うず》めさせる形だ。恥ずかしいけど、散々自分もシュリの胸に頭を埋めてたから今更だ。


「大丈夫、大丈夫。テビス姫に、大変な目に遭わされたんだね」

「え、ええ、まぁ、いろいろと。でも」

「酷《ひど》い目に、遭わされたんだね」

アユタは重ねて聞いた。シュリの体がビクリと跳ねる。

「あ、はい」

うん、うん。そうだろうそうだろう。アユタはシュリの頭をポンポンと優しく撫《な》でた。

「これからは、アユタがいるから大丈夫。なんせアユタたちは幼馴染《おさななじ》み、変な奴から守らないとね」

「は？」

「やっと再会したんだからもっと頼って。テビス姫からも、グランエンドのクソどもからも、襲いかかってくる神殿からも、知り合い面《づら》してやってくるガングレイブたちからも」

口の端を上げて、アユタは笑みを深くした。

「アユタが守るからね。これがシュリのためなんだ」

きっと、今のシュリは嬉《うれ》しそうにしてるんだろうなぁ。

アユタの心は、とても満たされてる。

「シュリのために、してるからね。シュリのために、いくらでもしてあげよう」

満たされて、もっと欲しくなって、シュリのために頑張ろうと思った。

「シュリのためだから」

がちゃ。

アユタの中にあった何かが今。

少しだけ軋《きし》んで狂う音がした。

致命的に壊れた音がしたんだ。

軍議を行った天幕の中、妾《わらわ》は一人、椅子に座っている。

他の誰もこの場には残っておらん。天幕の外には護衛がいるのが、うっすらと影だけが透けているのでわかる。一応、外には誰かがおる。いきなり暗殺者などに襲われることはあるまい。

椅子に座ったまま、妾は腕を組んで顎に手を添えて思考に耽《ふけ》る。

先ほどのアユタの様子を見て、妾は確信する。ただの勘というか、軍議の途中でシュリの名前を出した瞬間にアユタの様子がおかしくなってしまったのを見てしもうたから。

そして、最後。

『神殿』と『流離《さすら》い人《びと》』のことを言うと、アユタはさらに目に見えておかしくなった。

「……アユタはシュリを知っておる」

だが、繋《つな》がりがわからない。情報が足りない。

アユタの元にシュリがおるのか。だが、シュリはグランエンドのリュウファに誘拐されたと、ガングレイブからの手紙で知っておった。だからこそ、ウーティンをグランエンドに派遣して情報を収集させておる。

あのリュウファから、どのように流れてアユタの元にいるのか。

全くわからん。

ありえんことじゃが、クウガですら勝てなかったリュウファの元から、シュリがリュウファの目を盗んで逃げ出したというのか？

無理じゃろ、どう考えても。

あとは、誰か協力者がいてシュリを逃がしたとか？

不可能じゃ。リュウファに勝てるような奴、妾が知らんはずがない。

「ダメじゃな。情報が足りなすぎるわ」

妾は溜め息をついた。どうするべきか、どう確かめるべきか。全くアテがない。

「こんなときに、ウーティンが帰ってきてくれればの」

「お呼び、です、か」

「うぉ」

独り言に誰かが反応したことで、妾は肩が跳ねるほどに驚いた。

まさか侵入者かっ。思わず身構えてしまった。

すぐに気づいて呆《あき》れてしもうたが。

「ウーティン。脅かすでない」

「申し訳、ありま、せん」

天幕の入り口から、ウーティンが入ってくる。久しぶりに見た顔なのじゃが、疲れた様子はない。服装はいつも通りのメイド服であるな。

しかし、メイド服がやたらと新しく見えるのじゃが気のせいか。まるで新しく仕立て直したかのようであるが。

「帰ったか。無事であったのか」

「……正直、危な、かった、です」

「ほう。ウーティンがそこまで言うか」

ウーティンがこういうときに言う『危なかった』は、本当に危険であったということじゃ。こやつは見栄など張らんからな、そこら辺で危険度を測りやすくて助かるわ。

さらにウーティンの眉が、僅かに歪《ゆが》んでいたのを妾《わらわ》は見逃さなかった。口元に手を当て、少し緊張したまま息を吐く。どれだけの危険さがあったのか、背中が震えるわ。

「で、どうであった」

妾の問いに、ウーティンはいつもの無表情に戻ってから答える。

「まず……アユタ、はグランエンドの、姫でし、た」

「なるほど、そうであったか」

全てに合点《がてん》がいった。必要な情報の一つが頭に入ってきた瞬間、妾の中で疑問となっていた全ての事柄がピタリと繋《つな》がり、事情が見えてくる。

グランエンドの姫であるからこそ、最初から資金や兵士となる者たちを持っていた。どうやってあの砦《とりで》を築き、あんなに人を集めることができていたのかが不思議であった。

調べてみてもどこからかやってきた、としかわからんかったからな。

肝心の、どこから？　なんでそこに？　といったものは何一つわからなんだ。だが、その理由がようやくわかった。

「あやつ、グランエンドの姫であった、のか」

少し、落ち込みながら呟《つぶや》く妾。

いかんな、最近は感傷に浸ることが多くなってしもうたわ。シュリが行方不明となって会えなくなってしまい、ガングレイブたちは荒れてしもうた。

あのガングレイブの手紙を受け取ったとき、いの一番にウーティンたちを差し向けておれば救出が可能であっただろうか。リュウファに勝てないまでも、リルたちと協力をすればシュリをこの手に……。

そのことによる後悔と、数少ない趣味仲間であるアユタがシュリを誘拐した国の姫であったことによる残念な思い。

妾は視線を落とし、顔から感情を消した。

「ウーティン」

「はい」

「シュリは、どこにおる？　確かリュウファはシュリをグランエンドに連れて行ったはずじゃ、その後のことについては？」

「アユタの元、に、います」

妾《わらわ》の両目が大きく見開かれる。膝の上に置いていた両の手を強く握る。怒りじゃ。こんな近くにシュリがおるかもしれんのに、妾が見逃していたということによる怒り。どうしようもなくシュリを見たくて仕方がない。

妾は両の手をゆっくりと開く。手が痙攣《けいれん》したかのように震える。油断したら、再び怒りのままに握りしめてしまう。

「そうか。どうにかできるか？」

言外に、アユタのところからシュリを連れてこられるか、という意味を含める。

「でき、ません。今の、アユタは、姫様に、雇用された団長。なのに、雇用主の姫様が、よ、その、傭兵団《ようへいだん》、にい、るものを連れ出す、のは、筋に、合いま、せん」

ウーティンの冷静な返しに、妾はウーティンの顔を睨《にら》みつける。眉をつり上げ、目を鋭く尖《とが》らせるようにして怒りを叩《たた》きつける。

じゃがウーティンは涼しい顔のままじゃ。妾如きの怒りと威嚇《いかく》などどこ吹く風、大したことはないと思っておるのじゃろうな。

「事実、です」

「……」

　さらに続けられたウーティンの言葉。無表情のまま続けられたその言葉に、妾は急速に頭を冷やされる感覚に襲われた。

　妾は睨むのをやめ、目を閉じて思考する。

　ウーティンの言うことは正しい。どこまでも正しい。よその傭兵団から個人を特定して妾の独断で引き抜こうとするなど、周囲の大顰蹙《だいひんしゅく》を買っても仕方がなかろうよ。ここは監視、観察するに留《とど》めるのが賢明じゃ。

　しかし、姫としての妾が冷静に考えても、少女としての妾が頭の中で叫ぶ。

『このまま放置はしたくない』と。

　それももっともである。姫としての妾も同意する。頭を冷やし、これからのことを思考する。策を練る。

　妾は目を開き、虚空《こくう》を見つめて呟《つぶや》く。

「ウーティンよ。シュリの姿は確認したか？」

「まだ、です」

「まずは、実際にアユタの元にいるかどうかの確認。それと、無事であるかの確認も必要であるな」

妾《わらわ》はさらに考える。右手でこめかみの辺りを撫《な》でて、さらに次の手を口にする。

「アユタの所に行き、シュリに会わせろと言って会わせてもらえるか？」

「ない、です」

「で、あろうな。妾が聞いたときも、アユタはシュリのことを隠そうとしておった。独り占めしたい、という魂胆は見え見えであったわ。シュリは、それだけの価値が……」

続きを言おうとして、妾は言葉を止めた。突然口を噤《つぐ》んだため、ウーティンが後ろで様子を窺《うかが》っているのがわかる。

価値がある。

シュリには価値がある。料理の腕、食材の知識、新しい調味料を作る発想。

姫として、国の運営に携わる者の一人として、シュリの価値は大きい。それは以前にも何度も考えたことで、わかりきっていることだ。

しかし、じゃ。

「……のぅ、ウーティン」

「なん、でしょう、か」

「男の子としてのシュリを、どう思う？」

妾の質問に、ウーティンは何も答えない。振り返って見れば、ウーティンはキョトンとしておった。こやつ、質問の意味を全く理解しておらんな？

「質問を変えようか。ウーティンの目から見て、シュリは魅力的な男性に映るか？」

「え？　ま、ぁ。料理人と、しての、腕が良くて稼ぐ、し、優しい、し……魅力的、では？」

ウーティンは冷静に、普通に答えた。うむ。実に現実的で面白くない。

「本心は？」

なので妾は重ねて聞いてみる。妾が聞きたいのは、男性に求める現実的な、なんというか、器量やら甲斐性《かいしょう》の話ではないのじゃ。

さすがにここまで聞けばウーティンは意味を理解したのか、顔を背けた。

「良い人、では、あります」

「よろしい」

ウーティンの態度や言葉で十分、確かめたいことは確かめた。

「決して意地悪な意味合いで聞いたのではないと、念を押しておこう」

「本当に……!?」

こっちを振り返る怒り顔のウーティンではあるが、妾はしれっとしたまま。

「本当じゃ。妾としては確かめたいことがあってな」

あー、こんな結論を出すのは業腹《ごうはら》であるのじゃがな。しかし、これ以外の結論が出てこないので困るわ。

なんというか、そんなことあるか？　と思いたいが、あれを――アユタのあんな態度を見たあとではそんな結論も出て来るというものよな。

「アユタが、シュリを囲うておるかもな」

一瞬、何を言われたのか理解できておらんだろうな。ウーティンは怪訝《けげん》な顔をしておった。

しかし、すぐに不愉快そうな表情を浮かべ、声を震わせて言う。

「それ、は……いや、まさ、か……っ」

「ありえん、と妾《わらわ》も思いたいんじゃけどなー。先ほどの態度を思い出すと、そうとしか思えなかったりする。ウーティンが良い人、と評するほどのシュリならば、アユタが懸想《けそう》するのも無理はないかと思うただけじゃ」

「いや、それ、なら……そも、そも自分に、確認、しなくても、良くない、です、かね？　自分、関係あり、ます??」

ウーティンの言葉を無視して、あの時のアユタの顔を思い出す。

妾は歯を噛《か》みしめた。思いっきりやってしまったのでガリッと歯ぎしりの音が鳴る。

あまりにも不愉快ではある。ウーティンの顔が不愉快そうなそれになったのも、理解できようもの。

一国の姫が、後先考えずに一人の男に懸想して、暴走する。

そんな話は、歴史書を紐解《ひもと》けばいくらでも目にする。さらに、そうなった女は周囲にとんでもない災厄をもたらして国をダメにするなど、珍しい話ではない。

アユタも一国の姫であろう。思惑はどうであれ、軍を率いて行動できるだけの権力を持っておるのだろう。

だからこそ。

「どっちにしろ、あそこにシュリを置いておくのは悪手、であるな」

「は、い。軍団、を率い、るような、人物が、恋に、狂ってしまうと大変なことに……」

ウーティンも同意する。途端に真面目な顔になるので、こういう切り替えの早さは助かるものよ。相談がしやすい。

「それだけではない」

「では、なんと？」

「……なんとなくじゃが……軍を暴走させる以外に、何かマズい気がしてならんのよ」

こればかりは勘としか言いようがない。アユタの様子を見ても、ただの懸想だの囲うとしてるだのとはまた違う、どこか危うい匂いを感じた。

シュリに危害が及ぶ、ではなく……危害を及ぼす。

周囲の変化の結果によってシュリが危うくなるのではなく、直接的にシュリが危うい。

アユタの変化は、妾にとってなんというか。

『恋するが故に愛を以《もっ》て傷つける』、という矛盾する行動に出る予感を抱かせた。

「なぁ、ウーティン」

「なん、でしょう、か」

「やはり、シュリをアユタから無理やりにでも引き離す。ガングレイブに連絡を取るぞ」

妾《わらわ》は立ち上がりながら、紙が置いてある机へと向かう。ウーティンは机の横に立ち、紙と筆の用意を始めた。

「よろしい、ので？」

「妾も直接動く。もはや、向こうとの関係性は考えてはいられん」

「……よろしい、ので？」

ウーティンの念押しの確認に対して、妾は筆を走らせることで示した。

「構わぬ。アユタとの良好な関係を失うのは妾にとって痛手であるが、それ以前にシュリを失ってしまうのは世界の痛手。切り捨てねばなるまいよ」

筆を持つ手が、ほんの少しだけ震えた。

「たとえ、友情を感じた相手であったとしても、じゃ」

今までに幾度、妾はこういう決断をしたのであったかな。親しく思う相手ですら、国と王族としての責務を負って、淡々と処理する。何度も心で涙を流し、血を流した。

責任と義務。選択した者としての覚悟。過去を振り返らず、結果を示す。自身の言動によって起こる結果を、しっかりと受け入れる。

それが、妾の王族としての誇りなのである。

これを曲げて無責任な言動を繰り返して他者に危害を加え、それでなお他の責であると喚《わめ》くのであれば、それは妾にとってもう人間ではない。『言葉を吐くだけの猿』じゃ。

「……姫、さま」

筆を持つ妾の手にウーティンの手が重ねられた。

「自分、が、おります。共に、あります」

「……すまぬな」

ウーティンの手の温もりが、今はとてもありがたい。

「大丈夫じゃ。覚悟は決まった」

妾の手の震えが止まる。やっと机の上の紙と筆、インクが目に見えるようになった。机の上にはそれしか載っておらず、集中を妨げるようなものはない。

文字も、書くことも、ハッキリと頭の中に浮かんでくるわ。

「改めて命ずる。ガングレイブへ連絡を取る。向こうがどういう行動を起こすか、こちらへの返答を含めてな。だから……書き終わったものをウーティン……いや、別の『耳』の者に渡して届けさせよ」

「自分、じゃなく、ても？」

「ウーティンは妾の傍《そば》におれ」

筆を走らせてから、妾《わらわ》は顔を上げてとある方向へ目を向ける。

アユタが陣を布《し》いている場所、へと。

「良くないことが、起こる気がしての」

妾は呟《つぶや》く。アユタはこのような動きを察する可能性が高い。だから、ウーティンを傍《そば》から離すことができぬ。なんだかんだで、妾を守ることにおいて信頼できるのが、ウーティンと『耳』の者しかおらん。ならば、ウーティンに諸々《もろもろ》を任せるのが無難である。

ウーティンは長年、妾の護衛をしてきた。今までの修羅場を経験した実績から、今回起こる修羅場も乗り越えられると、改めて信頼を寄せる。

「急ぐぞ。時間はない」

妾の頭の中で、時計がカチリと動き出した。

不吉な音……まるで、シュリを無事に取り返せるかどうかの制限時間があり、秒読みが始まった……そんな気分であった。

じゃが、妾は――。

プロローグ　before～ガングレイブ～

「……そうか」

俺ことガングレイブは、深夜に自分の執務室で手紙を読んでいた。

数か月前とは違い、この部屋はすっかり荒れていた。本は床に散乱し、書類は机の上に乱雑に積まれている。掃除も中途半端なままで部屋の隅に埃《ほこり》が溜まっている。

それでも仕事はできる。魔工ランプを灯《とも》し、高い記憶力を頼みにして書類を処理し、日々の仕事を真夜中以降まで続けて頑張っていた。

深夜の仕事の最中、ふと開いていた窓から飛んできた一つの封筒。その押印《おういん》にはニュービストのものが。

疲れていた俺の頭が一瞬で覚醒し、書類を薙《な》ぎ払って机の上の空間を広げた。封筒を開き、中の手紙を夢中で読む。

一言一句を見逃さぬようにしていた俺の目に飛び込んできたのは、ニュービストの『耳』であるウーティンの文字。そこにはテビスの指示で動き、俺に情報を渡す旨が前書きとして書かれている。

別紙にはテビスの字。内容を読んで俺は立ち、窓の縁に手を掛けて外の空気を吸う。

今日は曇りで、夜空の星々も月も見えない。俺の心のように曇ったまま、先行きが見えないこの国の未来のようだ。

俺は顎を撫《な》でて、考える。この数か月で身だしなみを整える余裕すらなくなっていたためか、無精髭《ぶしょうひげ》がずいぶん伸びてしまっていた。

「そうか……ようやくか」

俺はある方角を見つめ、呟《つぶや》いた。

「ようやく、シュリの足取りを掴《つか》んだな」

でも、疲れた表情のままで出た言葉は、ようやく希望が見えたように明るかった。

窓の外に広がる、以前とは違うスーニティ……あの悲劇から、この国は変わってしまった。皆が笑顔で過ごせる国を創るという理想はことごとく失敗し、今では残骸となりつつある。

具体的に言えば、俺が行ってきた政策が失敗したんだ。いつもなら失敗しないだろう仕事に、指示内容の細かな齟齬《そご》が積み重なり、この国の景気は悪くなっている。

道の舗装を計画すれば、途中の村民の反対にあって頓挫《とんざ》する。

税の引き下げを行えば、城で働く者たちの給金や政策を履行するための費用が足りなくなった。

かといって引き上げれば、無作為でありすぎたために反発を食らう。

軍の再編をすれば兵種に偏りが起きて無駄が発生する。

処理した書類に、大したことではないが間違いが多数あって、その訂正に時間を費《つい》やしたこともあったな。

俺の頭は、覚えたことを忘れることはない。

だけど覚えていたからって、精神状態が悪ければ配慮が行き届かないことだってあるし、いつもなら覚えていることでも作業手順をすっ飛ばしてしまうことすらある。

忘れないはずの俺が、忘れて実行できないことがある。

どうやら俺の記憶力は精神状態に左右されるらしい。

当たり前、だよな。だって、俺の傍《そば》にはシュリがいない。

「シュリが誘拐されてから、もう数か月、か……」

俺は虚《うつ》ろな目で外を見ながら呟く。

大きく溜め息をつく。外が寒いので、白い息が出てきた。

今でも思い出す。あの日、テグたちを差し向けても取り戻せなかった、シュリ。

テグたちはあれから自己鍛錬に精を出し、あの頃よりも遥《はる》かに強くなった。全員、目に見えて腕を上げている。

でも、だ。どこか脆《もろ》くなっているようにも見えた。一人の仲間を、目の前で奪われて助けに行っても返り討ちにされた。

特にリルとクウガの状態が酷《ひど》い。

リルは、自分から敵の元へ行くとシュリに言われたから、見送ったという。

その後、帰還したリルは最初のうちは気丈に振る舞っていた。誰よりも、シュリが帰ってくることを望んでいるし、信じている。

しかし、強がりも最初のうちだけだった、てことだ。日を追うごとに徐々に気を病んでしまい、部屋に閉じこもってしまった。時々部屋の外に出ては食事を取り、すぐに部屋に戻ることを繰り返す。

夜中になればどこかへ出かけ、しれっと朝には部屋に戻ってくる。どこで何をしているのか全くわからない。本人に説明を求めても、返答をもらうことはなかった。

クウガはさらに輪を掛けて酷い。最初に自分がリュウファに負けなければ、もっと強ければ、もっともっと修業を重ねていれば、と。

今の状況の原因を作ったとして、一人で罪の全てを背負って罰を受けるかのような態度で、黙々と修業を重ねている。

数か月前に比べれば、確かに体つきも技の冴《さ》えも良くなっているのだろう。

だが、心根はどこか腐れて脆《もろ》くなっている。

ちょっとでも、あと一回でも致命的な失敗を犯してしまえば、全てが折れて再起不能になってしまいそうな、そんな危うさ。

俺も他の奴らも全員でクウガにやめるように説得するも、無駄に終わる。修業をやめさせようと強行した奴は、腹に拳を食らって悶絶《もんぜつ》した。ちなみに俺のこと。

テグはちょくちょくクウガの修業の相手をするものの、毎度毎度もうやりたくないって叫ぶほど大変らしい。ただ、クウガの心もわかるから断りづらいとか。

他の奴らも同様に、技量を上げようと必死に、隠れて稽古をしている。実のところ、俺も他の奴らの稽古風景を覗《のぞ》き見て、後で再現しようとあれこれ試している。

もっと酷いのは料理人たちだ。完全に秩序が崩壊している。

ガーンとアドラが努力してくれてるものの、料理人たちは目に見えてやる気がない。

さらには、

「いろいろ変わったもののうちの一つ……ミナフェとフィンツェの出奔《しゅっぽん》、か」

オリトルから来たミナフェと、ニュービストから来たフィンツェ。

二人は元々、シュリから技術を学ぼうと思ってここにいた。フィンツェは、まぁ、領地を取り戻したいって気持ちもあっただろうけど。

勝手に城での仕事を放り出して、この城下町の一角で自分たちの店を開いて、そこで働いている。売り上げは好調らしい。味も良いと評判だ。

バカなことをするなと俺は怒り狂った。なんせ城での仕事を放り出した上でのことだ、怒らない領主はいねぇ。

ガーンとアドラは二人を止めることができなかった。説得しても怒っても、そんな意見はどこ吹く風と無視されたという。

料理人としての技術は、出て行ったミナフェとフィンツェの二人の方が上なのだから、元々上役としてのガーンの命令を聞かない傾向があった。

そのせいで他の料理人たちの信頼も失いつつあり、すっかり厨房《ちゅうぼう》は昔の活気を失ってしまった。幸い、料理の味は落とさないように必死になってくれているのだが、人数が減ってしまった厨房は悲しいし寂しい。

俺は大きく溜め息をついた。最近、溜め息をつく回数が格段に増えてしまった。心労が多すぎて倒れそうだ。

もう一つ、問題が起きていた。

「……さらにはエクレスの職務放棄で、城の業務が大変なことに、だ」

エクレスは仕事をしなくなった。目の前でシュリを連れて行かれ、取り戻すことができなかったことで、完全に仕事に対する情熱を失った。

俺は振り返って散らばる書類の山を見やる。どれもこれも、エクレスがいてくれればあっさり片付いたものだ。俺一人でも処理しきれないこともないが、負担はかなり大きい。

エクレスは何をしてるかというと、日がな一日、城のどこかで呆《ほう》けている。

目から生気が失われ、どこを見ているかわからない。それでも身だしなみは崩していないのだから凄《すご》いのだが、どこかに心を置いてきてしまったようだ。

その姿を見た他の奴らから、俺を領主の座から降ろすべきだという意見が多く出ている。俺が、俺が……有力者がいる村や街へ、シュリとエクレスたちを派遣した。

判断を誤った結果、エクレスが壊れたんだから責任を取って辞めろと。でも俺が辞めたら、それこそ俺の失敗を償う機会を失う。今はまだ、ダメだ。

さらには貴族派の勢力も増しているのだから頭が痛い。

切り崩しは途中まで上手くいっていた。ギングスとエクレスの連携も相まって、かなり良いところまで。

でも、シュリが連れ去られ、エクレスがあんな状態になったことで頓挫《とんざ》している。

ギングスは一人で頑張っているが、挽回《ばんかい》するのは難しいと思う。あいつは、ボロボロになっていくスーニティをなんとかしようと、本気で懸命に頑張ってくれている。あいつがいなかったらもっと酷《ひど》かっただろう、感謝しかない。

でも、ようやくそれが終わる。シュリの所在がわかった。

「……今、俺は最悪の状況になりつつある」

いつもは避けるように努めてきた、最悪の状況に片足を突っ込んでしまったのを、俺は流れる背中の冷や汗から確かに感じていた。

「シュリを……シュリを取り戻し、この事態を、挽回《ばんかい》してみせる」

決意とともに、俺は固く拳を握りしめる。あまりにも強く握り過ぎたせいで、手が真っ白になるほどだ。

息も荒くなる。目も血走りそうになるほど瞼《まぶた》を力いっぱい開く。俺の怒りは、こんなもんじゃない。こんなもんじゃねぇ。

「シュリを、仲間を、親友を取り戻し、あの日常に戻るんだ……そして、こんなことをやりやがったグランエンドを、必ず滅ぼしてやる……!!」

怨嗟《えんさ》に塗《まみ》れ、口の端から漏れた一言。もう我慢することができずに、心から出てきた。

一通り、誰にも聞こえないほど小さな声で罵詈雑言《ばりぞうごん》を並べたてる。

吐き終えてから深呼吸をして、頭を冷やす。これから行動を開始するのだから、頭は冷静に、落ち着いて考えられるようにしておかないとダメだ。

失敗は許されない。

「よし……」

俺は手紙を封筒に戻し、丁寧に机の上に置く。まず、やることは。

「部屋を片付けて、あいつらに説明する場を作るか……」

散らかってしまった部屋を見て、俺は思わず苦笑してしまった。

笑ったのは数か月ぶりだと気づいたのは、部屋を片付け終わったときだったな。

この数日後、歴史書にも記される戦《いくさ》が始まることとなる。

当時の文献によると、大陸王ガングレイブはかなり追い詰められていたことが判明していた。食王シュリが行方不明となっていたことにより、内政が滞っていたというのが、さまざまな書物、口伝《くでん》に残っている。

一人の料理人が不在となっただけで、そこまで国の根幹が揺らぎ、運営が崩れるものなのだろうか？　と訝《いぶか》しむ考古学者もいるが、そういった疑問はもっともであろう。

それがただの料理人であれば、だが。

シュリ・アズマは、現代まで伝わる調理技術理論の基礎を作り上げたほどの人物だ。

魔工コンロといった調理道具の開発、調味料、調理技術、新食材の加工技術の確立と、偉業を挙げればキリがない。

あの時代から遥《はる》か先の未来である現代においてさえこれなのだから、当時としては最も重要な人物の一人であったことは想像に難《かた》くない。

事実、美食姫と呼ばれたテビス・ニュービストもシュリ・アズマのことは高く評価していたし、ガングレイブ・デンジュ・アプラーダでさえも『一杯のシチューが戦乱を終わらせた』と明言するほどだ。

大陸王をはじめとした英傑たちの心の柱となっていたのは、現代に残る彼ら彼女らが残した施設、道場の口伝《くでん》や日記にもハッキリと記されている。

そのため、当時はシュリ・アズマを頼りにする者が多く、喪失による影響が大きかったのは間違いないだろう。

だからこそ、大陸王は食王を取り戻すべく、大掛かりかつ隠密《おんみつ》に作戦を練った。

後の世で語られる、三十分に満たぬ殺し合い。

暗黒戦乱時代と統一戦時代において、最も激しく最も短いと言われた戦《いくさ》。

後世において戦争論を研究している学者が歴史書を読んでこう言った。

『人類史において最初に行われた電撃戦』。

『ダイダラ砦《とりで》電撃戦』が、始まろうとしていた。

プロローグ　another～アスデルシア～

「ふむ、そうかそうか」

　夜空に浮かぶ月を見上げながら、吾《われ》は呟《つぶや》く。

『神殿』のお膝元の国、フルムベルク。その中央神殿。多くの信者が総本山と呼び、今日の昼も多くの祈りが大聖堂にて捧げられていた。

　フルムベルクの街の中で最も大きく荘厳《そうごん》な建造物。

　ここに多くの寄進と信仰が集まり、『神殿』組織は大きく大きく成長した。吾の仕事である、大陸の資源調整を順調に行えるような影響力を得るほどにね。

　吾は自分専用の部屋……一応は執務室か自室か、あるいは隔離部屋にいる。中央神殿の一番高い塔にある、たった一つだけの部屋。

　壁には高名な画家による草原の絵が描かれている。四方それぞれの、太陽が昇り始めた早朝、太陽と雲と青空が広がる昼、橙色《だいだいいろ》の空と沈み行く太陽の夕方、星と月が浮かぶ夜と、時間帯によって変わる美しい草原は、吾の希望によって描かれたもの。

　部屋にあるのは、小さくて質素だけど素材の良い机と椅子。吾の体に合わせた大きめのベッドと最高級の寝具。壁際には何も置かず、机の上に本が三冊あるだけ。

この部屋には極力、余計なものは置かないようにしている。タンスも、本棚も、仕事道具も何も置かないんだ。この部屋はあくまでも自分一人で休み、思考に耽《ふけ》り、孤独の冷たさで火照《ほて》った体を癒やし、過去の思い出に浸りながら夢を見るためだけの場所。

余計なものを置きすぎると、吾《われ》の静かな時間に雑音が混じる。たまらなく嫌なんだなー、これが。

そんな円柱状の塔の頂点にある部屋で一人、月を見上げてるんだ。大きな窓の縁、二人の大人が座っても余裕があるところに吾は腰掛けてね。

開くことのない窓の向こうに見える月に手を伸ばし、吾は目を細めた。

思い出すのは、昼の話。枢機卿《すうききょう》をはじめとした重鎮たちが、吾を前にして行った会議で出た話題。

「何というのかな。予感はしてたんだよね。織田信長《おだのぶなが》とリュウファ・ヒエンが何かをやらかすだろうってのは」

口元には笑みが浮かぶ。

「まさかシュリを誘拐するとはなー。マヌケなことをしたもんだね」

吾の気持ちには、別に怒りだのなんだのといった負の感情は一つもない。

あるのはただ、子供の可愛いイタズラを見つけたような、そんな気持ちだよ。

「これじゃあ吾が隠したいことも、話してないことも、話さなかったことも、知られたくないことも、誤魔化してたことも全部知られるじゃないか。吾と信長のやることは同じはずなのに、敵対するんだもんなー。全く、可愛い可愛い」

す、と手を下ろす。

「愚かなガキどもだ」

にっこりと笑い、穏やかな口調で呟《つぶや》いてから、吾は窓の縁にもたれかかる。

体の痛みや苦しさはあるけど、特に気にしないようにしとこう。

口から血が垂れる。それを拭い、手の刺青《いれずみ》を見てフッと笑う。

シュリにも、ガマグチにも、スガバシにも本当のことは話してないんだ。この体の刺青は別に寿命を延ばすためのそれじゃない。延命措置のためじゃない。

吾自身の望みのために吾が自分で刻んだもの。延命とは全く関係ないし、『神殿』の仕事のためでもないし、誰かのためでは決してない。

吾のためだけのもの。

吾の望みはただ一つだ。望みのために前に進んでいる。

それに……。

「吾としてはどうでもいいんだ。こんな大陸のことなんて」

眼下に広がるフルムベルクの街並み。灯火《ともしび》が多いため、夜間でも活気のある街の様子が見える。吾《われ》はそれをゴミくずを見るような目で見つめる。

「厄ネタが詰まりきったような、こんな愚かで汚い世界なんてどうでもよい」

あの光はきっと、魔晶石のものだろう。吾は昔、あの魔晶石のせいで酷《ひど》い目に遭ったよ。昔の人間たちだって酷い目に遭ったはずなのに、世代を経て忘れ去り、今ではちゃんと覚えてるのはヴァルヴァの民か吾か、信長かリュウファくらいだろうねぇ。

「お母さんもお父さんも吾を残していなくなっちゃって、ここにいる理由はないもん」

悲しいものだ。お父さんとお母さん。幼い頃に生き別れた二人と叔母ちゃん、じゃないお姉ちゃんと、吾は家族を全て無くしてしまったからなー。

亡くして、ではなく、「無くして」、だ。

「吾の目的はお父さんとお母さんの元へ行くことだもん。両親の元へ帰りたい、ユウタのところに行きたい。ユウタには全部話してあるんだ、いつか再会するって約束したんだ」

お姉ちゃん曰《いわ》く、両親は別世界へ行ってしまったとか。死んではいないそうだ。理由はわからないけど、お姉ちゃんがそう言うのなら吾は信じる。

また両親と、ユウタと再会できると信じてるんだ。

「どうすれば異世界へと渡ることができるかの手がかりはある。シュリだ。シュリはまさに、流離《さすら》い人《びと》。異世界からの訪問者」

吾は一つ呼吸をする。

「ユウタと同じ異世界人。シュリを手がかりに、必ず吾はあっちに行くぞ。そのために、死にかけていたシュリを助けたんだ。この体の刺青《いれずみ》もそのためのものだしなー」

アルトゥーリアで気絶し、死を迎えようとしてたシュリ。吾はシュリの体に仕込んでいた魔法にてその危機を察知し、シュリを助けた。

仕込んだ魔法を使うハメになっちゃったんだから、アユタのところからは今度こそ自分の力でなんとか脱出してほしい。死なれたら困るんだ、シュリは異世界に渡るための手がかりなんだから。

「キミは異世界に渡るための手がかり。鍵、実験台、モルモット。そのときまで生きていてもらわないと困るからねぇ。なんであそこで死にかけるかな？　全く、困ったもんだよねー！　ケラケラケラ……」

「アスデルシア様」

コンコン、と扉がノックされる。扉の向こうから感じる複数の人の気配。

「起きてるよ」

吾が一言告げると、カチャリと扉の鍵が解錠されて開かれた。

この私室、外から鍵が掛かるようになっていて、建前としては吾に接触しようとした侵入者を、吾がここから逃げる際に閉じ込めるためとか。

すっごく苦しい言い訳だし、それで納得してしまう信者たちの頭はどうなっているのだろうかね。アッパラパーなのかも。

私室に入ってきたのは四人。そのうち三人は神殿騎士としての武装をしていて、残りの一人は豪奢《ごうしゃ》な法衣《ほうえ》に身を包んでいる。

法衣の壮年の男は四人の中で一番背が高く、そのくせ体つきが細い。ガマグチと同じくらいには細いが、あそこまでではないなぁ。

法衣は吾《われ》のそれに似ているが、さすがに吾のもののようにいろいろと『漏れない』細工はされてない。意匠は似てるけど、普通の、豪華な、法衣だ。ギラギラしてる。

残りの三人。二人は男で、一人は女の子か。珍しい。

「なんの用事かな、枢機卿《すうききょう》ネレーデンどの。神殿騎士……の中でも精鋭の三人を連れて」

「ご報告をしに」

嗄《かす》れた、酒焼けしたような声。それでいてしっかりとした声だ。ネレーデンの隣に侍《はべ》る三人の神殿騎士……の中でも、枢機卿を守るほどの精鋭である子たちが、吾を観察しているようだね。

一人は禿頭《はげあたま》でネレーデンと同じくらいに背が高い。神殿騎士としてのフルプレートメイルに身を包み、腰には神殿騎士に下賜《かし》される剣を佩《は》いている。右目から鼻を横断する形で切り傷が深く刻まれ、右目が白濁してる。多分、見えていないな。目つきは悪く、瞳は信仰に身を捧げた者特有の濁りが見える。

残りの二人は……あれ？　と吾は不思議に思う。この二人はどことなく『神殿』の信仰に染まりきっていない、濁りが全く見えない瞳だ。

二人のうちの一人、女の子は腰にまで届くくすんだ茶色の三つ編みが特徴的だ。

少しそばかすがあるが、どことなく愛嬌《あいきょう》を感じさせる顔だ。垂れ目気味でふっくらした頬、目つきに鋭さを感じない。四人の中で一番背が低いなぁ。ふんわりとした雰囲気の、可愛らしい女の子だ。

男の子の方は金髪だが坊主頭にしてる。女の子よりも頭二つ分も背が高く、鍛えられた体つきをしてるね。筋骨隆々《きんこつりゅうりゅう》で勝ち気そうな目つきをしてる。おしゃれなのか、右の耳上の髪の毛を狼《おおかみ》のような形に剃《そ》り上げている。頬骨が僅かに張っていて、ちょっとやんちゃな雰囲気があるか。

「ネレーデン……そっちの三人は？　他の護衛はどうしたのかな」

「この三人は枢機卿護衛騎士候補……『処刑隊』の実験部隊です」

「あぁ、なるほどねー」

吾は腹を抱えて、ケラケラケラと笑う。

「ケラケラケラ……本当に作るの〜？　荷が勝ちすぎてないかな？」

「必要なので」

「そう？　まぁネレーデンの好きにすればいいよ。吾には止められないしさ〜。そっちの派閥の方が力が強いもん」

「そういうことだ」

吾《われ》とネレーデンが話をしていると、不機嫌そうな顔をして、禿頭《はげあたま》の男が前に出てくる。

「やめよ、フィム」

「やめません、枢機卿《すうききょう》様。この女、神殿の聖人と呼ばれながら『神殿』への献身が足りておりませぬ。よりによって枢機卿様にそんな口を利こうとは！」

おや、これは面白い展開だ。吾は微笑《ほほえ》みながら窓の縁から腰を上げ、立ち上がる。いつもの杖《つえ》は寝具に立てかけており、この手にはない。

「あー……ネレーデン、彼は『枢機卿派』の人間かい？」

「……ええ」

「おい！　枢機卿様に偉そうな口を利くんじゃない！」

フィムという男はさらに、一歩前に出る。下手すれば腰の剣に手が伸びそうだ。

「お、おい、フィム。やめろよ」

「黙れニアナ。信仰の足りないお前に言われることではない」

男の子が止めようとするが、フィムは止まらない。

「それはすまないね。なんせ、吾は『神殿』においてお飾りのそれだ。枢機卿相手でも、お飾り気分が抜けないんだよ」

「……！」

吾はネレーデンの方を見る。ネレーデンは一瞬驚いた顔をして、目を閉じる。

少しだけ何かを考えてから、目を開く。

「お飾り気分は困りますな。いつも通り、罰を受けてもらいましょう」

「え～？」

吾はすっとぼけたような声を出して左足を一歩、後ろへ下げる。

「フィム」

ネレーデンはフィムに告げた。

「お仕置きだ。前任もそうしてた、問題はない」

ネレーデンの命令にフィムは驚き、振り向く。

月明かりに照らされた部屋に、一瞬の静寂が訪れる。黒と灰色と青色が混ざり合った暗い印象ながらも、神秘的で不思議な鮮やかさが支配するこの空間。

フィムが、まさしく狂信者の目で吾を見る。信仰のため、という大義名分で剣に手を掛けた。

「わかりました。アスデルシア様、お覚悟を」

「へぇ、本当にやる？」

「もちろん」

すらぁっ、と鞘《さや》から剣が抜き放たれる。月光を反射した鈍色《にびいろ》の刃は妖《あや》しく美しい。

一歩、一歩とフィムがこちらに近づきながら、剣を振り上げていく。袈裟切《けさぎ》りのための構えへと変わっていく。

　そういえば、この『袈裟切り』という刃の軌道も父さんの言葉から知ったなぁ、と思い出に浸っていた。もう一度会いたい、という思いが強くなっていた。

「例え『神殿』の最高権威『聖人』であろうとも、『神殿』のご威光に陰りを見せるような真似をすること、看過《かんか》できませんから」

「その『聖人』の吾《われ》が、こうしてご威光とやらを放っているはずだけど？」

「ご威光を放つは『神殿』に信仰を捧げし信者たちの祈りよ！」

　フィムは叫ぶと、吾に向かって剣を構え、力を込め始めた。

　彼の後ろでニアナと呼ばれた少年と、一緒にいる少女が驚いた顔をしてる。今まさに吾を切り裂こうとするフィムの目には、信仰に殉じる覚悟を決めた、ギラギラと眩《まぶ》しい光が。

「そう」

　吾はスッと、右手を上げた。無造作な動きで、フィムは何も反応しない。

「じゃあ、お仕置きだねっっっっ！！！！！！！！！！」

　ブンッ‼

　吾は全力でフィム目掛けて、右手を振るった。手は虎爪の形。それだけで。

ボンッ!!

一瞬でフィムの体がはじけ飛ぶ。

「うわっ!?」

「きゃあっ!?」

フィムの後ろにいた少年少女は、突如として起こった惨劇と撒《ま》き散らされたものを前にして、驚いて尻餅《しりもち》をついていた。

二人が目を開いたとき、そこにあったのは、

「う、うぉ……!?」

少年は言葉に詰まりながら恐怖で固まり、少女は悲鳴も上げることができず、白目を剥《む》いて気絶した。仕方がない。二人の全身はフィムだったもの……、血液や臓腑《ぞうふ》、肉や骨で赤黒く汚れてしまっているから。

当の本人は、まるで巨大な五本の剣を同時に叩《たた》きつけられ、獰猛《どうもう》な獣の爪で切り裂かれたかのようになっていた。部屋のあちこちに、フィムだったものが五等分されている。

とはいえ、やり過ぎた。フィムの原型が留《とど》まってないや。

フィムのモノで汚れきった部屋の惨状。この状況下で、ネレーデンだけが顔を腕で覆い隠していた。

腕を下ろして部屋を見回したあと、ネレーデンはその場で膝を突いて頭を垂れた。

血だまりに突いた膝は汚れ、全身が赤黒く染まってもなお、その姿勢のままだ。

何よりも、顔が恐怖で引きつっていた。

「アスデルシア様……前にもお願いしたはずです。前任者のモノの後片付けが大変だったので、その……お仕置きは手加減をしていただきたいと……」

「仕方ないじゃん」

吾《われ》は右手をブン、と振った。この仕草だけでネレーデンと少年の体が大きくビクつく。

「お仕置きということらしいし」

「ですが……その……」

「え？　なに？　吾に何か文句でも？」

ビチャ、と吾は血だまりに足を踏みいれる。靴も、法衣《ほうえ》も、血が跳ねて汚れていく。真っ白な法衣に、血色の斑点ができていく。

けど、吾は構わずに歩く。歩いて、臓腑《ぞうふ》を踏みつけてすりつぶして、ネレーデンの前で膝を折る。

顔を伏せたネレーデンの表情を覗《のぞ》き見るようにして、吾は小さく呟《つぶや》く。

「『一番目の女神』で『賢人』のお母さんと、『最初の流離い人《さすらびと》』で『否人《ひじん》』のお父さん。その間に生まれた『半神半人』である吾を『聖人』と認定して……『四番目の女神』の献身で守られているこの大陸を助けてほしいと言ったのは、お前たちだぞ？

『二番目の神』が『三番目の神』の卑劣な工作で死んだ後の混乱に乗じて逃げ出した人間たち全てを守ってほしいと懇願したのは、お前たちだぞ？　何か言いたいことあるの？」

お茶目な感じで言ったのだけど、ネレーデンの額からは冷や汗が流れ続けていた。

表情はできるだけ平静を保っているようだけど、表情筋が痙攣《けいれん》したように震え続け、鼻は荒く呼吸を続けている。ぶふー、ぶふー、と音がうるさいな。

「全部なくなって泣くのも飽きた吾は名前を変えてまで『神殿』ってやつをまとめてやったんだけどな？　アスデルなんていう、環境に配慮したという染色に関係する意味合いの単語まで使ってるし？　まぁ、これはお父さんが穿《は》いてたお気に入りのズホンの染色が綺《き》麗《れい》だったから聞いたら、そんなことを教えてもらったから使ったみただけ。それに」

「え、聖人さまって……枢機卿《すうききょう》さまに、権力やらを奪われて、お飾りになってただけじゃ……？」

ネレーデンを責めていると、ふと少年が口を開いた。視線だけ向けて少年を確認したが……えっと、確認のためにもう一度聞いておこう。

「ええっと、そっちのキミは……確かニアナ、だったかな？」

「は、はいっ。スーニティから、来ました！」

「スーニティ」

ほぅ、と吾は息を吐いた。ニアナの方を見ると、困惑と恐怖で動けないままになってた。

この状況でも錯乱せずにいるのか。それとも、恐怖のあまり固まったかな？

「ガングレイブやシュリと関係がある人がここにいるとは、縁とは不思議なものだ」

「え、と」

「ああ、質問に答えよう。お飾りの方が吾《われ》は楽だから、だね」

吾は立ち上がりながら、やれやれと肩をすくめた。

「権力なんて握りたくないし。具体的な方策を示して組織を運営するのも面倒くさい。というかこんな大陸のために真面目に働くなんてまっぴらごめん。だから枢機卿《すうききょう》という役職の人間に権力を与えて、吾は最低限の職務を果たしてるだけだね」

「え」

「だって、やろうと思えば神殿騎士だろうが吾は皆殺しにして、ここを去ることだって簡単だ。それをしてほしくないって頭を下げてるのは枢機卿なんだよ」

吾は頭を下げたままのネレーデンを指さして笑ってやった。

「他の人たちは、本当に代々の枢機卿が『聖人』よりも権力があって、好き勝手やってると思ってるんだ」

「好き勝手？　でも、枢機卿さまはちゃんと」

「そうだね、ちゃんと仕事をしてる。枢機卿派の中で汚職をしてる奴も知ってるし、本当に吾を殺して厄介な影響力を持つ『聖人』という存在を消して、好き勝手やりたがってる奴もいるよ？　枢機卿本人は真面目に仕事をしてるけど」

ニアナはもう何がなんだかわかんないって顔で、吾とネレーデンを交互に見ている。

まぁ、表向きは吾は『聖人』として『神殿』に祀《まつ》られてるけども、権力は枢機卿に剥《は》ぎ取《と》られ、お飾りの状態にされている。枢機卿派の人間は多くて、吾を支持する聖人派よりも圧倒的に勢いがある。でもね、実際のところは。

「でさ、代替わりの時には次の枢機卿を吾に引き合わせて本当のことを教えてやる。吾は神殿なんぞどうでもよくて、枢機卿はただ吾と表向き敵対して権力を奪ってお飾りにしていて、お前たちは代わりに仕事をしているだけだと。やろうと思えば神殿騎士も、フルムベルクにいる人たちも鼻歌を歌いながら皆殺しにして好き勝手できるってことをね」

好き勝手。そう、吾にはそれが許される。

権力があるからでもなく、財力があるからでもなく。『神殿』の『聖人』だからでもなく、フルムベルクにおいて影響力があるからでもない。

単純に吾が強いからだ。吾が誰よりも、強いから。

サブラユ大陸において、一番の暴力を振るえるから許される。

吾を止めたくても、吾を止められるほどの暴力を持つ奴がいない。

止められないのだから、吾は好き勝手が許される。

過剰に好き勝手しないのは、思うままに壊して奪って何もかもを思い通りにしようとしないのは、単純な話。

　吾《われ》自身が、ただそういうことをしようと思わないだけ。そういうことが好きなわけではないってだけなんだよ。だから、吾の気が変わらないように気を付けておるってことよな。

　神殿の、それも歴代の枢機卿《すうききょう》が苦心しておったのがそこであるだけ。

「信じない次の枢機卿の前で、前の枢機卿は『お仕置き』の現場を見せるんだ。枢機卿派の中でもタカ派……過激思想で吾を害して枢機卿に尽くそうとする騎士を生贄《いけにえ》にして、こうして見せるのが恒例行事なの。そうでしょ？　ネレーデン」

「はい」

　べちゃ、べちゃ、と、血だまりに手を突っ込んでみる。

「でも今回、次の枢機卿が来る感じじゃない。『処刑隊』を作るってことだったね。そこの二人が、それってことだ？」

「はい」

「本当に？　前にネレーデンから聞かされた、『本当』の処刑隊の役割を果たせるの？」

　吾は気絶している少女と、未《いま》だ動けずにいるニアナを見て微笑《ほほえ》む。

　ネレーデンは顔を上げて吾の目を見た。

「はい。間違いなく」

「……ふぅん。そう……吾としては、言葉だけであっても嬉《うれ》しいけど」

「必ずや、目的を果たしてみせましょう」

目の奥にあるのは輝き。

「必ずや、」

「……ふむ」

その輝きと言葉を確認してから、吾の中にあった興味は完全に失せる。

「ま、やれるならやってみせれば？」

血だまりから立ち上がり、窓際へと振り返る。

結構な時間が経《た》っているな。夜の闇が深くなっちゃったね。

「では、ニアナ」

「は、はい！」

「ネレーデンの指示を聞き、『処刑隊』としての役割を果たしてね」

「や、役割、とは？」

「簡単だよ」

血だまりから出て、窓際に座った吾は言った。

「吾にとって唾棄《だき》すべき最悪のクソ女を探し出して殺して。それができれば、吾は吾の全力を出して、この大陸を豊かにして平和をもたらしてあげる。吾ならできるから。霊人族《エルフ》、鉱人族《ドワーフ》、獣人族《ワービースト》、魔人族《プチデビル》、似人族《レプリカ》、そして偽神族《イミテーションゴッド》という『敵』から人間を救ったお母さんの命を狙い、お父さんと一緒にこの世界から消えるきっかけを作った女をね」

さて、どこにいるんだろうな。探しても見つからない。

吾《われ》のお父さんを好きになり、お母さんを憎んだ女。

リュウファの師匠であり、『ガンの殿隊《しんがりたい》』隊長。

間違いなく、この大陸で二番目に強い剣士。

戦えるのは吾ぐらいであろう最悪の人間。

あの日お母さんに敗北して行方不明だが。

何百年前の存在だが今でも生きてる。

その名前は、ガンリュウ・ヤナギ。

『神殺し』を決行し、みんなを裏切ったこと……その罪、必ず償わせてやる。

この大陸を去ることになったとき、ガンリュウを殺せなかったままだったら。

吾は絶対に未練を覚えるだろうから。

百二話　崩壊とチキンパルミジャーナ～シュリ～

「え、え……なんだあれ……え？」

皆様どうも、シュリです。

前回、神殿騎士の手から逃れて、アユタ姫とともに無事に本陣に戻ってきました。それから雇い主という人の軍に合流し、こうして自分の仕事をしておりました。

なのに、なのにですよ。皿洗いをしてたらアユタ姫が来て、そして。

「え……なに、あれ……⁇」

アユタ姫が抱きついてきて、僕の背中に爪で傷を付けて首元に噛《か》みついてきた。

口に僕の血を付着させたアユタ姫の笑顔が、心から僕を案じているそれで、全く他意は存在しなかった。爪に付いた僕の血を舐《な》めて、愛《いと》おしそうな顔で僕を守ると言った。

心臓が大きく高鳴っている。だけど、これは恋によるときめきなどでは決してない。

恐怖によるものだ。

あれは狂ってる。完全に。

現在はアユタ姫は離れたけど、僕は尻餅《しりもち》をついたままでした。腰が抜けて立てない。

恐怖のあまり、足に力が入らない。体全体が震えて、動くことができないでいた。

　去り際に、凛々《りり》しい笑顔を見せたアユタ姫。

　アレは、ダレだ？　初めて会った頃の、それから仲良くなった頃の、秘密を打ち明けたときのアユタ姫は存在しない。

　狂い果てた、ナニか。別のダレか。

「……と、とりあえず」

　僕は足を叩《たた》き、胸を叩き、体を無理やり奮起させる。そうしないと、ずっとここに座り込んで動けなくなりそうなんです。

　この世界に来てから、殺されそうな目に遭ったり人の死に目に会ったり、殺される人を見たりしました。心底恐怖して毎日を過ごし、肝が太くなったと思っていました。

　甘かった。本当に甘かった。

　理解できない、ヒトのカタチをした別のナニカ。いつでも僕を殺せる理解不能の存在。

　目の前にそんな存在が現れ、しかも僕を守ると言う。

「信用できるかバカヤロゥ……！」

　僕は立ち上がりながら、アユタ姫が去って行った方向を睨《にら》む。どうしてあんなふうになってしまったのか。理解できない。理解できないが、理解しようとしてはいけない。

　洗った皿をまとめて持ち上げ、僕は仮設の調理場に戻る。他のみんなはすでに作業を終了させて、休憩に入っていました。

僕がアユタ姫に対して抱いている恐怖や嫌悪感を、周りの人に悟らせるわけにはいかない。

できるだけ平静を装って、みんなの元に戻ります。笑みを浮かべておく。

「戻りました。皿、置いときますね」

「お、お疲れさん。休憩しようぜ、今のうちに」

「はい」

皿を片付け、僕は鍋に残っていたスープを確認する。ちょうど一人分だけ残ってる。これでいいか。洗ったばかりの皿を使うのも抵抗があるけど、仕方ないか。

「鍋に残ってるスープ、いただきます」

「ああ、いいぞ」

鍋に残ったスープをおたまで皿によそい、匙《さじ》を手に持つ。

みんなとは少し離れたところに座り、スープを口にした。今回は簡単に作ったもので、肉は少しで野菜は多め、味付けは塩と、かなりシンプル。浮かんでいるキャベツ、ニンジン、ジャガイモ、タマネギにほんの少しのベーコン。

正直、食べていて味気ないのですが……仕方がない。ロールキャベツを作ったことで、かなりお金や食材を使ってしまったので。僕のせいか、すまん。

匙《さじ》で具とスープを口に運ぶ。普段、自分が作るものと比べたら遥《はる》かに味気ない。せめて肉をもう少し入れてコショウを加えれば、マシになるかもしれない。それでも、ちゃんと調理はしてるから具は食べやすくなっている。

食事をしながら、僕は背中の痛みに意識を向けました。

「痛いな……」

多分、かなり酷《ひど》く血が滲《にじ》んでると思う。首元なんてもっと酷い。ヒリヒリしてるとかそういう話じゃない、今も歯が立ってるような錯覚すら覚えるほど痛い。

本当は、食事の味なんて集中しなければわからないほどで、背中と首の痛みが気になって仕方がないのです。

「……これからどうなるんだろう」

アユタ姫の変貌っぷりを見て、僕はこれから先に対して一抹の不安を抱かずにはいられなかった。

その後、戦《いくさ》は無事に終わったらしい。

らしい、というのがまた不思議な話なのだけど、本当にそう言うしかない。

なんせ、僕はアユタ姫の命令で戦争に関わるあらゆる雑事から離され、安全なところに追いやられたからです。

戦の『い』の字も感じないような、戦いの『た』の字も感じないような。

ずっと本陣にいて、前線の情報が一切与えられず、修羅場となった仕事場に行くこともなく、そちらに備蓄する保存食料を作ることすらない。

本当になんで僕はここにいるんだ？　と思うほどに守られていました。

結局、僕は特に何かをするでもなく……ダイダラ砦《とりで》に戻るハメになったのです。

戦が始まって数週間後。僕は何をしに行っていたのかわからない。

みんなが戦から帰ってきて、諸々《もろもろ》の道具を片付けてる最中のこと。あいにくの曇り空ではあるものの、雨が降る様子もない夕方の時間帯。

僕は調理場の裏につけている荷車に載っていた調理道具の洗浄や片付け、使えなくなった食材等の処理、荷車の清掃を行っていた。やることは山ほどある。

「いったいなんだったんでしょうか……??」

「知らねえさ」

僕が呟《つぶや》いた言葉に、調理場を取り仕切るオブシナさんが不機嫌そうに返してくる。僕はそのとき洗浄が終わった鍋を持ち、オブシナさんは地面に台と椅子を置いて包丁の研ぎをしていました。

「オブシナさん、僕だって困惑してるんですから、そんな不機嫌そうに言わなくても」

「そらわかるがな。大変だったさ、調理班は」

オブシナさんは包丁を研ぐ。

「保存食料を作り、慌ただしくなった本陣の食事を用意してさ」

「ええ、まぁ」

「さらには、死にかけた奴の口にスープを注いだな。最期《さいご》に旨いもんを食えたと、満足そうにしてさ……」

「……」

オブシナさんの憤りがこちらにまで伝わってくる。包丁を研ぐ手に、余計な力が籠《こ》もっているのが見て取れた。あれでは包丁の刃がダメになっちゃう。

でも止めることはできませんでした。

「良い奴だったんだけどさ。敵の攻撃を脇腹に受けて肋骨《ろっこつ》が折れてさ、治療の甲斐《かい》なく死んじまった」

「……」

「最期にメシが食いてぇってんで、残ってたスープをあったためて飲ませたときのあの顔……いつまで経《た》っても慣れないさ。あんな経験、何度もあるさ」

しゅ、しゅ、と研がれていた包丁でしたが、段々とザッザッザ、と音が荒くなっていく。

わかる、わかるよ、オブシナさん。やりきれない気持ちはわかる。ガングレイブさんの元で傭兵団《ようへいだん》の料理番をしてた頃、僕も同じ経験をしてた。

　でも言えない。

「なのにさぁ」

　とうとう、オブシナさんが包丁と研石を持って立ち上がった。

「なんでキミだけ安全圏で、そういう血みどろの所から離されて！　一人だけのんびりと休憩時間を過ごしてんだ!!」

　手に持っていた研石を地面に叩《たた》きつけ、オブシナさんは肩で荒い息をする。地面に激突した研石が鈍い音とともに割れ、泥や砂で汚れてしまいました。

　オブシナさんはそのまま僕に向けて包丁を突きつける。怒りに血走った目で睨《にら》みつけられ、僕は身が竦《すく》んでしまいました。

　周りへ視線を向けても誰も庇《かば》ってくれる様子はない。それどころか、オブシナさんと同じ怒りの目を向ける者が大多数です。

　当然だ、僕だって同じ目をするだろうさ。一人だけ安全圏にいて、仕事をろくにせず、仲間の死すら看取《みと》りに来ないし死後の世話すら、する様子がないんだから。

　誰だってブチ切れる。誰だってそうなるでしょう。でも、言いたい。

「わかりませんよ……なぜかアユタ姫様から、そういう命令が出てるんですから……」

　僕は両手を挙げ、降参アピールをしながら言った。あの時から僕は困惑しっぱなしですよ。アユタ姫から傷を負わされてから、どうしてこうなったのだと。

僕はアユタ姫の命令で、とことん戦《いくさ》とは関係のない仕事を任された。離れてろ、休んでろ、そこにいろ、そいつを見るな、と。

「仕事場に行っても離れてろって言われて……仕事をしようとしても休んでろって言われて……忙しそうにしてるみんなを手伝おうとしたら何もせずにそこいろって言われて……死にかけた人のところに行こうとしたらそいつを見るなと言われて……」

「……」

「無視してやろうとしても、また……これですよ……」

僕はオブシナさんに背を向けてシャツを捲《まく》り、脱いだ。

肩越しに見るオブシナさんの顔が引きつる。周りの人もそうだ。僕の傷を見て……絶句してる感じだ。

僕の背中には、アユタ姫に爪で引《ひ》っ掻《か》かれた傷痕と、首元には噛《か》みつかれて未《いま》だに消えない痕があった。

どれも生々しくて、下手したら傷痕が残ってしまうほどです。

なんとか無視して仕事をしようとしたときも、アユタ姫はひたすら引き留めてきては同じように噛みついてくる。

怖いのは、その後。

アユタ姫は僕の傷を見て、嬉《うれ》しそうに笑っている。

頬を紅潮させて、口元に残った僕の血を愛《いと》おしそうに拭っていた。

吸血鬼かナニカか？　と疑ったのですが、そんな冗談すら言ってる場合ではないと悟る。

笑顔が、ヤバい。

語彙力《ごいりょく》が消滅しているのですが、とにかく笑顔がヤバいのです。

目が蕩《とろ》け、口元が緩み、僕へ向ける視線に熱を感じる。

特に、口の端が三日月のような形につり上がっていて、凄《すご》く狙われている感じがあって怖いんだ。

狙われてる、というのが……なんか、こう、怖い。貞操の危機を感じるようなもの。

「仕事をするなと怒られて、そんなことはできないと断ってもこの始末……どうすればいいのでしょうか」

「……」

オブシナさんは何も答えない。周りのみんなも何も答えない。僕が回りのみんなに視線を向けて返答を求めても、口を噤《つぐ》んで何も言わないままです。

答えられるはずがない。言えるはずがない。

なんせ、僕の仕事を邪魔して危害を加えてくるのが、自分たちの雇い主であるアユタ姫なんだから。主であるアユタ姫が、そんなバカなことをしやがってるのだ。

多分、問題の相手がアユタ姫でなかったら『料理人としての矜持《きょうじ》を保って仕事に来い。お前だってわかるだろ』で終わります。僕だって同じことを言う。もっともな意見だ。アユタ姫だからこそ、みんな何も言えないんだ。

さっきと同じようなことを言えば『でも、アユタ姫様の命令なんですよ』と反論されて封殺される。だって、雇い主でみんなの姫様なのです。命令系統としても、砦《とりで》の主人としても、国としての立場から見てもアユタ姫が『主』なわけで、逆らえるわけがない。

僕は溜め息をついてからシャツを戻した。返答はない、なんてのは想像通りでした。

誰も、具体的な解決案を出すことなどできるはずがない。主を相手に逆らう方法なんて、提示できるわけないのです。

「オブシナさん」

「……すまん、もう、何も言えない」

オブシナさんはバツの悪そうな顔をして、離れていきます。他のみんなも同様に、何食わぬ顔で自分の仕事へ戻っていきました。目には陰りが浮かんでいた。

これは、ダメな流れだ。悲しい気持ちのまま、彼らの背中が去って行くのを見る。僕はその場に立ち尽くすしかなかった。

失敗した。こんなことを言うべきではなかった。言い訳をせず、頭を下げて謝罪を繰り返すべき案件で、向こうが反論も意見も改善案も何も言えないような醜い論破なんて、しちゃいけなかった。

このせいでオブシナさんたちは何も言えなくなった。何を言ってもどうしても、背中と首元の醜い傷で封殺される。

会話ができてもどうしようもない、注意しても無駄だと……向こうから関係性の全てを諦められた。

僕たちが今まで築いてきた信頼関係の全てが、壊れる音がしたのです。

どうしようもないことがどうしようもないままに、自分がなんとか馴染《なじ》んできた居場所をどうしようもなく破壊してしまう。

「……あぁ」

僕は諦めたような顔をして、空を見た。

「これは、どうしようもないや」

ははは、と乾いた笑いが口から漏れ……。

目の端から涙が流れる。雲に遮《さえぎ》られたままで太陽は見えない。

だから、眩《まぶ》しいから涙が零《こぼ》れたなんてことは、ない。ただただ悲しいだけだ。

悲しいから、泣いてしまったんだ。

結局、僕はこの砦《とりで》での居場所を失った。アユタ姫のわけのわからない依怙贔屓《えこひいき》のせいで。アユタ姫から与えられた傷を見せたことで嫉妬や怒りはなくなったけど、オブシナさんたちは逆に僕を腫《は》れ物《もの》扱いするしかなくなったわけだ。

次の日の朝も、僕は……本来の当番の日なので、早起きをして厨房《ちゅうぼう》に向かっていました。廊下を歩いていても、気は晴れない。

外を見れば、綺麗《きれい》な朝焼けの空。オレンジ色の空で、これからもっと綺麗な色彩の変化を見せてくれるでしょう。なのに、僕はそんな空を見ても憂鬱《ゆううつ》なまま。

「あ、おはようございます」

「……」

朝早くから仕事をしている文官さんとすれ違い、挨拶をする。

だが、文官さんは僕を見て返事をすることなく、気まずそうに歩調を速めてすれ違う。

思わず振り返ってみたら、そのまま廊下の向こうへと消えた。

「……っ」

ダメだ、泣くな。ここで泣いても、どうしようもない。どうしようもないことをしてもどうしようもないままなんだ、仕方がない。

目頭を押さえて涙を堪《こら》える。早歩きになり、急いで厨房へと。

食堂に着いてみれば、すでに仕事をしている音がする。しまった、今日は遅れたか。

涙が引っ込み、申し訳なさが勝る。急ごう、仕事をせねば。

だが、厨房《ちゅうぼう》へ向かってる途中で違和感に気づきました。

音が多い。

ちょうど、一人分くらいは。

まさか、まさかまさかと胸騒ぎがする。やめてくれ、と頭の中で絶叫が響いた。

「すみません、遅れましっ」

厨房に入って、僕は立ち尽くした。

一人、多い。他の人は、僕と同じ当番だ。僕と一緒に仕事をするはずの人たち。

だけどそこに一人だけ、明日が当番のはずの人がいた。

「あ、の」

「そっち、スープはできたか？」

「ああ。パンも用意してる。皿の準備は……」

僕を無視して進められる作業。僕がいなくても成り立っている職場。

ここにいる人たちだけで今の仕事が完結していて、僕が入り込む余地が全くない。

むしろ無理やりにでも入れれば、人数超過で仕事場の空間を圧迫してしまい、動線が乱れて逆に邪魔になる。

手伝いに入らない方が、いない方が、仕事が進むことだってある。

移動するとき、邪魔になるから。仕事を任せようにも手が足りてるから、邪魔になる。

「……あ、あの！」

立ち尽くして絶望していたけど、こんな絶望なんて……地球にいた頃にだって何度も味わっただろうと、膝に気合いを入れる。初仕事の日、立ち尽くして指示を待ってたって誰も助けてくれないなんてザラだ。

居場所は自分で作るしかないし、自分の有用性を……自分の腕前を発揮して無理にでも仕事を得なきゃ、やっていけないんだよっ。

「僕はテーブルの準備をします。雑巾《ぞうきん》と台拭きを」

「やめてくれ!!」

雑巾と台拭きに手を伸ばした僕に、一人が怒号をあげた。体を硬直させて、叫んだ人を見た。

その人は必死に、僕に仕事をさせないようにしてる。顔にあるのは怒りではなく、諦念だ。仕方ないから言ってるだけだ。

「やめてくれ……頼む」

「は？」

「お前は、とにかく……アユタ姫様のご機嫌取りを、していてくれ」

「はぁっ⁉」

ご機嫌、取りっ？　ご機嫌取りだと？　仕事ではなく料理でもなく、ただのご機嫌取りをしてろだとっ⁉　ふざけるなよ‼

思わず大きな足音をたてて踏みしだくように歩き、その人の前に立った。

「なんです、それっ？　どういう意味で言ったんです？　言ってみろぉ‼」

思わず地球の広島にいた頃の、周りの人の荒々しい口調が出てしまった。聞いてはいたけど使ったことのない言い方だ。でも自然と出た怒りの感情。

いきなり怒りを叩《たた》きつけられてその人は驚いていたけど、すぐに落ち着いた顔をする。

悲しいままに諦めた、優しい顔。

「なんだ、その……お前に仕事をさせたら……傷が増えるんだろ？」

優しい顔から出た言葉は、僕を慮《おもんぱか》ったものです。

だから、僕は何も言い返せなかった。反論なんてできるはずがなかった。

「無理すんな。傷痕……綺麗《きれい》に消えるかどうかも、わかんないものが多い、からさ」

バッと背中を隠すように下がってしまった僕を見て、料理人さんはみんな同情の目を向けてきた。

「だからさ。今日から当番とか、いいから……。アユタ姫に求められたら、そっちに行って仕事をしなよ」

「アユタ姫への料理を作るだけ、ですか？」

「元々、そのためにいるようなもんだったしな……それに」

料理人さん全員が自分の仕事に戻っていく。最後に一言だけ、聞こえた。

「求められたら……忙しいし疲れるだろうから……な……」

「っ!!」

言葉の意味を理解して、瞬間的に拳を振り上げた。

殴ろうとして、やめた。

振り下ろせなかった。ここにいる全員を殴ることなんて、できなかった。

だって、この人たちは今から仕事をするんだからさ。料理人としての、仕事を。

僕とは違って、調理して兵士さんたちの食事を作るっていう、料理人の仕事がここにあるのです。

時間的にも、そろそろ兵士さんたちが集まってくるころでしょう。

迷惑をかけるわけには、いかない。

「っ……。……僕は、邪魔になるよう、なので……失礼します」

「おう、お疲れ」

疲れてなんかねーよ!! と絶叫したい気持ちを抑えて走り出す。

自分の部屋に向かってる途中、何人かの人とすれ違いました。でも、誰も僕と挨拶を交わそうとしない。目も合わせようとしない。

完全に腫《は》れ物《もの》扱いされていて、疫病神を見るような目を向けられていて、僕から目を背けている。その態度が、戦《いくさ》に出る前とは違うその態度が！　ただただ、つらいんだ！

部屋に駆け込んで乱暴に扉を閉める。鍵を掛けて、扉に背を預けて息を整えました。

荒い息を整えながら、天井を見上げる。

腰から力が抜けて、足から力が抜けて……扉に寄りかかりながら座り込みました。

「……あはは」

乾いた笑いが漏れました。だけど、すぐに声が出なくなって、俯《うつむ》く。

右手で顔を覆い、肩を震わせました。どうしようも、ないや、これ。

「どうすれば、良かったんだろう……」

居場所が完全になくなった。ここに来てから頑張って築いてきた信頼関係が、なくなってしまった。

もうここには何もない。あの目、あの顔、あの言葉。

僕の目から涙が零《こぼ》れていく。でも、もう涙が出尽くしたかのようで、そんなに溢《あふ》れることはない。

「はぁ……もう、泣いても仕方ないや……」

頭を振って涙を拭う。

「泣くの、飽きちゃった」

そう呟《つぶや》いて、僕は立ち上がって膝を叩《たた》いた。

母さんから昔、教わった言葉。悲しくて泣いて動けなくなったとき、母さんは僕の頭を撫《な》でながら教えてくれた「泣くの飽きた」って言葉。飽きるほど泣いたら、次は動けよって意味。母さんはあっけらかんとして僕に教えてくれた。父さんはそれを見て苦笑いをしてたけど。

今は気分を切り替えて、現状を確認しよう。

「さて！　現状をしっかりと理解しないと、問題を解決することすらできないんだ。まずは確認だ」

独り言を呟き、頭の中で情報を整理する。こういうときは状況を正確に理解して解決策を模索して行動しなければ。

腕を組んで目を伏せて、まず考えるのはアユタ姫のことだ。アユタ姫の行動が、僕の状況を悪くしているのは間違いありません。

僕に対して依怙贔屓《えこひいき》をしているのが問題なのです。そのせいで仕事ができず、周りの人たちが怒っている。まず、これがきっかけ。

次に僕が言い訳をしたこと。これが致命的だった。もっと言うなら、内容が問題だった。

確かに贔屓は僕が望んでいることではなく、アユタ姫が勝手にしていることだ。僕に非がないのは明白。

だとしても傷を見せて、アユタ姫から受けたものだと説明したのはやりすぎた。あれでドン引きされたのは間違いない。

害を受けてるのは僕なので、僕が悪いというのはどこか間違っているかもしれませんが……そんな言い訳が通用しないのが人間社会で、人の気持ちっていうのは感情的に動くこともあれば合理的に動くこともある。今回は感情と合理性の判断を間違えた。

じゃあどうすればいいか？　まず、僕が最初にやるべきことは。

「アユタ姫の説得から始めないとダメだ」

そうだ、まずはアユタ姫の説得というか、話を始める必要があるんだ。なんでこんなことをし始めたのか、どうしてこんなことをするのかっていう。

……アユタ姫の目は異常だ。今だって思い出しても震えてしまう。あの日……あの態度……熱を帯びた声。

向き合わないと始まらないけど、足が震えて止まらない。

「だから、行くぞっ」

膝を叩《たた》いて、己《おのれ》を鼓舞する。

「よし」

震えはマシになった。僕は扉を開け、一気にアユタ姫の所へ早足で向かう。

アユタ姫の部屋がある階に続く階段を上り、廊下を歩く。

部屋の前には、コフルイさんが立っていた。険しい顔をして、鞘《さや》に納めたままの剣を腰から抜いて床に突いている。なぜか目を伏せていて、こっちを見ていない。

まるで門番のような威容だ。近づきがたい雰囲気だ。剣呑《けんのん》な表情で、ジッと立っていて、怖い。

でも行かないとダメだ、と思って歩く。

「コフルイさん。ちょっといいですか」

コフルイさんに話しかけると、目を開いて僕を見る。

目を見てくる。何をしに来たのかを探っているかのようで、警戒されているのがよくわかりますねぇ。クソが。

僕は背筋を伸ばしてから言った。

「アユタ姫様にお目通りを願います」

「……待っていろ」

「その前に、コフルイさんに話をしてもよろしいでしょうか」

僕にもわからなかった。本当はアユタ姫にさっさと会いに行こうと思ってたのに。

なぜここでコフルイさんと話をしようとしたんだろう？　わからないけども。

「なんだ？」

「アユタ姫様のことで」

親代わりのように、また護衛として側用人として、長年アユタ姫の傍らで生きてきたこの人に、聞いてみたかった。

「言ってみろ」

「なんでアユタ姫様は突然、僕の扱いを変えたのでしょうか？」

アユタ姫の変貌の理由を。

すると、

「儂《わし》が聞きたい」

と、バッサリと切り捨てられる。

怖い。コフルイさんは、不機嫌きわまりない苦々しい顔をしていた。僕はその厳しい視線に、一歩後ずさってしまう。

「儂が聞きたいわ、そんなもの。シュリも感じているだろう、今のダイダラ砦《とりで》内の不穏な空気を」

「まぁ……その被害者なので」

「被害者……うむ、間違いではないな。間違いではない……」

僕の返答に、コフルイさんはどこか釈然としない様子を見せていた。手に持っていた剣の鍔《つば》に指を添え、いつでも鯉口《こいぐち》を切れるように準備をしている。

「……コフルイさん、これは真剣な話です」

「なんだ」

「このままではいけないです。アユタ姫様に真意を問うて、諫《いさ》めなければなりせん。協力をお願いしま」

カーンッ。

コフルイさんが鞘《さや》で床を突く。甲高い音が鳴り響き、僕の言葉が遮《さえぎ》られる。無表情のままで僕を睨《にら》む。

「儂から言えることは一つだけだ。儂ではダメだった。お前しかいない」

「……ネギシさんは？　今朝から姿を見ません、あの人も説得をしたはず」

「ネギシは初めて、姫様に負けた。そして不貞腐《ふてくさ》れて訓練場におるわ」

は？　ネギシさんがアユタ姫に負けた、と？　以前、ネギシさんが僕にしつこく料理のリクエストをしてきたとき、襲ってきたアユタ姫を返り討ちにしてたのに？

呆然《ぼうぜん》とした。この短い期間に、アユタ姫に何が起こったんだ？　あとでネギシさんと会って話を聞かないといけないな、と頭の中にメモをする。

「……僕だけ、てことですね」

「そうだ。……儂も姫様に問《と》い質《ただ》した。最近のシュリの扱いは何なのかと、砦内で不穏な空気が流れているから払拭した方がいい、と」

どうやらコフルイさん自身もいろいろ言ってたみたいですが、最後には大きな溜め息をついて呆《あき》れた顔をしました。

「はぁー……なのに姫様は『幼馴染《おさななじ》みとの関係を怪しまれるのは仕方がない』と、わけのわからないことを言い出して、嬉《うれ》しそうにしていた」

「いや、幼馴染みってなんです⁇　わけわかんないんですけど……はぁー……」

僕も呆れるしかなかった。肩を落として溜め息をつくしかない。

本当に意味がわからないんだ。どうしてそんなことを言い出したのか、見当もつかない。どうして僕を幼馴染み呼ばわりするのか？　なんでそういう扱いをするのか？

「断言しておきますが……僕はアユタ姫様の幼馴染みではありませんよ……？」

「知っとるわっ！　……知っとるが……そうだな、改めて言われて安心したわ……」

二人して溜め息をつきながら、呆れ果ててました。

「……とりあえず、アユタ姫様と話をさせていただけます？」

「そうだな……シュリよ、念のために一つだけ聞きたい」

「なんでしょうか」

コフルイさんは体をこっちに真っ直ぐ向けてきた。

「まず、姫様と何を話すつもりだ？」

「今のような依怙《えこ》贔屓《ひいき》をやめてほしいと説得したいです」

「幼馴染み扱いをやめろではなく、か？」

「……今は無理かな、と……」

僕が視線を逸《そ》らしながら答えた内容に、コフルイさんも納得したように頷《うなず》く。

「であろうなぁ。うむ、そうだな。今の砦《とりで》内の不穏な空気や不満も、全てはシュリに変な贔屓をしているからだろう。この扱いをやめさせなければ……何もできん、後のことも」

コフルイさんの言葉に、僕は小さく頷く。

後のこと、というのは決まってる。信長を倒す、謀反《むほん》の計画のことだ。

国主ことギィブさんが、御屋形《おやかた》様こと信長に自分から従っている状況のままではいけない。このままではアユタ姫の身に何が起こるかわからない。

何より、過去の亡霊がいつまでも自国を支配している状況は、アユタ姫たちにとっては耐えがたいことだ。

アユタ姫は決断した。信長を打倒し、グランエンドを取り戻すことを。

でも今のままでは……その計画を実行することも準備することもできない。なんせアユタ姫がおかしくなっているのですから。

彼女の気持ちがどうなっているのかがわからないと、少なくとも今の砦内の風紀を正そうという姿勢を見せてくれないと、先に進めないでしょう。

「では……すみませんが、改めてアユタ姫様にお目通りを願います」

「わかった。……頼んだぞ、シュリ」

切実な様子でコフルイさんは呟《つぶや》く。頷《うなず》いた僕を見て、コフルイさんは扉をノックした。

「姫様。シュリが来ております。お目通りを願って」

「入れて」

早い。返答が早い。

これにはコフルイさんも予想外だったらしく、数秒だけ固まりました。ちゃんと口上を述べ、それを聞いたアユタ姫が毅然《きぜん》として返答するのが慣習のはずだ。

なのに、それを待たずに入ってこい、と。しかも声が弾んでいた。

コフルイさんはこっちを見て、扉を見て、と視線を往復させる。

「……わかりました。シュリ、入れ」

「はい」

目配せしてきたコフルイさんと視線を交わしてから、扉に手を掛ける。

わかってる。コフルイさんが伝えたいのは「いつもと違いすぎるから気を付けろ」ってことでしょう。僕ですらわかる。

アユタ姫の部屋の扉を開けると、中から手が伸びてきて僕の手首を掴《つか》む。

「え、うわっ」

そのままグイッと引っ張られて、部屋の中に引きずり込まれる。視線の端に驚愕《きょうがく》の表情を浮かべるコフルイさんが。それも一瞬で、扉が閉まって見えなくなる。

引っ張られた僕の頭が、誰かの胸に抱きしめられる。首から回された手と腕が、強い力で僕を捉えて逃がさない。

「いらっしゃい、シュリ」

「……はい、アユタ姫様」

首が動かないまま、僕は返答をする。がっちりと固定されて、拒絶するために突き飛ばすことすらできない。

いつまでこのままなのか……僕が困っていると、ふわりと拘束から解放された。

「すまない、つい」

「いえ、気にしないでくださいアユタひっ……」

顔を上げてアユタ姫を見て、僕は声を引きつらせてしまった。恐怖で言葉が出なくなる。

部屋の中が、前に見たのとは全く違う。何かの本の文章を、延々と写したかのような紙が部屋中に散乱しているのです。

散らかる紙の文字を注視していると、どうにも中身に見覚えがあるような。どこかで見たことがあるような、ないような、思い出したくないような？　なぜだ？

しかし、ここで思い出しておかないとダメな気がするので、必死に紙を見つめて……文字を読もうとしたが……ダメだ、よくわからん。後回しだ。

「あ、の……アユタ姫様、お聞きしたいことが」

「アユタ」

「は？」

「アユタと呼んで」

「え、いや……それはちょっと」

「アユタと呼べ」

怖い。アユタ姫の瞳が、どこか欲望でドロッと蕩《とろ》けているかのような妖《あや》しさを出している。これに逆らってはいけない、と本能が告げている。

声を震わせながら答えた。

「わかり、ました。アユタ」

「いい？　シュリ」

アユタひ……アユタ姫が僕の肩に触れる。

今までだったら握りつぶそうとしてくるような、危害を加えられるような予感で震えていた。

でもこれは違う。手の動きが、こう、いやらしい。ゾワッとしてくる。アユタ姫の目に恍惚《こうこつ》とした火が灯《とも》っていくのが見える。

「幼馴染《おさななじ》みってのはね、アユタとシュリの間にはね、敬語はないの」

「は？」

アユタ姫の優しい言葉に、僕は素《す》っ頓狂《とんきょう》な声を上げた。呆《ほう》けてしまった。

意味がわからない。真っ正面から改めて言われると理解できない。幼馴染みってなんのことだ。コフルイさんが僕に言ってきたときからもアレだが、目の前にするとただ怖い。

もしかして……僕が知らないだけで、本当にアユタ姫と幼馴染みだったのか……？

そんなわけないわっ。

「あの……僕とアユタっていつからの知り合いですか？」

「子供の頃から」

「？」

ダメだ。わからない。言われてることが理解できない。子供の頃って、僕は地球で学生してたぞ。山岸《やまぎし》くんと学校へ行き、家では父さんと母さんと一緒だったよ？

うん、記憶がおかしくなってるのかと思ったけど、おかしくないわ。この記憶がおかしいのなら、僕は何も信じられない。

「……えっと」

「敬語は、やめて」

この瞬間。アユタ姫の言葉が耳に届いた瞬間、僕の頭の中でスパークが起こった。

逆らっては、ダメだと。ここは合わせておかないと。命の危機を感じる。

……ふと体の危機の方がしっくりくるような気がしたの、なんでだろ？

「わかったよ、アユタ」

「それで……いい……」

怖い。アユタ姫の目が蕩《とろ》けてる。僕を見る目が怖すぎる。逃げたい。

これは、気のせいじゃない。アユタ姫は僕に対して邪《よこしま》な感情を向けてる!!

下手したら、隙を見せたら襲われるということが、頭の芯から理解できる!!

やべぇぞ、これっ。僕は思わず扉の方へ視線を向けた。扉は無情にも閉まっていて、ここで逃げ出して扉に手を掛けた瞬間には、アユタ姫に捕まるだろう。

下手な行動をすれば、一瞬で狩られる。そんな予感がするっ。

「えっと……お話があってきたんだけど……」

「じゃあ、こっちに来て」

アユタ姫はスキップしながら部屋の奥へと進む。正直、足の踏み場がない。部屋中に散らかった紙片を踏んでもいいとは思えない。

でもアユタ姫が平気な顔をして紙片を踏んでいるため、まぁ踏んでもいいのだろう。勇気を持って紙片を踏んでみて――。

「ん？」

と、思ったときに書かれてる文字が見えた。何やら小説の文章みたいだが……気になったので拾って中身を読んでみる。

なるほど、小説だ。しかも腐るほど読んで、二度と読みたくないやつ!!

「まさか……これは、カグヤさんの官能小説、幼馴染《おさななじ》みの……!!」

ここまで言葉にして、僕は全てを悟った。おそらくここにある紙の全てに、あの小説の文章が書かれているのでしょう。お気に入りの一場面を徹底的にたくさん写したのか、それとも小説の中身を全て何度も何度も書いては投げたものなのか。

でも、そんなことはどうでもいい。アユタ姫の行動の全てに、理由があったのだ。

この人、僕をお気に入りの官能小説に出てくる登場人物に投影して、とことんシチュエーションを楽しんでるだけだ、と!

思えば、僕がアユタ姫を助けるために抱きしめた状況。雨が降りしきる中で雨宿りをした薄暗い洞窟の中。僕の服を着せて寒さを凌《しの》いだあの時。

確かにだよ、確かに小説の中で似たような場面はあったよ、あとで敵に襲われたときに庇《かば》って怪我《けが》を負う場面もあった気がするよ、でもさ、でもさ!

だからって、僕を幼馴染みに見立てて、完全にその世界に浸って、暴走したあげくにその幼馴染みに迷惑をかけてくるなんてこと、あるの!?

あるわ、目の前に。

「あ、あの……アユタ……まさか、この小説は」

「ああ、これ？」

そこらに散らかった紙片の一枚を手に取ったアユタ姫が、愛おしそうに表面を撫《な》でる。

「これは……アユタの大切な本の書き写しだよ……うん」

「……『先生』の本だよ……ね？」

「ふふ……でも、もういいんだ。十分に書き写して、心と体に刻み込んだから」

ぽい、と紙片を投げ捨てたアユタ姫がこっちに歩いてくる。怖い、一歩一歩の歩みがとことん怖い。なんかフラフラして足元がおぼつかない感じだ。

下がろうとする、けど、やめる。ここでアユタ姫を拒絶するような真似をしてしまうと暴走が激化して大変なことになり、修正不可能になる気がするのです。

理想の幼馴染みに拒絶された夢見がちな夢女子が、その理想に裏切られた結末とは？

答え。周辺全てを巻き込んで燃やし尽くして焼け野原にする。

こんな結論しか僕には思い浮かばないから、逃げない。

アユタ姫は僕の胸に顔を埋《うず》めるようにして抱きついてくる。がっしりと背中に手を回してきて、逃がしはしないってのがよくわかるのだ。

不意に後ろへ首を回してみれば、扉がちょっと開いている。僅かな隙間から、コフルイさんの目が見えた。こっちを観察してるようで、腰の剣に手を掛けてた。

違う違うアユタ姫を手籠《てご》めにしてるわけでもないしハニートラップで情報を抜こうとか裏切らせてガングレイブさんのところに連れて帰ろうとか、そんなことは考えてない！

脳内に早口で言い訳が思い浮かぶのですが、そんなことコフルイさんに伝わるはずがない。剣に手を掛けるコフルイさんの力が増しているっ。

「はぁ……うん、いいね……」

なんかアユタ姫が艶《つや》っぽい声を出してるし。そろそろやめてほしい。コフルイさんに殺されてしまうからさ！

僕の背筋に寒気が奔《はし》るわ。

「幼馴染《おさななじ》みの胸に顔を埋《うず》めるってのを……してみたかった」

ダメだ。そろそろ現実に戻ってもらおう。これでは話が進まない。全く進まない。

「そろそろ話をさせてもらっていいですか？」

「あと数日だけ……」

「ダメに決まってるだろ」

なんだ数日って？

アユタ姫に促されたソファで隣り合って座り、僕は手を組んで覚悟を決める。

言わなければいけないが、今のアユタ姫に言うのは怖すぎる。でも、言うのだ！

「アユタ、最近、この砦《とりで》で不穏な空気が流れてるのわかってる？」

「なんのこと？」

アユタ姫は可愛く首をコテン、と傾けた。確かに可愛いが、僕は目を細める。

この人。見えてない。恋すると見境がなくなるらしいけれど、これは酷《ひど》い。

僕への干渉によって仕事ができなくなって困ってる。これは僕だけの問題だけじゃない、依怙贔屓《えこひいき》することで他の人たちの不満まで溜まってきている。

なんであいつが、なんで俺は。

待遇の違いというものは、職場に大きな影響を与える。経営者、上司、オーナーといった、人を管理して動かす立場の人間は、時として不合理な人間の感情に振り回されることだってある。だから人の扱い、管理、待遇というものに苦労しつつも頑張ってる。

でも今のアユタ姫は違う。前までは部下のことを、見た限りは気にかけていた。戦《いくさ》前の演説では人心を掌握していたし煽動《せんどう》できてた。

今はどうだ？　そんな様子は欠片《かけら》も見えない。気にかけようともしていない。僕だけを見ていて、僕以外はどうでもいいって態度をしてる。

……ガングレイブさんたちのところに帰るつもりならば、このまま放置してさっさと行ってしまうのが一番賢い。これだけバカになったトップの組織なんて、ほっとけば瓦解《がかい》する。ガングレイブさんの心労も一つは減るかも。

んなもんクソだろうが。さっさと帰るくらいなら、あの時あの場所で、アユタ姫を助けていない。自分の命を白刃《はくじん》の前に晒《さら》して守ったりなんぞするか。

僕には、アユタ姫を助けた以上。

アユタ姫を引き戻す義務がある。

「アユタ、いえ、アユタ姫様」

「え、なに？　シュリ」

「まずそのクソみたいな蕩《とろ》けた顔面《ツラ》はやめなさい」

唐突に僕の口から出てきた暴言。僕自身の顔は侮蔑と怒りをアユタ姫に向ける形となっている。

アユタ姫はアユタ姫で一瞬だけ何を言われたか理解できない顔をしていた。信じられないというか、言われるはずのない言葉を言われたことで、頭が思考停止状態になったのだろう。

だが、アユタ姫はすぐに僕の言葉を理解した。気づいたときには僕はソファに押し倒され、首を絞められていた。

急速に呼吸と血の巡りが遮断され、意識が霞《かす》んでいく。あまりの苦しさと痛みに、僕は呻《うめ》いてしまった。

霞む視界でなんとか前を見ると、アユタが無表情で僕の首を、右手一本だけで絞めている状況だった。上から喉を押しつぶし、握力で握り潰さんとしてる。

「幼馴《おさななじ》染みはね、そんなこと言わないの」

ポツリ、とアユタ姫の口から抑揚のない声が漏れた。

「いつだって優しくて、厳しくても気遣いのある言葉で諫《いさ》めてくるの。幼馴染みはそんな言葉を使わない。アユタの幼馴染みはそんなこと言わない」

「はっ!!　ぼ、くは、おさなな、じみ、なんか、じゃねぇ、よ。バー、カ!!」

懲《こ》りずに僕は罵倒の言葉を叫ぶ。アユタ姫はさらに僕の首に圧力を掛けてきた。

痛くて苦しいがまだやらなきゃいけないことがあるっ。僕は扉に向かって手を伸ばし、指を広げた。

扉の向こうで何かが動こうとしていたのだが、僕の行動で中断。コフルイさんが僕を助けに来ようとしてるのは予想できたから、それを止めないといけない。

ここでコフルイさんが突入してきてアユタ姫を止めるのはダメだ。話が拗《こじ》れる。あくまでも、僕とアユタ姫が二人で話し合い、結論を出さないといけないことだと思うんだ。

いかん、余計なことを考えていた。言葉を絞り出せ、言うべきことを言え。

「勘違い、して、る。アユタ、僕は、幼馴染み、とか、そういう、ので、はない」

「そんなはずはない、そんなはずはない！　お前は、シュリは、アユタの理想の」

「幼馴、染みとか、付き合い、の、長さ、ぐっ！　付き合いの長さだけで！　アユタを助けようと決心したわけじゃない!!」

ピタリ、とアユタ姫の動きが止まった。同時に首を締める力が緩んでいく。呼吸ができる。血の巡りを感じる。頭の回転が元に戻っていくぞ。

僕は両手で、アユタ姫の右手を包んだ。引《ひ》き剥《は》がすのではなく、優しく落ち着かせるようにだ。

「はぁー……あの洞窟でアユタを抱きしめて温めたのも、あの神殿騎士の斬撃からアユタを守ったのも……幼馴染《おさななじ》みというか、幼い頃からの付き合いの長さなんて理由じゃない」

「……なに？」

アユタ姫は僕の目を真っ直ぐに見つめていた。

「どういう理由で、助けたの？」

「助けられたからだろっ」

問いに対して、ノータイムで答えた。

「僕がアユタに助けられたから、僕がアユタを助けたんだ。付き合いの長さじゃない、恩義があるからだ」

「恩義？」

「挫《くじ》けて折れて、自分の醜さに潰されそうになってた僕を、アユタが慰めてくれた」

答えた内容が全てなんだよ。

「体の傷は痕が残ったとしても痛みは消える。でも、心の傷は痛み続けるんだ。自然治癒しないんだよ。でも、アユタが僕の心を助けてくれたんだ……。痕は残っても、もう痛くないんだよ」

「……痛く、ない？」

「これからも僕は自分の醜さを思い出すし、過去にあったことは変えられないと悔やむよ。でもね、痛くはない。僕は、僕自身の醜悪さを思い返したとしても」

あの時の言葉を、ここで返そう。

「僕は、僕自身を否定して死にたくなるほど、嫌な奴じゃないって、アユタが教えてくれたから」

僕は自分自身が助かるために、あちこちに媚《こび》を売って生きるような卑《いや》しさを自分の中に見た。死にたくなるほど情けなくて、かつての恩人たちに申し訳なくて、消えてしまいたかった。

僕が潰れそうになったとき、心が壊れそうになったときにアユタ姫が言葉で救ってくれたんだよ。

殺したくなるほど嫌な奴じゃない。嫌な奴ならとうの昔に殺してるって。

死んでないなら、殺されてないなら、僕はもう割り切ることにした。生き残るために媚を売ってるように思えた僕の生き方でも、他の人から見れば嫌な奴ではないんだと。

図太いほどに心を強く持つことの大切さを、アユタ姫から学んだ。

「心を救ってくれたから……僕にとってのアユタは嫌な奴って判断することができない。嫌な奴は死ぬのなら、殺されるのなら、あそこでアユタが死ぬのは間違ってる。殺されるのは間違ってる」

「……」

「でも、このダイダラ砦《とりで》で僕以外の人から嫌な奴って見られたら、ダメなんだよ」

アユタ姫の眉がピクッと動いた。

「アユタはダイダラ砦にいるみんなにとって、大切な人なんだ。主君であり団長なんだ。自分たちの頭なんだと。……みんなにとって大切な人なのに嫌な奴に変わっちゃダメです……そうなったらあなたはおしまいだ、孤独になりますから……だから、僕だけに甘くして嫌な奴になるのはダメですよ、アユタ、アユタ姫様……」

「もういいっ」

アユタ姫は、僕から離れてソファから立ち上がった。僕に背を向けているから、顔が見えない。

「もう、いい……言いたいことは、全部……わかった」

「……どうするつもりですか？」

「……アユタは、おかしくなってた……。理想の幼馴染《おさななじ》みを見つけたと思って……テビスに奪われると思って……アユタの知らない、シュリの過去を知ってる女がいることが許せなくて……おかしくなってたから……」

「え？　テビス姫？」

　なんでここでテビス姫の名前が出てくるんだ。なんのこっちゃ、理解ができんぞ。

「ごめん……アユタが間違ってた」

「あ、ちょっと」

　アユタ姫はそのまま走り出して、扉を乱暴に開けて行ってしまった。

……反省、してたのか？　どういう状況なんだろう、アユタ姫の顔が見えなかったから、どう転んだのかわからない。

　呆然《ぼうぜん》としていると、扉がゆっくりと開いてコフルイさんが入ってきた。

「……見ていてハラハラしたぞ」

「申し訳ない」

　コフルイさんが心配そうにこちらを見ている。特に、首の辺り。

「首はどうだ？　痛むか？」

「痛いと言えば痛い。その程度です」

「ならばよし」

　僕はソファから立ち上がってから、首を摩《さす》りました。気にしたら痛い、という程度なら気にする必要はないでしょう。

「コフルイさん。アユタ姫様は……」

「顔を真っ赤にして涙目で飛び出して行ってしまった。呼び止めたが、止まらなかったぞ」

「……追いかけないんですか？」

「一人で反省する時間が必要であろう。反省しないのであれば、さすがに儂《わし》だって殺される覚悟で諫言《かんげん》する。シュリが言ったように、皆にとっての主人で大切な人から、従うのが苦痛となるほど嫌な奴にならぬように、な」

振り返りながらアユタ姫が去って行った方向を見つめるコフルイさんの背中には、どことなく哀愁が漂ってた。

同様に僕も悲しく思い、眉を下げてうつむきながら言った。

「……恋に恋する人は、理性を失って感情的になりがちですね」

「お前は姫様に惚《ほ》れられたと思っていたのか自惚《うぬぼ》れ者め。姫様に恋人はまだ早い、そこになおれ首を落とす」

「勘弁してもらえません!?　あ、目が本気だなごめんなさい」

怖いよ、唐突に目を血走らせて剣に手を掛けてるよこの人。アユタ姫に対する心配や気持ちが過保護な父親路線に突っ走ってビックリしたよ。油断してると首を落とされる。

「すみません。その……うん、なんでもないです」

「よろしい。……しかし……姫様はなぜ、あんなことになってしまったのだ？　この部屋はなんだ？　何を書いている？　散らかったこの紙はなんだ？」

コフルイさんが足元の紙を一枚拾い上げて目を通すが、僕はそれを止めなかった。

可哀想だが、止めない。反省しろ。

一通り目を通してたコフルイさんでしたが、いきなりビクン！　と震えた。

「な、んだ？　これは……!?」

「どーしましたコフルイさーん？」

完全な棒読みで聞きながら、僕も足元の紙を拾った。

まぁ、何が書かれてるのか知ってるけど、知らないふりをしよう。コフルイさんはどういう反応を見せるだろうか？

「な、な、ななな……!?　なんとハレンチな!!　なんだこれは！」

「えー？　何が書かれてたんですかー？」

「読んでみろ！　あ、いや、いい、読まなくていい……!!」

面白いな。心の中の僕がちょっと悪い笑顔をしてる。コフルイさんの動揺が愉快である。

コフルイさんは紙を投げ捨てて、僕が手にした紙も奪い取った。そしてそれをビリビリに引き裂き、床に投げ捨てた。

「な、なんということだ！　わ、儂《わし》が付いていながら……姫様が、こんな、こんなえっちな趣味を持つとは……!!　いつだ、いつこんな本を……!?　あ、だからか!?　だから幼馴《おさなな》染《じ》みがどうだのと言ってたのか!?　こ、この紙切れに書かれている幼馴染みって……もしや、これはあれか!?　官能小説なのか?!　元となった作品が存在してるのか!?　姫様が創作したわけではない、とかか!?」

　コフルイさんは慌てながら、見るのは嫌そうだけど確かめるために紙切れを拾っては中身を読み、どんどん顔をしかめていきます。

　いやぁ、その姿を見て……申し訳ないんですけどね？

　コフルイさんの後ろから、その必死な様子を見ては、口元を覆い隠した手の下で笑いが浮かぶのよ。なんか楽しいし、実に愉快だ。

　いかん、口の端から笑いの息が漏れてしまう。ケへへへへ!!

「シュリ、何を笑っておる？」

「いえ、紙切れに書かれてる中に、笑える展開がありましたので」

「本当か？」

「本当本当」

　嘘《うそ》だけど。

「し、しかし……これで姫様が唐突にシュリを幼馴染み呼ばわりしたり、依怙贔屓《えこひいき》したり、何やら色気を纏《まと》っておった理由がわかった!」

「なんですかー？」

「姫様は、この官能小説に影響されておる！」

「うわー、なんてことだー」

ダメだ、笑うな。まだ笑っちゃダメだ。僕もその作品制作に関わっているという罪悪感はあるけど、それ以上に官能小説を見て狼狽《うろた》えたり怒ったり慌てたり閃《ひらめ》いた顔をするコフルイさんが面白くて仕方がねぇんだ。

必死にコフルイさんの言葉に同意しながら、僕は笑っていることと、この本を知っていることを悟られないようにします。

コフルイさんは立ち上がり、僕の方を振り向きました。

「シュリ！　探すぞ！」

「えー？　何をで……何を探すと⁇」

「原本だ‼」

……なんだと……⁉　僕は身を強張《こわば》らせました。

「さ、探すんですか⁇　これの、その、原本……を⁇」

「当たり前だ‼　姫様には刺激が強すぎるし、悪影響も確認した！　探し出して焼却処分する！　手伝え！」

「ま、ちょっ」

コフルイさんはその言葉と共に、ソファの間に手を突っ込んだりベッドの枕を投げ捨ててその下を確認していく。マズい、ちょっと待ってほしい。

思春期の少年少女の部屋にある、見られたくないような淫靡《いんび》な作品を親代わりの人物に捜索されるなんて、地獄の極みだ。

例えるなら、ベッドの下に隠してたエロ本が学校から帰ったら、机の上に綺麗《きれい》に整頓《せいとん》されて並べられてたようなもの！

いかん、これは阻止しないといけない。

「待ってくださいコフルイさんっ。その、年頃の女の子の隠された趣味を掘り出して言及したら、あの……本人にはつらいことになると思います！」

「……わかっておるが、今はその事実から目を逸《そ》らしておく」

コフルイさんは断腸の思いで行動してるのが、その一言だけでわかった。嫌そうな感じだからね。僕はコフルイさんに手を伸ばして止めようとするが、つらくなってやめた。

そうだ、コフルイさんだって仕方なくやってるんだ。本当はやりたくないんだっ。

「仕方がないなー。コフルイさんがやりたくなくてもやってるなら、僕もやらないとなー」

「お前、本当はワクワクしてないか？」

コフルイさんが目を細めながら僕を見るので、顔を背けて誤魔化しておく。

さて、部屋を見渡して……コフルイさんが机の引き出しの中からベッドの下、枕の下、枕を触って中に隠されてないか、ソファの隙間や下といった、官能小せ……めんどくせぇ、エロ本でいいや。

エロ本を隠すのに定番の場所を徹底的に探してから、さらにタンスとかも確認していました。

そういうとこにないのなら、少し頭を捻《ひね》る必要があるのだよコフルイくん。

机の方に行き、引き出しを観察する。三つあるそれらの高さというか深さを確認してから、実際に一番上の引き出しの中身を見る。そこにあるものを放り捨て、底を確認する。

二重底ではない。底に仕掛けがある様子は、ない。二番目も同様。

三番目も……同じだ。三つとも不審な点はない。

だが、僕は知っている。

「こういうものは……」

引き出しというものは、正面から見た大きさと実際の収納容積が異なるタイプもある。まぁ引き出しやすさとか、物を入れすぎても動作に支障がないようにとか、そこらの詳しい事情は知らない。

ここで重要なのは、引き出しを引いて底板を触ってみると、少しだけ上げ底になっていることだ。一番下など、引き出しの底板全面が地板に接触していては摩擦係数が上がって引き出しにくく重くなるのだ。だからこの机の側面には、引き出しの側板の溝を引っかける突起というか吊《つ》り桟《さん》がある。できるだけ接触面積を減らして引き出しやすくするための工夫だな。

つまり、引き出しの底と机の地板の間に少しだけ空間が作られているのです。接触しているところを溝の部分だけにして、底は少しだけ上げ底になっている。

なので一番下の引き出しを最大まで引っ張り出して、その奥を覗《のぞ》いてみれば……。

「あったあった」

やはり、一番下の引き出しの下、本来は収納部分として使わない空間に、本が一冊だけ置いてある。

器用に入れられていたそれを引っ張り出して、表面の装丁を確認してみれば……お目当てのエロ本、幼馴染《おさななじ》みシリーズの発見だ。

「あぁ……やっぱりこれか……」

僕は本を開いて中を確認。見覚えのある作品と作風、文体、展開を見てげんなりする。

まさかこんなところでカグヤさんの本を発見するとは思わなかった。呪われてる？　僕？

改めてパラパラと中を確認してから本を閉じて、僕は一言だけ呟《つぶや》く。

「これ……最新巻だ……他にもあるはず……っ」

置いてあったのは、シリーズ最新作。アユタ姫の反応を見る限り、シリーズを全部コンプリートしてるはずだし……この巻だけを持っている、なんてことはありえない。

ということは、他の本は別のところに隠してあるはずだ。この本がこんな見付かりやすい場所にあるってことは、いつも読む本をここに隠しているだけで、他の本はちょっと取り出すのが面倒だけど完璧な擬態で隠しているってことだ。

他の本を探す……のはやめておこう。慈悲。

僕は本をパタリと閉じて、深呼吸を一つ。コフルイさんが部屋の中の家具とか本棚をひっくり返す勢いで探すのだけど、見付からない様子。僕はコフルイさんが振り向くタイミングを見計らった。

来た。コフルイさんが振り返ろうとしている。そこで僕はいかにも、まさに今！　見つけて本を開きました！　みたいな態度で本を開いた。

中をちょっと見て……もう何回も見た内容だけど、初見らしさを頑張って演じる。目を見開き、片手で口元を押さえて困った顔をしてみた。これでいいのかわかんないけどね。

「あの、ここ……これーはー……！」

知ってる内容を恐れる演技って、予想以上に難しいわ。

「シュリ、それは⁉」

「えっとー……」

「見せてみよ！」

止める間もなく、コフルイさんは僕の手から本を奪い取る。あえて力を抜いていたので、するっと奪われてしまいました。

うん、そうなんだ。口ではなんだかんだ言いながら「親が子供のエロ本を発見するシチュエーション」とやらを目の前で観察できることに、僕は愉悦を覚えてるんだ。楽しんでる。

ごめんね、性格が悪くて。

「お……おぉ……!? こ、こんなハレンチな本が! いったい誰だ、こんなとんでもない本を書いたのは!!」

「誰が書いたんでしょうねー」

ちょっとここでは罪悪感を覚えました。制作に関わってましたからね。

僕は視線を逸《そ》らしました。

「これは……これは……」

「……」

コフルイさんはなんだかんだ言いながら本を読み進めてる……目を剥《む》いて一字一句を読み込んでるぞ。

あぁ、なるほど。僕はコフルイさんの肩に手を置いて言いました。

「コフルイさん……それ以上のめり込んでしまうと、引き返せなくなるかと」

「お、おお……そうであるな……危なかった、ハレンチではあるのだが……物語の構成や内容の完成度が高すぎて、気づいたら夢中で読んでしまっている……！　恐ろしい、なんという本だ……！」

　正気に戻ったらしいコフルイさんが、恐怖が浮かんだ表情で本を閉じました。

　そうなんだよ。なんだかんだでエロさだけで売ってる本じゃないんだよ。もともと神殿で働いていて教養が高いカグヤさんが本気で小説を書くと、なんか面白い作品ができる。

　カグヤさんはさらにエロも加えて濃厚……濃厚、な恋愛模様や感情描写、人間関係の変化、世界観を組み上げるのです。だから、エロ抜きにしても面白い。

　なのですが、肝心のエロそのものも……まぁ……凄《すご》いので……ハマる人は、ハマってしまうという……。

「とりあえずコフルイさん。その本をどうするのですか？」

「無論、この本を姫様の前に突き出し、ほどほどにしなさいと説教する」

「やめろと言わないあたり、優しいなぁ……」

　やめろと言ってもアユタ姫はやめないでしょうけど。

「しかし、アユタ姫はどこに」

「戻ってきた！」

　僕がコフルイさんに聞こうとしたとき、いきなり扉が勢いよく開きました。

何やらスッキリした顔のアユタ姫が、ニコニコと笑顔でまくしたてます。

「みんなに謝って、今からでもシュリの扱いを普通にするって言ってきた！　これで大丈……夫……」

ぴしり、とアユタ姫の動きが止まった。アユタ姫の視線の先にあるのは、コフルイさんの手に握られている、お気に入りの本。官能小説。エロ本。

コフルイさんはゆっくりとアユタ姫の顔を見てから、エロ本をアユタ姫の顔の高さまで上げて言った。

「姫様。お話がございます」

「……はい」

全てを諦めたような顔をして、アユタ姫は項垂《うなだ》れました。


食堂にて。

僕と、コフルイさんと、ネギシさん。そしてここに勤める兵士さん、文官さん、料理人さんとその他の部署、この砦《とりで》にいる全員が揃《そろ》っています。椅子に座りきれない人は、壁際に立っていました。

この中でアユタ姫、僕、コフルイさん、ネギシさんは全員に見えるように、食堂の中央にいます。

さらに、中心でアユタ姫が正座して俯《うつむ》いている。顔は見えないが、耳が真っ赤っか。首まで真っ赤。

ネギシさんはアユタ姫の右隣に仁王立《におうだ》ちし、その手には刃引きされた剣を持っている。顔はもう……般若《はんにゃ》のそれだ。

左隣には僕が立っています。腕組みをして、真剣な顔をして目を伏せてた。とりあえず何も見ないように、極力耳に言葉を入れないように気を付けてる。

そうしないと、爆笑してしまいそうだからね。ケケケケ。

「……そしてメイドは『あなた様がいなければ』……『ダメだ、お前は俺の傍《そば》にいろ』と男が叫び、その腕を掴《つか》んで抱き寄せ……」

アユタ姫のすぐ傍でコフルイさんが真顔で、アユタ姫が隠し持っていた愛読書を朗々と音読。

処刑。

まさしく処刑場だ、ここは。

コフルイさんはアユタ姫に短く「説教します。来なさい」と告げ、有無を言わさず食堂に連行。食堂で不貞腐《ふてくさ》れてたネギシさんに事情を話してこの場に全員集合。

アユタ姫の依怙贔屓《えこひいき》によって迷惑を被《こうむ》った人、嫌な気分になっていた人、なんでこんなことになっているのか事情を知りたい人と、集まるだけ集まった。

まさしく全員集合。

この場にいる全員に軽く事情を話したコフルイさんが、そのままアユタ姫を正座させてから両脇を僕たちで固めさせて逃亡を阻止、愛読書の音読を始めたってわけです。

いやぁ、コフルイさんはとても凄《すご》い。まるでこのために力の全てを振り絞っているかのように美声を張りあげ、臨場感を出し切って音読してる。聞いてるこっちが世界観に呑《の》まれそうだ。

いや、本当のところは大爆笑しそうで必死に堪《こら》えてるんですが。

聞いてる人の中には顔を真っ赤にしながら酒を飲んでいる人、なんでこんなもんを聞かされてるんだと混乱してる人、多分だけど内容を覚えようとしてる人、最後には世界観に浸りながら楽しんで聞いてる人と、反応がもう混沌《こんとん》きわまってる。

ちなみにこの砦《とりで》には女性もいる。何人かいる。一部の人は共感性羞恥で顔を真っ赤にしていました。

しかし、大部分の女性は顔を真っ青にしていた。必死に隠そうとしているのだけど、正直な話、僕は彼女たちの反応に察しを付けている。おそらく『生徒』だろうな。

「……と、幸せに過ごすのであった。おしまい……」

いろいろと考えてたけど、コフルイさんの朗読会が終わった。ふぅ、とコフルイさんが息をつき、疲れを見せていました。延々と数時間にわたる官能小説朗読会だ、精神的にも疲れるだろうさ。

　やっと終わったか……と僕は呆《あき》れながら顔を右手で隠します。

嘘《うそ》、笑いを周りに見せないように必死に隠してます。油断したら、爆笑してのたうち回りながら腹筋の痛みに悶絶《もんぜつ》してたでしょう。

「さて、姫様」

　パタン、と本を閉じる音が響く。

「この『愛読書』の内容を暗記するほど熱心に読み、幼馴染《おさななじ》みという友人関係や恋愛関係に憧れ、その対象としてあまりにも理想通りであったシュリに無茶を言い、ダイダラ砦の全員に大迷惑をかけたことに対する、尋問会を始めます」

「判決、死刑宣告の間違いじゃありません？」

　僕は思わずツッコんだが、誰も反応してくれない。

「さて最初に。姫様、この本はどこで手に入れましたか？」

「……」

　アユタ姫はもう顔を上げることができないようで、肩まで真っ赤っかにして黙っている。

　けど、コフルイさんは容赦しない。本を開いて、

「では、本に跡が付くほど何度も読み込んだ、お気に入りの箇所であっただろう、洞窟で

体を温め合う展開の朗読を再開しま」

「こ、この砦《とりで》に来るずっと前……行商人から、こっそりと買った……!!」

「そんな昔から??」

ネギシさんが驚いてアユタ姫を見る。そら、もうずいぶん前って話になるからね。

ていうか、ネギシさんすら知らないように隠してたって凄《すご》いよな。そこまでするか。

……カグヤさんの作品はそこまでするものだったな……遠い目をしながらカグヤさんを恨む。なんでこんなことになっちまったんだ。帰りたい、もう。

「なるほど。では次の質問です。他にこの本を読んでいる人を白状しなさい」

「っえ？」

「姫様以外にもこの本を読んでいる人がいる場合、姫様ほどに夢中になってしまっていたら……と思うと恐ろしい、注意する必要があります」

「やめろとは言わないの？」

「ほどほどにするように言います」

「や、優しいなコフルイ。アユタ、感動したよ」

アユタ姫は感動しながらコフルイさんの方に振り向いた。

が、コフルイさんの顔は能面の如き無表情。しかし背後には怒りの炎が燃え盛っている。

「むろん、ほどほどにするように激怒します。姫様も含めて」

「ひぇ」

アユタ姫は再び姿勢を戻して俯《うつむ》いてしまいました。

「姫様、それで？　誰ですか？」

「い、言わないっ」

「なぜです？」

コフルイさんの質問に、アユタ姫は必死に頭を振って拒否。コフルイさんは能面のまま本を開こうとして……やめた。なんで？

「いや、仲間たちを売らないのは当然でありましたな」

「はぁ……う、うん」

「仲間たち、大切ですか」

コフルイさんが静かに話を続けた。

「それで？　白状しなさい」

「コフルイ!?」

「黙らっしゃい」

場の空気が冷えていく。

「これは尋問なのです。姫様、あなたは答える立場なのです。答えなければ、こちらも相応の手段を取ります」

「な、なにを……??」

「この事実をニュービストに報告します」

アユタ姫に動きはない。平静を保っているのか？　それとも……別の理由が？

不自然だ、アユタ姫から反応がないとは……何を考えている？

「や、やれるものならやってみろ。アユタは仲間を売らない、必ずだ」

「そういやミコトさんも『生徒』でしたね」

「シュリー!?」

アユタ姫が絶叫する。

僕の方を驚愕《きょうがく》の目で見ていたアユタ姫でしたが、僕は醒めたような目で虚空《こくう》を見つめているだけです。

「シュリ？　せ、『生徒』とはなんだ？」

コフルイさんはコフルイさんで、僕に対して恐ろしいものを見る目をしていました。

それどころかネギシさんも、他の人たちも僕の言葉の続きを待っています。興味津々って感じの人がほとんどですね。

……いや、一部の女性は僕に対して「え？　なんでそれを知ってるの？」とか、「知ってるとしてもそれ以上言ってはダメだ！」と、懇願するような目をしてる。

　だが、容赦はしない。僕はさらに続けた。

「『生徒』というのは、その本を書いた作者を『先生』と崇《あが》める愛好家たちの集まりです。『先生』を頂点として、その下の『生徒』と呼ばれる人たちで構成された、『教室』という組織に属する人たちを指します」

「正気《しょうき》の話をしてる？」

「僕は正気です。狂気に染まった話はしてません」

　ネギシさんが恐れた様子で聞きますが、僕は平然としてる。

　というか、食堂に集まったほぼ全員がドン引きしているのです。苦笑いどころじゃない、笑い話にならないような奇妙な話を聞かされて、おののいているのでした。

　気持ちはわかる。

「……姫様は、その、『生徒』である、と？」

「ミコトさんもです。どっちが先に『生徒』であったのかはわかりませんが……アユタ姫様、どちらが先なのでしょう？」

　僕は膝を突き、アユタ姫と視線を合わせる。彼女の目には羞恥心で涙が浮かんでるほどだ。顔が真っ赤になって、唇まで震えてる。

　だが、やめない。

「ミコトさんからアユタ姫様に本が渡ったのか……それともアユタ姫様がミコトさんを引

き込んだのか……どちらなのでしょうね？」

「そ、れは……！」

　懊悩《おうのう》している。正直に話すべきか、それとも誤魔化すべきか。

　どちらが先かは関係ない。ここでアユタ姫が答えた内容は、そのままアユタ姫の評価に直結する。

　自分から沼に引き込んだと泥を被《かぶ》るか、ミコトさんに沼へ引き込まれたと彼女に泥を被せるか。

　ここに真実は必要ない。言われた内容で、前述の評価が決まるだけだ。

　自分のせいにするか、部下のせいにするか。ただ、その評価が下るのみよ。

　アユタ姫は懊悩している。自分から誘ったのか、ミコトさんに誘われたのか。

　上司が泥を被るか、部下に泥を被せるか。

　さぁ、どっち……？

「ミコト、ただいま戻りまし……」

　と、なぜかここで食堂にミコトさんが入ってきました。え、なんで？　そういや別行動をしてたはずでしたね。でもなぜここに？

「どうした、この空気は？　せっかく戦《いくさ》に勝って戻ってきたのでしょう？　宴《うたげ》でもするために集まっ」

ミコトさんは手に大薙刀《おおなぎなた》を握ったまま、食堂のアユタ姫の方へと歩いて来る中で気づいた。ここにあるはずがないものが、そこにある。

コフルイさんの手に握られている、愛読書の存在に。だからこそ、足も動きも完全に止めてしまったのです。この行動が致命的な、真実の証明となってしまったことにもミコトさんは気づいた。

「……そうか……」

天を仰いだ。いや、ただ天井があるだけなんだが、ミコトさんは堂々と天を仰ぎ、微笑《ほほえ》んだ。

「……コフルイ。どこまで知ってる？」

「姫様がこの本を愛読書にしていたこと。『教室』と『生徒』の存在まで」

「……そうか」

ミコトさんは大きく息を吸って、吐いた。みんながミコトさんの一挙手一投足を観察している。ここからどんな言葉が飛び出すか、どんな行動に移るのか。

全てを見逃さないように向けられた無数の目を前にして、ミコトさんは堂々と手を広げた。なに、その威風堂々とした態度？

「イハハハハハ！　みんな！　聞け！　その本はシュリも制作に関わっているぞ!!」

「ええ!?」

唐突にミコトさんは大笑いしながら、僕に大薙刀《おおなぎなた》の切っ先を向けて絶叫しました。

こ、こいつ!! 死なばもろともとばかりに! 僕を巻き込もうとしてやがる!!

「それどころかシュリは『先生』のすぐ傍《そば》、制作の中心にいる! そいつは『副担任』と呼ばれる、『教室』の中でも二番目に偉い立場の男だ!!」

「うぉ、お、お前ぇ!!」

「コフルイぃ、お前が持っているその愛読書はなぁ、シュリも助言という形で制作に関わっておるぞぉ!! 味方だと思っていた人間が、実はこっち側なんですよぉ!! イハハハハ!」

狂ったように笑いながら、ミコトさんは泣いておりました。滂沱《ぼうだ》と涙を流し、ヤケクソって感じだ。

僕は僕で、まさかこんなところでそれを暴露されるとは思ってなかったので、固まってしまいました。顔から血の気が引いた感じがしているので、たぶんだけど真っ青になってるだろうなと。

アユタ姫は僕とミコトさんの二人の顔を交互に見ながら、壊れたように乾いた笑みを浮かべているだけです。アハハ……という感じの笑いが耳に痛い。いや、僕のせいなんだが。

周りのみんなはというと。

「嘘《うそ》だろ……シュリがあんな官能小説の制作に携わってたのかよ……」

「料理を作る傍らで官能小説を作る……なんて奴だ……」

「『副担任』……実在してたのか……!!」

ざわざわとざわめき、僕たちを見る食堂の面々。

主な目は僕とアユタ姫とミコトさんに対する、変人を見るような目。なにこいつ、こんなの好きなの？　こんなの作ってんの？　って。

一部の人は僕を尊敬の目で見てるよ。いつか目潰ししてやる。

コフルイさんとネギシさんはというと、明らかに僕から二歩は遠のいて間合いをとっている。姿勢も、敵か味方かわからない人物に向ける警戒体勢。いつでも戦えるような身構えなり。

あぁ……やっぱりここに居場所はなくなったなぁ。

料理人としてではなく、なんというか……常識人としての立場を、居場所をなくした感じだ。はははっ。

「はははははは……はは……」

僕も思わず笑ってしまった。美しい笑顔でね。

「はははははは……」

「アハハ……アハハ……」

「イハハハハハハ!!」

僕、アユタ姫、ミコトさんの笑い声が響く食堂が、一気に地獄の空気と化したのは間違いないのだった。

殺せ。僕たちを殺せ。

その後。

「……」

「……」

「……ごめんて」

夕方の時間帯。本来なら厨房《ちゅうぼう》に入って仕事をしている頃ですが。

僕たちエロ本晒《さら》され三人組は、食堂にある机に椅子を持ってきて集まっていました。

全員が全員、机に肘杖《ひじづえ》を突いて顔を俯《うつむ》かせ、どういう表情をすればいいのかわかんなくなっています。

とりあえず謝ってみましたが、誰も反応しない。それもそうか……と、僕も黙る。

なんでこんなふうに縮こまって三人で集まっているのかというと、

「おい、あれ……」

「やめとけって……！　……その、そういうのに興味がある年頃だったんだよ、姫様は

「……」

「ミコトは……？」

「あれだよ……あいつも、その……行き遅れ気味だからよ……もうやめとこうぜ……」

こんなふうにコソコソと、僕たちを見ては官能小説朗読会こと官能小説愛読者つるし上げ会を観賞していた人たちが話をするからなんですね。

一人でこれを聞いてしまうと耐えられない……だから三人で集まって、傷の舐《な》め合いと傷の分け合いをしてるわけです。救いがない。

実際、ちょっと顔を上げて見ると、コソコソ話が聞こえるたびにアユタ姫とミコトさんの肩がビク、と痙攣《けいれん》してる。かくいう僕も痙攣する。

それが何十回か続いたあと、ミコトさんがポツリと呟《つぶや》きました。

「……私、帰るときを誤りましたかね。あとヤケクソになりすぎました。すみません」

後悔、反省、もはや懺悔《ざんげ》になっているような暗い声。

「……アユタが本を隠すのに、手を抜いたから見つかった。ごめん」

アユタ姫の反省。こちらも落ち込み尽くしたくらーい声。

「……アユタ姫の本を見つけたうえ、『教室』の存在を明かしたのは、間違いでした」

「お前のせいだ！」

「シュリのせいだ!!」

うわ。

「お、おままま……はぁー！　ふぅー！　……お前のせいで！　なんで明かしてしまうんですか‼　こういうものは、周囲に秘密にするのが常識でしょう‼　なんてことをしたんだお前は！」

「あ、アユタの秘密をあれだけ偉そうにぶちまけたくせに！　自分だって『副担任』のくせに！　何をしれっと無関係を装ってたんだ‼　どういう神経をしてるんだ！　しゅ、シュリのせいで！　シュリのせいでー‼」

「ごめんなさい！　本当にごめんなさい！　僕が全てにおいて悪かったです！」

　僕の独白を聞いたアユタ姫とミコトさんが立ち上がり、顔を真っ赤にして糾弾《きゅうだん》してくる。

　アユタ姫なんか、僕の肩を掴《つか》んで前後にグワングワンと揺らしながら責めてくる始末だ。当然の反応です。反論も抵抗もできない。

　二人して興奮したまま叫んでるので、もはや何を言ってるのかわかりません。なんかひっどいくらいに責め立てられてますが、全部が僕を責めるのも当然という内容なんだろうから、何も言えねぇ。

「おい、見ろよ……三人してなんかやってるぜ……」

「しっ！　見るな……他作品の話とか新作の話をしてるんだろ……楽しそうだから邪魔し

てやるなよ……」

「……そうだよな……人には明かされたくない秘密の一つや二つ……ぷぷっ！　……あるもんな……そっとしとこうか……」

　ですが、外野からのこんな声を聞いた僕たちは、再びピタリと止まった。

　僕たちは一体何を言い争っているのだろう。急激に頭が冷めてしまったことで喧嘩《けんか》をやめた僕たちは、ゆっくりと席に座って同じ姿勢に戻りました。

　誰も何も言わなくなり、黙ったままでさらに数十分後。周りにいた兵士さんたちのひそひそ声が聞こえなくなってきた頃に、

「……すみませんでした」

「反省したら、もういいです……私も悪かった……」

「アユタも……自重できてなかったのが……原因だから……」

　全員で反省の弁を述べていたとき、僕の頭にちょっとだけ光が差した。

　そうだよ。僕はその話をしようとしてたんだよ。それなのに忘れてアユタ姫の趣味を暴露して、ついでにミコトさんの趣味も暴露して、僕自身にも因果応報の結末が来たから忘れてた。

「そうだ……僕、アユタ姫に聞きたいことがあったんですよ」

「なに……？　今なら何でも答えるよ……？」

「僕に対する過剰な贔屓《ひいき》って……本当にあの官能小説に出てくる幼馴染《おさななじ》み的存在に憧れていたからなんですか……？」

アユタ姫の肩が、一番大きくビクッと跳ねた。どうやらこの質問はアユタ姫の弱点を突いたんだろう。

聞いておかないといけない質問だけど、聞かれたくない質問というか。

「あの……その……」

「もうここまで……来たら正直に答えてくれません……？　僕も知らないままというのはちょっと……ね……」

「そうだな……アユタには……同年代の友達がいないんだよ……」

……んぅ？

「ご兄弟とかもいないし、側近候補の人たちもいなかった、と？　こう、姫様ともあれば幼い頃から側仕《そばづか》えとなる同い年くらいの子が一緒に育って、信頼できる部下となるものかと思ってました」

「だいたい合ってるけど……それでも……アユタには友達も幼馴染みもいなかった……」

遠い目をし、過去を回想をしながら自嘲気味な笑みを浮かべるアユタ姫。

それを見た僕は、ミコトさんに目配せしました。するとミコトさんは頷《うなず》く。

「事実だ。姫様にはご友人がいらっしゃらなかった」

「そこまでハッキリ言っちゃうと、アユタ姫様に失礼では？」

「……」

そっぽを向いたミコトさんの様子を見て、僕は小さく溜め息をついた。

ここからの質問を考えて、少し天井を見上げてから言う。

「その……原因は……？」

「アユタのせい」

「わかりました」

それだけで理由がわかるってのも、なんだか切ない話だねほんと。

「具体的に聞いてくれる？」

「アユタ姫様。あなた、僕が初めて料理をお出しした時に殺しにきませんでした？」

「ごめん」

これだけで理由がわかるってのも、なんだか切ない話だねほんと。

「ミコト、ミコトはもうちょっと理由を聞いてくれるよね？」

「アユタ姫様。あなた、私があれを教えようとしたときに殴りかかって抵抗したよね？」

「ごめんて」

あれだけで理由がわかるってのも、なんだか切ない話だねほんと。

「総合すると、幼い頃から暴力的で反抗的、偏食家でわがままだから、誰も傍《そば》に居続けることができなかったってことでいいですか？」

「……うん」

これほどの理由がわかるってのも、なんだか切ない話だねほんと。

「やめよっか。この話」

「うん」

あまりにも切ない話だったので、僕からやめようと提案してしまいました。

申し訳ねぇ。アユタ姫の顔が真っ赤で、目には涙を溜めていらっしゃる。

あー……女の子を泣かしたらいけないから……ね？

僕は冷静に言いました。

「アユタ姫様。その……友達が欲しいんですか？」

「いるから……一応、友達いるから……」

「え？　誰ですか？」

ミコトさんがちょっと驚いた感じで聞いた。さっきまでの様子だと、未《いま》だに友達がいない前提だったんでしょうね。

正直、僕も気になりながらアユタ姫の続きの言葉を待ってみる。アユタ姫は何やら躊躇《ちゅうちょ》し続けているようですが、無理もないですね。また仲間を売ろうとしてるようなもんだし。

だけど、自分の誇りと仲間の名誉を天秤《てんびん》に掛けた結果、自分の誇りが勝ったようです。

重々しい口ぶりでアユタ姫が答えた。

「……テビス姫」

「なんだって？」

「テビス姫。『教室』の仲間」

絶句。

僕は何も言えないまま黙り込んでしまった。え？　本当に？　教室の仲間なの？　本気で言ってる？

だけどミコトさんは何か納得しながら、頷《うなず》いていました。

「そうですか……確かに彼女は『委員長』でした……！　なるほど、ご友人と言えるほどに仲を深めておられましたか。……しかし、そういう形で対等の友人になってたのか」

「まぁ、趣味仲間としては対等じゃない？　アユタとしては仕事上の立場でも対等の友人になりたかったんだけど」

アユタ姫とミコトさんは、キャッキャと楽しそうに話をしていました。

二人の姿を見ながら、僕は絶句しつつ両手で顔を覆います。正直、罪悪感で胸を締め付けられていたので。

僕がカグヤさんの執筆を止めなかったばかりに、あんな幼い少女が官能小説愛読者となってしまった現実に……どうすればいいんだと苦悩する。

この世界には年齢制限ないもんなぁ！　官能小説を読むのは大人になってから、みたいな常識がないもんなぁ！　そら金があってそういう趣味があるのなら、どんな年齢の人だって買うわなぁ！　かぁー！

帰ったらカグヤさんに、自分の官能小説に年齢制限を設けるように提言しよう。

僕は強く強く心に誓った。

こんな悲しみを繰り返していいわけが、ないんだ……！

「それで、アユタ姫はテビス姫とどういう形で仲良くなったんですか？　まぁ、『教室』関連なので想像はできなくもないですけど」

「うん。アユタの本を見つけられたのをきっかけに。あっちも愛読者だったから、それを縁に友達になった」

「そっか……」

どうしよう。アユタ姫に友達がいないって話から、実は愛読者同士で友達ができているってことがわかった。

この状況で本に年齢制限を設ける形にしてしまったら、こんな出会いのきっかけも失わせることになっちゃうのかな……。

僕は目を閉じて、右手で目頭を押さえました。どうしようか迷って、溜め息をつく。大きく大きく、もう一回溜め息をついてから考えを固める。

「とりあえず……ご飯にしましょうか……そういう時間ですし……」

「そうだな……私もお腹《なか》が減りました……」

「同感……もう、今日はアユタも疲れちゃった……」

全員、今日一日だけで疲れ果ててしまいました。

まぁ僕のせいであることが四割、アユタ姫の無茶な行動が五割、とどめを刺したミコトさんが一割って程度でしょうけど。

そう思っとこう。

僕が全面的に悪いかもしれないが、そこには目を向けない。そっぽ向いとこう。

「……ここで食べますか？」

「嫌だ」

「アユタの部屋に行こう」

二人はさっさと席を立ち、食堂から出て行ってしまいました。あぁ、そうだよな。僕も立ち尽くしてはいるものの、正直この場から逃げたい。

「おい、見ろよ……シュリだけ取り残されてるぞ……」

「仲間割れか？」

「創作の邪魔にならないための配慮だろ……言わせんなよ……」

こんな声が聞こえてくるからね。この場から消えたい。

落ち込んだ気持ちのまま厨房《ちゅうぼう》に入ると、料理人さんたちが僕の方を見た。

以前のような嫌悪感や苛立《いらだ》ち、怒りといった感情はない。手を止めてこっちを見てきたのですが、目には僕に対する嫌な感情は何もなかった。

なんというか、同情というか、うわこいつが来たみたいな恐怖やら、変わったものを見る好奇心と言いますか。

ともかく、変な人を見る目で見られてた。

「あの」

「うわっ……あ、あぁ、いや、すまない……」

なんだよ、その目。関わりたくねぇ変人が来たみたいな。さすがの僕でも傷ついてしまうわ。その料理人さんは気まずそうな顔をしてチラチラとこっちを見てる。

なんか微妙な空気が流れている。そこにオブシナさんが近づいてきた。

オブシナさんも以前のような怒りは全くありません。それどころか、優しい顔をしてました。

なんか、優しい。目が優しいんだ。とことんね。微笑を浮かべ、目は優しそうに細めていました。

「シュリ、どうした？　仕事を再開してくれるのか？」

「いや、包丁を突きつけられて、アユタ姫様へご機嫌取りでもしてろって言われた職場に、簡単に戻るのはちょっと無理です。整理する時間が欲しいです」

するっと僕の口から出てきた文句。自分自身でも自然と出てきた言葉だったので、ちょっと驚いた。言ってしまったあとに、自分でもそりゃそうだと思わざるを得なかったけど。

だって、こっちはあれだけ怒られて文句を言われて、除《の》け者《もの》にされて悲しかったから。

あれをなかったことにしてまた仕事に戻るってのは、無理だよ。

「あぁ、そうだな……いや、あぁ、その前に言わないとダメだったさ……」

オブシナさんはすぐに済まなそうな顔をして、頭を下げてきました。

「本当に済まなかった。シュリにそれだけの事情があるってのを知らなかったとはいえ、怒りや苛立ちでやっていいことでも言っていいことでもなかった……本当に済まない」

オブシナさんは真剣に謝罪をしてくれてる。他の人たちも手を止めて、おのおの謝罪の言葉を言ってくれた。

……まぁ、うん。少しは溜飲《りゅういん》が下《さ》がった、とは言える。

「うん。まぁ。明日から戻ります。またよろしくお願いしますの前になんだ事情ってそれだけの事情ってなんだオブシナさんあなたは多分誤解している思っていること全部言え」

謝罪をもらったことで冷静になった僕の頭の中に、聞き捨てならない単語があると認識した瞬間、早口になってました。思わず身を乗り出してオブシナさんを問い詰める形。オブシナさんは僕に詰め寄られて引いてる。引き笑いだ。

「い、いや、その……大変、だったんだろ？」

「何が⁉」

さらに問い詰めれば、オブシナさんは優しい目をして言った。

「その……要するに、アレだろ？　姫様……は、シュリをそういう目で見てたんだろ？　本の中の理想の登場人物と重ねて……さ？　その本もさ、シュリが制作に関わってたんだろ……？　つまりさ……二人で本のあれこれとか考えて、演じてたんだろ？　すまん」

「違うんだ。いや、違わない部分は多いんだけど、結論と結論に至るまでの思考が違うんだ。単語や要素は合ってても足し算引き算が間違ってるとか組み合わせ方が違うとかそういう感じなんだ」

必死に説明してるんですけど、オブシナさんはずっと優しい笑みを浮かべて温かい瞳をこっちに向けてくる。いや、どっちかという生温かい目かなぁ。

僕は必死に説明しました。確かに本の制作には関わっていたけど、実際には助言してただけとか、そんなに執筆現場にいたわけじゃないとか、内容についてはほぼ全て原作者が考えてるだけで僕の助言は大したもんじゃないとか、必死に。

僕の必死さに対してオブシナさんはずっと優しい笑みを浮かべてるだけだ。それどころか、僕が説明をすればするほど同情の度合いが強くなってる気がする！

　とうとうオブシナさんは僕の肩に優しく手を置いて、言いました。

「でも、助言できるくらいには……シュリも……その、知識があるんだろ……？」

「僕に恋人がいたことがないってのは、雑談の中で言ったことがありますよ！」

「え？　……何も、ないままにあれだけの内容に、助言を？　……えっと……あの本は結構な数、出てるんだろ？　大した助言じゃないなら……最初の方で助言役は……解任されるだろ……普通……？　そうじゃないってことは……」

　あ、これはヤバい。

　僕に恋人がいたことはない。年齢がそのまま恋人いない歴の人間だ。恋人がいないってのはただ、恋人をつくることに興味を持てなかった学生時代と、恋人がいないということを気にする暇がなかった修業時代を過ごしていたからです。

　だからね、僕がヤバい奴だから女性に避けられたとか、そういう話じゃないんです。

　説明しようとしたとき、オブシナさんは何かを察したように目を背けた。

「そっかぁ。才能、あったって……こと？」

　ビシリ、と僕の顔にヒビが入ったような感覚に襲われた。その場で膝から崩れ落ち、両手を床に突いた。もはや涙すら流れず、気分が落ち込み続けている。

「そっか。才能があったのか、僕」

こんな、こんな才能があったのか、僕は？　人様の官能小説に適切な助言を与え、濡れ場での臨場感を高めるようなことを言える、と。

ははは。僕はどうしようもなくて、乾いた笑い声を上げました。

「はははっ。そっか、才能があったのか」

「そういうの、耳年増《みみどしま》っていうんだけど。シュリはそういう才能が」

「オブシナさん！　やめてください！」

唐突に声が聞こえたので顔を上げると、他の料理人さんがオブシナさんを止めるように押さえていた。

「そういうの……言うもんじゃないっす……ほら、いろいろあるじゃないですか……事情ってやつが……」

「あ……あ！　……ゴメン……シュリ」

「……いえ」

この場の全員の優しさが、僕にとってはつらすぎた。

「気を取り直して食事を作ろう」

陰気な顔のまま、自分自身を奮起させるように呟《つぶや》く。そうしないと、なんかこう、潰れそうでつらい。

僕は厨房《ちゅうぼう》の一角を借りて、調理に取り掛かることにしました。道具、食材、場所を提供してくれてありがたいことです。好きに使ってくれ、とのことです。

ありがたいことなのだが、他の人たちはこっちを見ようともしない。チラチラと観察してくるものの、その……うん。腫《は》れ物《もの》扱いなのは変わらない。

むしろ前よりも哀れみの目が強くなってるのは、僕の気のせいだろうか？

「なぁに作ろっかなぁ。いろいろとあるのだけどぉ」

頭をよぎった考えを振り払うように呟き、材料を確認。

瞬時に顔は真剣なものへと変わった。ここからは仕事の時間だ。

仕事の時間に、陰気な気持ちや余計な考えを持ち込むな。頭を切り替えろ、食事をする人のことを考えろ。食中毒など論外外道《げどう》の所業、マズいなどあってはいけない、調理内容にミスがないようにしろ、食材の吟味と道具の管理を怠るな。

カチリ、と頭のスイッチが切り替わる音が聞こえた。

「よし、チキンパルミジャーナでも作るか」

食材を見て、すぐに決めて行動を開始する。

使う食材は鶏肉《とりにく》、チーズ、トマト、ニンニク、オリーブオイル、塩、胡椒《こしょう》、それと……

ちょっと周りを見てワインを発見。これを使えば、もっと良い料理になるでしょう。

あとは……やめておこう。ローズマリーとかパセリがあれば美味《おい》しくなるのですが、これ以上食材を追加してしまうと他の人らに迷惑がかかる。

好きに使ってもいいとは言われているが、好き勝手に使っていい物ばかりじゃない。

前回はロールキャベツを作る際にコフルイさんに頼み、かなり融通を利かせてもらいましたが……今回はここまでだ。

では、調理を開始。まずはニンニクの皮を剥《む》き、叩《たた》いて潰しておこう。次にトマトのヘタを取り、適当な大きさに切る。

次に鍋にオリーブオイルを引いてニンニクを弱火で加熱。良い匂いがしてきたら鶏肉《とりにく》を皮目を下にして焼こう。

このとき、身の方には塩と胡椒《こしょう》を振っておく。

皮に焼き色が付いてきたらひっくり返し、ワインとトマトを投入、鶏肉にチーズをのせて蓋をして待つ。

数分後、鶏肉に火が通っていたら取り出し、鍋の中の水分を煮詰める。ソース作りだね、いわゆる。

最後に味を調えて、鶏肉にかけて完成。

「うむ、上手くできた」

僕は完成した三人分の料理を前にして満足する。やはり、誰かのための料理を作ってる時が一番楽しく、やりがいがあって、充足感がある。

さて、この料理を運ぼう。確か部屋に戻ると言っていたので、アユタ姫の部屋に行こう。料理とフォークとナイフをお盆に乗せて片手で運ぶ。給仕は慣れたもの。

「では皆様、失礼します。片付けは戻ってきてからやります」

厨房《ちゅうぼう》を出る前に振り返って、料理人さんたちに声をかけておく。

「あ、それは……俺がやっとく」

すると料理人さんの一人が、作業の手を止めずこちらを見ることなく返事をしてくれた。

どういうつもりだ……と思い、眉をひそめた僕は一言だけ。

「自分の仕事の後始末は自分でやります。姫様のお世話をしても、それくらいは」

「すまん、悪かった……本当にすまなかった。これくらいはさせてくれ」

気まずそうに返答をする料理人さんを見て、僕はさらに眉間に深い皺《しわ》を刻む。お世話をしてろって言っておきながらそれはなんだ、と。

が、口を開こうとして閉じる。同じように目を閉じて、落ちつこうとして呼吸を整える。

怒ってもしょうがない。仕方ないことだし、騒いでも意味がないことをしてはダメ。

この人は、これをきっかけに仲直りをしたいということだろう。話すきっかけ、仲直りのためのきっかけが欲しいってことだ。

わかる。きっかけが欲しい気持ちは、よくわかる。僕だって職場でミスをしたり、喧嘩《けんか》が原因でギスギスした関係をなんとかするきっかけとして、相手の仕事の手伝いとか勇気を出して挨拶をしたりとか、何度もしたことがある。

あの料理人さんは、まさにきっかけが欲しいんだと思う。

ここで拒絶すれば、全てが終わる。この職場にはいられなくなる。この場の料理人さんたちとの関係修復は不可能となる。

僕に怒る理由があり、料理人さん全員が罪悪感を持っているが。

「わかりました。できるだけ急いで戻ってきますから、その間は頼みます。戻ってきたら、一緒に残りの作業をしましょう」

「あぁ！　わかった」

「それと……謝罪は受け入れます。もう怒るのも疲れましたし……誤解だとわかってもらえたと思いますので」

最後の僕の言葉に、明らかに厨房《ちゅうぼう》にいる全員の顔に安心感が見えた。グッと怒りを堪《こら》える必要がある場面だってある。怒り続けるのだって限界があるんです。

相手が真摯《しんし》に謝罪したことがわかったなら、自分の中で許せるラインに少しでも至ったなら、そうした方がいい。

例え大義名分ある怒りをぶちまけ続けても、社会的に焼け野原になった場所に立たされることになるから。

「次に同じことを言ったりやったりしたら、さすがにダメですけど。アユタ姫の趣味公開の宴《うたげ》以上のことをやらないと関係修復できないのはちょっとね」

謝罪してきた料理人さんは苦笑しながら頷《うなず》きました。返事はないけど、もう十分。

こういうのは釘さしもちょろっとだけするべきです。ほんの少し、ちょろっとだけですけどね。フォローも一緒にしておくのが僕の処世術。

さて、時間を食った。会《え》釈《しゃく》をして、厨房を出る。

はぁ。

「疲れた」

早く行かねばせっかくの料理が冷めてしまう。なので、急ぎました。

アユタ姫の部屋の前に立つ。……正直、以前の狂ったような様子を思い出してしまうと、身が竦《すく》んでこの先に進みたくないと心から思ってしまう自分がいます。

片手で持ったお盆の上の料理を見て、再度自分を奮起させる。

料理を待っているお客様がいる。ここで怖《お》じ気《け》づくわけにはいかない。立ち止まっていては失礼だ。

深呼吸をして落ち着き、決意を固めた僕は、扉をノックする。

「アユタ姫様。ミコトさん。料理ができました。入ってもよろしいでしょうか？」

……返事はない。気づいてないのか？　再び、三回ノックする。

怪訝《けげん》な表情を浮かべて、僕は扉を見つめて。

「勝手に中に入る、覗《のぞ》く、聞き耳を立てる……は、なしだな」

自分に言い聞かせるように呟《つぶや》く。脳裏に浮かぶのは、かつてのさまざまなやらかし。オルトロスさんから始まり、ミコトさん、ネギシさんと続いた一連の覗き騒ぎ。このせいで仲を深めることができたけど……いや、こんな話で正当化できるかっ。

何回も死にかけたり、失礼だと怒られたり、散々っぱら大変だっただろうがっ。

なので、ここは落ち着いて扉の前で待機する。ひたすら待機する。

ここで僕は気づいた。

「あれ……？　コフルイさんはどこへ？」

今朝の段階ではコフルイさんが扉の前で警備に立っていたはずだ。中への取り次ぎだってしていた。なのに、今はここにいない。

見渡してみても、どこにもいない。この階にいないのか？　それとも持ち場を離れた？　あのコフルイさんが？　僕はさらに疑問に思うものの……。

「あ、料理が冷める……」

お盆の上の料理を見て、考えが吹っ飛んだ。これ以上足止めを食らってしまうと、せっかくの料理が冷めてしまう。冷えて浮かんだ脂を食べるのは苦痛だぞ。

アユタ姫とミコトさんには申し訳ないが、ここは無理やりにでも入らせていただこう。

僕は扉を強めにノックした。今度は五回。

「アユタ姫様！　シュリです！　部屋に入ってもよろしいでしょうか！」

階下にも響きそうな大声で呼びかけてみた。

今度こそ中から反応があった。ガタン！　と一度だけ大きな音が鳴った。

何があった⁉　と中に飛び込みそうになるのをグッと堪《こら》える。ここでやらかすなよ、僕。

だが心配になるものです。僕は扉を叩《たた》き、中に呼びかけた。

「姫様⁉　今の音はなんでしょうか、大丈夫ですか⁉」

「い、いや、なんでも、アユタはなんでもない！　大丈夫だ！」

良かった、中から返答があった。酷《ひど》く慌てた様子、というか何か痛がってる⁇

「えっと、中に入ってもいいですか？」

「ちょっと、ちょっとだけ待て！」

「シュリ」

アユタ姫とは別の声が聞こえた。行動を察した僕は、扉から三歩ほど離れた。

扉が素早く開き、そこからミコトさんが出てくる。手にはいつもの大薙刀《おおなぎなた》はない。

ミコトさんはするりと出てくると、中の様子が見えないように素早く扉を閉じた。どうやらよほど見られたくないらしい。僕の行動は正しかったわけだ。ほっ。

「あぁ、ミコトさん。突然の大声、すみません。中から返答がなかったので」

「今回はずいぶん、行儀がいいのですね？」

え？　とミコトさんの顔を見る。どことなく不満そうだけど、不満を言うわけにはいかないって悩んでる感じ。眉間は怒りでシワが寄ってるけど、口元は無理やり穏やかに笑おうとしてる。

怖い。

「え？　いや、前回のことを反省して……」

一応僕も前回のことを考えて行動をしたつもりでした。ていうか、あれだけのことをしておきながら反省して改善したはず。

なのに、これです。ミコトさんの顔に、何が言いたいのか？　と疑問が浮かぶ。

「そうですね。それは素晴らしいことだ。あれはさすがに繰り返しちゃいけない」

「ですよね？」

「だが、それはそれこれはこれ。今回はなぜ、行儀が良かった？」

ええええええぇぇ??

そ、それはそれで、こ、これはこれ??

もう僕はわけがわからなくなって固まってしまった。半笑い状態で身動きが取れなくなってしまいました。人間って奴ぁ、理解できない何かが目の前にあると動けなくなるんだ。

動けないままで返答もできない状況下。ミコトさんは落ち込んだ様子で大きな溜め息をつきました。

「全く……これだから乙女心のわからない男は……お前は反省すべきだ！」

「えええええ？　あ、いや、すみませんでした」

反論しようとしたが、僕はやめた。そして反省の言葉を言う。こういうとき、ヘタな反論をすれば事態は混迷きわまるからね。

僕が素直に反省した様子を見せると、ミコトさんはさらに呆《あき》れたように言った。

「全く……姫様もなぜ……」

「え？　なんです？」

だけど後半は声が小さすぎて聞こえませんでした。思わず聞き返してもミコトさんは、

「いや、なんでもない」

と、誤魔化すばかりです。手で顔を覆って、何やらブツブツと呟《つぶや》いていました。

落ち着いたのかもう一度大きく溜め息をついてから、顔から手を離す。その下の顔はいつものミコトさんの顔。

「まぁいい。中に入れ。食事を用意してくれたのだろう？　時間を取らせました」

「あ、はい」

僕はとりあえず追求を諦めた。これ以上聞いても答えてくれないだろうし。やめた。

ミコトさんに促されるまま部屋の中に入る。そういえば部屋のあの惨状は今、どうなってるんだろうと思った。結構悲惨な感じだったけど。

だけど、部屋の中は予想に反して綺麗《きれい》だった。散らばっていた紙片は綺麗さっぱり消えており、以前のアユタ姫の部屋と全く変わりがない様子にまで戻っている。

僕が調理をしている間に片付けて捨てた……ってことだろうか。そうだろうな。

「アユタ姫様、お待たせしました」

「お、おう」

だが、その部屋の中をよく見ればアユタ姫の姿がない。紙片の行方の方に視線と思考が持っていかれてたせいで、アユタ姫の様子を確認することを怠っていた。

声がする方を見れば、なぜかベッドの毛布をぐるりと体に巻き付けて部屋の隅で丸まって座ってる。何でそんなところでそんなことをしてるの？

「アユタ姫様？　何をしてますか？」

「あ、あぁ。気にするなシュリ」

いや、気になるよ。僕が毛布の中を覗《のぞ》き込もうと目を細めると、後ろからミコトさんに頭を軽く叩《たた》かれた。

「やめなさいシュリ。乙女の秘密を覗き見るものじゃない」

「あ、はい」

秘密があるのか、あの毛布の下に。ミコトさんがジト目で僕を睨《にら》んできた。

アユタ姫は何をしてるんだろう。おとなしく待つにしても、毛布の下で何かがモゾモゾと動いてるのだが。気になる。気になるけど、気にしないようにしよう。

「じゃあミコトさん。アユタ姫様が忙しそう……なので、食事を先に用意します。こっちの机に置きますね」

「私が運ぼう」

部屋の隅に、なぜか来客用の椅子と机があるので、机をミコトさんに運んでもらう。

僕は手に持っていたお盆を机の上に置いて、来客用の椅子を三つ手に持って運ぶ。三人で座るためだ。

一応の食事の場所は整った。というかこの部屋、誰かが来ることがあるだろうからと机と椅子は一応用意してあるのだけど、普段は隅っこに追いやっているらしい。

なんかアユタ姫らしいな。

「じゃ、アユタ姫様を待っていられないので先に食べましょうか」

「わかった」

「ちょっと！　アユタを待ってよ！」

アユタ姫は未《いま》だに毛布の下でモゾモゾするまま立つ様子がない。僕とミコトさんはそれを一瞥《いちべつ》した後で、

「食べましょうか」

「わかった」

と、同じ文言を繰り返して椅子に座る。お盆から料理……チキンパルミジャーナとフォーク、ナイフをミコトさんに手渡した。

ミコトさんは手に持ったそれで、チキンパルミジャーナを食べ始める。

「うむ、ではいただく」

食べやすい大きさに切り分けた鶏肉《とりにく》を口に運ぶ。口の中に鶏肉が収まった瞬間に、ミコトさんの顔が綻《ほころ》んだ。

「うむ……うむ……」

ミコトさんは満足そうに目を閉じて口の中の料理を味わっている。

「美味《うま》い。美味いぞ、シュリ」

「それは良かった」

ホッと胸を撫《な》で下《お》ろす。何度も経験する、僕が作った料理を食べた人の顔を見る瞬間。

何度経験しても、心がざわめくものです。これでマズいと言われたら、と思うと……。

だけどそんな心配は杞憂《きゆう》であるかのように、ミコトさんは次々と料理を口に運びます。

「トマトの酸味にチーズのコク、それと鶏肉の美味《おい》しさと……なんだかほっこりとする気分ですね。美味しいのですが、どこか安らぐような……」

「そうですね」

僕もチキンパルミジャーナに舌鼓《したつづみ》を打つ。うむ、美味い。確かに美味しくできている。

「チキンパルミジャーナは……その、一般的な料理でもあるので」

チキンパルミジャーナはオーストラリアの店のメニューにも載ってる料理で、値段もお手頃です。お酒を飲みながらチキンパルミジャーナを食べる人もよくいるのだとか。

僕自身はオーストラリアに行ったこともなく、オーストラリアに関係する知人はいません。ただ、学生時代になんとなくネットの海を彷徨《さまよ》っていろんな国の料理を見ていた時期に、たまたまこの料理が目に入ったのです。

試しに作ったところ、かなり美味しかったので何度か自作していました。

パン粉を付けて油で揚げたチキンを、トマトソースに溶かしたチーズをのせて食べる。なんと美味しいことか。

今回は、揚げ料理は油をたくさん使うため、ロールキャベツで食材を大量に消費したこともあって、鶏肉を揚げるのはやめました。ソテーしたこれも、チキンパルミジャーナのようなものってことで。

「オリーブオイルでにんにくと鶏肉を炒めて出た肉汁に、ワインとトマトを投入して味を調えてソースにする。良い匂いのする鶏肉《とりにく》ソース。美味《おい》しくないはずがないのです」

「ああ、道理で匂いも素晴らしいと思いました。シュリの料理は、匂いまで計算して作られているのですね」

「匂いは食事をする際に重要な要素ですから。味は良くても自分の好まない……有《あ》り体《てい》に言うと嫌な匂いの料理だと食べにくいでしょう？」

僕が言うと、ミコトさんは神妙に頷《うなず》きました。

「よくわかる。戦場で保存食を食べるときも、日にちが経《た》って嫌な匂いがすると食べにくいものです。美味しいのはわかる。だけど臭い。鼻についた悪臭の印象って、なかなか拭えるものじゃない。最終的には口に入れて水で流し込むしかなかったのは、つらかった」

「おおぅ」

ミコトさんの話に、僕はちょっと可哀想に思ってしまった。

というか、ガングレイブさんたちとあちこちに行ってた傭兵団《ようへいだん》時代に、経験したことがある。

それは、僕が食料の管理をミスったとかそういう話ではなく、よその傭兵団と協力して戦ったとき。その傭兵団の食事の様子が気になって見に行ったことがあった。ちょっとだけ観察しようと、参考にしようとして。

でも近づいたとき、あまりの臭さで回れ右をしたことがある。あれはダメだ、炎天下で管理をミスった食材を食べる兵士さんを見て、哀れに思ったものだ。

ちなみに兵士さんたちは胃腸が強いのか、お腹《なか》をこわすこともなく、普通に戦えてたらしい。逞《たくま》しい、ほんと。

「でも、好ましい匂いに、食べやすく馴染《なじ》みやすい料理、というのは……心が安らぎますね」

「ええ、そうですね」

「実際美味しい。軽くてパリッとした鶏皮のジューシーさはたまらないな。もうちょっと皮が欲しくなる」

「わかる。鶏皮は美味しい。軽く塩、胡椒《こしょう》を振って炭火で焼いた、脂が滴《したた》る鶏皮とかはごちそう」

「シュリの感想に全面同意だ。なので、この料理の大きめの鶏皮はまさしくごちそう」

二人で納得して、同時に鶏皮だけを一気に食べる。うむ、やはり鶏皮は素晴らしい。個人的な感想だけど、魚でも鶏肉でも皮と身の間が一番美味しいと思ってる。

はた、とアユタ姫の方を見ると。

「ようやく終わった！」

と、毛布を投げ捨てて立ち上がりました。いつもの服装です。この人、毛布に包《くる》まったまま、何をしてたの？　着替えてたとか？　まさかね。

元気よくアユタ姫は飛び跳ねたあと、急いで椅子に座ってフォークとナイフを手に取りました。

喜んでいる様子で、食事を始めるアユタ姫。チキンパルミジャーナを口に運んだ瞬間、大輪の花のような満面の笑みを浮かべたのです。

「ん〜！　美味《うま》い！　これは美味いよ、シュリ！」

「ありがとうございます」

ここまで喜んでもらえると、僕としても嬉《うれ》しい。ニッコニコの笑顔で返答する。

アユタ姫は夢中で食事を続け、料理は瞬く間になくなっていった。あまりに気持ちの良い食べっぷりに、作った方としても笑顔でそれを見つめてしまう。

ああ、やっぱりこの瞬間は素晴らしい。自分の作った料理で、誰かが美味しいと喜んでくれる瞬間は、その前の不安を消し飛ばすほどに。

「そういえば、姫様はすっかり極端な辛いもの好きの嗜好《しこう》が収まったと見受けられますね」

「げほっ!?」

ミコトさんがポツリと漏らした言葉に、アユタ姫はむせてしまった。

「あぁ、大丈夫ですか？」

「い、いや、大丈夫、なんとか飲み込んで吐き出さなかった……」

僕は慌ててアユタ姫の背中側に回って、楽になるようにさすった。少しつらそうだったが、ギリギリで口の中の料理を噴き出すのを防いでいた。

アユタ姫は二度ほど咳《せ》き込《こ》んでから、落ち着いて深呼吸をする。その間も僕はアユタ姫の背中を優しく擦《さす》る。

「も、もういい、シュリ……ようやく落ち着いた」

アユタ姫がそう言い、手のひらを向けて断りを入れてきたので、僕は自分の席に戻る。

もう一度咳払い。アユタ姫はミコトさんを責めるような目で言った。

「ミコト、いきなり変なことを言うんじゃない。アユタはそこまで変な奴じゃない」

「不敬を承知で言いますが、相当な偏食家でしたよ。あれは酷《ひど》い」

「すみません、擁護できません」

「シュリ!?」

さすがに僕とミコトさんからの追撃で、アユタ姫は気まずそうな顔に。

だろうさ。

「だって、僕が最初に辛くない料理をお出ししたときなんて、下手したら殴り殺されるような威圧感を放ってましたよ」

「私が久しぶりに見たときはだいぶ、かなり、以前よりも明らかにマシな感じになってたが……さらに昔を考えると、酷かったと断言します」

「ぐおぉぉぉ……」

僕は天井を見上げながら思い出し、ミコトさんは手元を薄目でぼんやりと見つめながら、懐かしむように呟《つぶや》く。あの頃のアユタ姫は酷《ひど》かった。いろんな意味で、酷かった。よくもまぁ、あの最悪な初対面での印象からここまで親しくさせていただけるとはね……。今なら新人さんが来て当時のことを話しても、誰も信じないだろうさ。

突然バン、と机が叩《たた》き鳴らされる音が。ミコトさんは平然としているが、僕はビクッとしてしまった。

アユタ姫が羞恥で顔を赤くして、ぷるぷると震えていた。顔はもう恥ずかしさのあまり笑顔なのか泣きそうになってるのか半々で、判別がつかない。

「あ、アユタのことはいいんだよ!! 昔のことはさすがに反省した! それで終わり! はい! 終わり終わり!」

「姫様。お淑《しと》やかにと先ほど教えたはずです。せっかく礼儀作法や化粧とかに興味を持……」

「うるっさい!! アユタの話は終わり! 反省しました終わり! だから! シュリ!」

え? 僕? 唐突に話を振られて、僕は自分の顔を指さしながら困惑した。

あまりに唐突すぎて、驚いて固まったよ。

アユタ姫は僕を指さしたまま言った。

「シュリの話をしよう！　シュリの話！　昔話！」

「え？　僕の話？　それは前に」

「シュリのことは断片的にしかわかんなかった！　そういう事情ってことだけわかった！　聞きたいのは、そう、両親とか友人の話！　シュリ個人の日常の話！」

　僕の日常の話……ときたかあ……少し困った顔をして僕は言いました。

「僕の話って……平凡な一家の平凡な日常の話とか、家族の話とか面白いですか？」

「興味は、ある！」

「私も正直、興味があります。シュリの過去には謎が多い」

　アユタ姫とミコトさんから興味津々の眼差《まなざ》しを向けられた。僕は少し考えて、

「わかりました。とてもとても、平凡な一家の話ですよ」

　まぁいいか、と思って話そうとする。

　そこへ、

「ここにいたか、シュリ」

　ガチャリ、と部屋の扉が開かれた。唐突に部屋に入ってきた人物がいた。

　誰だ？　と僕たち三人がそちらへ顔を向ける。意外な人物がそこに立っていた。

「あれ？　『うち』さん？」

　まさかの人物。リュウファ・ヒエンが入ってきたのだ。

表に出ている人格は『うち』さんだ。久しぶりに見たが、元気そう。『うち』さんは僕たちの顔を一通り見渡してから、机の上にあった皿を見る。

僕たちが食後の余韻《よいん》を楽しんでいたことを察したらしい『うち』さんは、不機嫌そうに眉をひそめた。

足音を大きく立てながらこっちに来て、適当な椅子を拾ってからアユタ姫とミコトさんの間に置いて、どかりと座る。

足と腕を組み、『うち』さんは尊大に言った。

「客が来たんだぞ。さぁ、同じものを用意しろ。『うち』は働いてきたから腹が減った」

「いきなりそれっ？」

「どうした『うち』??」

「いきなり来たのも驚きですが、なんだ突然??」

『うち』さんの要求に、僕たち三人は困惑して質問する。

そらそうだろ、僕を誘拐した凶悪さ、残虐さ、怖さがあったときと比べて、ここにいるのは食事をよこせと強請《ねだ》る少女なんだから。

質問をしても『うち』さんは顎で扉の方を示す。

「さっさと作って来い。『うち』は腹ぺこである」

「あとでいいですか？」

「駄目だっ。『うち』はもう空腹なんだっ」

困ったな。『うち』さんがわがままを引っ込めてくれない。どうしたものか。

「待て、『うち』」

ミコトさんが『うち』さんへ言った。

「今からシュリの昔話、家族の話をするところなんだ。興味がある話だ、あとにしてくれ」

「なにっ？」

『うち』さんが僕の方を、真剣な目で見る。先ほどまでの食事を強請る少女の顔ではなく、リュウファ・ヒエンの顔つき。怖さのある武人のそれ。

「ふむ……」

目を閉じて思案し、数秒後に目を開いた『うち』さんは、腕組みと足組を解いた。

「いいだろう。『うち』も興味がある、話してみろ」

許可を出した『うち』さんを不思議に思いつつ、アユタ姫の方に視線を向ける。

いいから話せ、と催促してるのがわかった。何から話そうか。

こういうのは中途半端に話すのはよろしくない。僕はミコトさんへ問いかけた。

「ミコトさん、『うち』さん。お二人は僕の事情については」

「先ほど姫様に聞いた。問題ない」

「だいたい知ってる」

二人とも答えてくれた。

そうか、と。

どこで聞いたか調べたかは、ここでは聞くのはやめておこう。

最初から話すのに問題はないと判断し、僕は口を開いた。

「僕は三人家族の一人息子でして。父親、母親と僕です。父は田舎町で料理店を開いてました。結構美味《おい》しい料理を出すってことで繁盛してたんですよ」

「ほう」

「で、僕はいつかその店を継ぎたいと思い、都会に出て料理人としての修業をしたのですが……今は関係ないのではしょります」

今回はあくまでも家族の話ですから。僕の話はここまで。

「父親は料理人として、立派な人です。さまざまな国の料理のレシピ、知識、料理人としての技術が凄《すご》かった。僕は未《いま》だに、父さんに勝てるとは思えない。突発的な事故や問題にも強くてすぐに対応するし、やっかいな客を相手にしても平然としてた、肝の太い人だ」

「なかなかの人物なんだな」

「ええ……本人曰《いわ》く、もっと怖いことが昔あったらしいです。昔の経験で慣れてしまって、恐怖感が麻痺《まひ》してるとか……何にでも対応できる判断力が身に付いたと。だからなのか、地元では頼られてましたね」

目を閉じても思い出せる。僕の顔をもっと凜々《りり》しくして髪を短く清潔に身綺麗《みぎれい》にした、ちょい悪《わる》オヤジみたいな風貌の父親を。

愛嬌《あいきょう》があって優しいのだが、度胸がある人だった。遠方から来た強面《こわもて》のおっさんに対しても平気な顔で応対して、さっさと店から追い出してしまう。

「僕と同じく暴力なんて振るえない父さんなんですけど……鍛えた腕力でやっかいな客の襟首を掴《つか》んで引っ張り、店の外に放り出す姿は凄かった。見た目とは裏腹に、かなりの怪力の持ち主でした」

「怪力？」

「ミコトさん、あれは凄いですよ。その体つきのどこにそんな力があるんだ？　というくらい。でも、料理人として鍛えたみたいで、腕とか足とかの筋肉は立派でした」

でも僕には優しく、料理人としてはスパルタ気質。だから無茶苦茶なことをされてきた。技術を叩《たた》き込むためには厳しいんだよ。

普段は力持ちの優しい父さんなのだがね。

「父さんはそんな感じなのですが……母さんは……その……」

「母さんは？　どうした」

アユタ姫の問いかけに、僕は躊躇《ちゅうちょ》しながら答えた。

「あの人は、本当にめっちゃくちゃでした」

「めっちゃくちゃ⁇」

「まず、父さんよりも怪力の持ち主で運動神経が凄《すご》い。下手したらミコトさんよりも」

「は？」

ミコトさんは呆《ほう》けた顔をしました。まぁ当然だろう、僕だってあんな巨大な大薙刀《おおなぎなた》を平気な顔でぶん回す様子を見たら、人外《じんがい》レベルの怪力ってのはわかる。

けど断言できる。母さんはミコトさんよりも怪力だ。本人には言いませんけど。

「私よりも？　それはないだろう」

「まぁ……同じくらいだと思ってくれれば……」

「いや、それもない……と言いたいが……話の腰を折るのはやめよう、続きを頼む」

ミコトさんはモヤモヤしてる様子だが、口を噤《つぐ》んだ。話の続きを聞いてくれるらしい。

「わかりました。母さんは……凄く行動的な人でした。僕のいた世界には、なんというか、自分のやってることを記録して、本にしたり人に話したりしてお金を稼ぐ仕事があります」

「作家みたいなもの？」

「まぁ、事実だけを記録してるので小説家とはちょっと違うかもしれませんが」

僕はちらり、とアユタ姫とミコトさんを見るが、二人とも冷静な表情のままだ。心の中はざわめいているだろうけどな。

「で……その……母さんは、最低限の装備と超短期の旅程で冒険をするんです」

三人ともよくわからないって顔をしてる。だよね、僕もよくわからない。

「例えばミコトさん。ここからアルトゥーリアまでどういう日程、旅程で行くことを考えます？」

「は？　そうだな……まず防寒装備は揃《そろ》える。魔工道具でもなんでもいい、雪や寒さを凌《しの》げる道具を用意しておくな。あと雪洞を掘るための道具、火種となる魔工道具もいる。野営する場合のため、風雪を凌ぐ装備もいる。魔工道具の中にはそれらをなんとかできるものがあるから、装備で荷物が嵩張《かさば》ることはないだろう。

だが食料は駄目だ。あそこは、動植物が少ない。ニュービストからの食料輸入に依存してるくらいには。だから、直前の町で保存食料を買い込んでおく。私の膂力《りょりょく》なら、あの雪山を踏破するのは簡単だが、空腹だけはどうしようもない。

全て含めても、食料と装備を大きめの背嚢《はいのう》に詰め込み、最短で一か月かけて行く。安全も含めて、ですが」

「僕の母親なら食料なし、装備は特になし、三日でここからアルトゥーリアに行きます」

さらっと断言した僕の言葉を、ミコトさんは一笑に付しました。

「ハハハ！　シュリは冗談が上手い！　いくらなんでもそれは人間を超えてるだろう！

私のような特異体質でもあるまいし」

「まぁ……それが普通の反応ですよね」

僕も苦笑いをしながら言いました。これ以上は何を言っても信じてもらえないかもしれませんけど、少しだけ言っておくことに。

「母さんは普通じゃないんですよ。なんというか、人間を超えてるというかやめてるくらいで……。初めてやる遊びも、剣術も武道も格闘技、勉強とかも、一目見てちょっと理解しただけでなんでもできてしまう人でした」

ああ、昔を思い出した。母さんはとにかく常にポジティブでアグレッシブで、敵なしの人だった。

母さんとの思い出は〝数〟は少ない。でも〝濃さ〟は随一だ。

記録と言ったが実際のところ、あの人は「動画配信者」ってやつで、いつも世界中のどこかに行ってはそこでの冒険を記録して、編集して、配信してた。たまにライブ配信もしてたな。

その内容は常に、とんでもない冒険もの。例えばエベレストに最初から最後まで酸素なしで最短最速登頂するとかやらかしてた。あまりに危なすぎて炎上したし、本人は滅茶苦茶な行程で進んで頂上に行ってるから、合成映像だろって怒られてたなぁ。

でも僕は知ってる。母さんはマジでやる人だし、マジで成功させてるのだと。

他にも、来訪した旅人を生贄《いけにえ》の儀式に捧げるとかいうオカルトでしか語られなかった部族の集落に突撃し、実際に生贄の儀式に捧げられながらも途中で逃げ出して生還とか。

日本海をずっと泳いで往復するとか。これは水着姿が美しいとかで話題になった。

唐突に沖縄から北海道まで、乗り物を一切使わず走るだけで踏破するとか。

柄の悪いプロ格闘家のいる外国に突撃して、路上で襲いかかって殴り倒すとか。これはあとで警察に捕まってたはずなのに、次の日にはひょっこりと日本に帰ってきてた。

外国の軍の施設に忍び込んで噂《うわさ》の新兵器のレビューをするとか。警備に見付かって追われてたけど、これも次の日には帰ってきてた。

箱根駅伝に乱入して最下位から一位になってゴールするとか。警察にも父さんにも怒られた。走者からは女神と称《たた》えられてた。監督からは練習に来てくれとか言われたな。

キラウエア火山とカワ・イジェン火山の頂上に行って噴火の瞬間、ずっとそこにいて撮影するとか。地元の警察に怒られてたけど、研究者からは動画を売ってほしいと電話がずっと鳴ってて父さんに怒られてた。

チェスの大会に参加して初心者なのに優勝してしまうとか。ＡＩを使ったと疑われたけど証拠がないので、優勝は認められたっけ。

まぁとにかく、桁外《けたはず》れに行動的で海外に行っては動画を撮って編集して配信して……炎上して怒られて、一部の熱狂的なファンを持つような母だった。

一言で片付けると炎上系動画配信者みたいな奴ですよ。アンチは多いけど熱狂的なファンに守られてたっけ。

しかも、絶世の美女なのだからこれもファンが付く要因でねぇ……。

僕とは似ても似つかない風貌だった。どこに行くにも白を基調として肩と脇に青と緑色のラインが描かれたヘソ出しタンクトップ。

濃いめで足にぴったりするタイプの七分丈のジーンズと黒と白のしましまベルトを身に着けていた。いっつもこの格好だった。

黒い髪を足首の辺りまで伸ばしっぱで適当にしてるのに、濡れたようにしっとりと輝いてまとまっていた。

全体的に細い体躯《たいく》なのだが、まるで男の理想をそのまま形にしたようなプロポーション。

なので……胸はかなり大きくてお尻は引き締まって、美人な母さんで羨ましいな！　とか高校生の頃に一度だけからかわれて恥ずかしくてたまらなかった。近所のスケベな爺《じじい》からはいやらしい目で見られてて怒りが湧いたよ。

お人形さんのように小さな顔で小さな口、整った鼻、染み一つない白い綺麗《きれい》な肌、そして糸目。目を閉じてるんじゃないかってくらいの糸目。

あの目は、怖かった記憶がある。一度だけ目を開いたときの瞳を見たことがある。父さんを愛《いと》おしそうに見るときに開いて……不自然なまでに綺麗な、青空のような色をした、あの瞳。

思わず身震いをしてしまいました。でも、僕の前では瞼《まぶた》を開いたことがなかったな。

そんな、めちゃくちゃ変な母さんとの思い出。

母さんは父さんに惚《ほ》れ尽《つ》くしてたし、僕のことも愛してくれてたのを知ってる。でも、いつも家にいなくてあちこち飛び回ってて寂しかったのも事実です。

けど、母さんの愛し方はベッタベタで恥ずかしくて照れくさかった。帰ってきたら必ず僕に抱きついて撫《な》でて、愛してると言ってくれるんです。

そのせいかな。寂しくても、嫌いじゃなかったし、母親として尊敬してた。

「天才肌、と言うやつですか」

「ご両親はどんな名前？」

「名前？　名前ですか。それは――」

後に、シュリ・アズマは語る。

『ダイダラ砦《とりで》にいた頃、絶対に漏らしてはいけない情報を漏らした。それが結局、大変なことになったんだ。あのとき言わなければ、悲劇は起きなかった……！』

そのときの彼の顔は慚愧《ざんき》の念に堪《た》えない様子だった。心から後悔しきっている。

仕方がないだろう。シュリ・アズマがダイダラ砦《とりで》にいた時に、サブラユ大陸の歴史は大きく動くことになるのだから。

しかし、シュリ・アズマがなんの情報を漏らしたのかは、今現在もわかっていない。

わかっていないのだが――。

「父さんの名前は東蒼一郎《あずまそういちろう》、母さんの名前は東翠鈴《スイリン》っていいます」

瞬間、僕は首を絞められながら体を持ち上げられていた。全身の痛みと突然の出来事に、思考が追いつかず混乱する。

目を下に向ければ、机は弾《はじ》き飛ばされて皿は砕けて散乱している。椅子も吹っ飛んで破損しており、バラバラになってた。

アユタ姫もミコトさんも、わけがわからないって顔で尻餅《しりもち》をついてる。そして、僕を見ていた。

すぐ下には『うち』さんの顔があって、その頬に目玉が一つ出ている。

さらには『うち』さんは右手だけで僕の首を絞めて持ち上げてることに気づく。とんでもない怪力、そして俊敏さ！

僕はこのとき、気づく。顔を恐怖に引きつらせ、聞いた。

「あなた……誰、ですか……？」

　見たことがない人だ。リュウファ・ヒエンの六人の人格全員の風貌を見た僕にとって、『うち』さんの頬に出ている目の形は、初見の目つき。怒りに歪《ゆが》んだ垂れ目。

　さらに困惑してるのは『うち』さん自身もだ。

「お前、誰だ!?　『俺』でもないし『儂《わし》』でもない、『私』でもない！　誰なんだ！　……くそ！　体の主導権を完全に奪うなんて、『俺』でもできるはずが!?」

　叫ぶように『うち』さんは聞いた。絞められて苦しくて痛くて気づきにくかったけど、右腕そのものも変化してた。細い腕で女性らしいが、その下の筋肉は、使われるたびにハッキリと浮かび上がるほど鍛え抜かれている。

『うち』さんが必死に体を動かそうとしても動かず、抵抗しても無意味。

　ここでようやくアユタ姫とミコトさんが動いた。

「いきなり何をしてる、『うち』！」

「その手を離しなさい！」

　アユタ姫が『うち』さんにタックルで飛びかかり、ミコトさんは『うち』さんの右腕を掴《つか》んで引《ひ》き剥《は》がそうとしてくれた。タックルによって体勢を崩した『うち』さんが、そのままミコトさんの力によって右手を引き剥がされて床に転がされる。

『うち』さんの肩関節を極めてうつ伏せ状態にするミコトさんだが、その顔には余裕がなかった。

「げほっ！」

「シュリ、大丈夫!?」

「は、はい、姫様……大丈夫です」

「その声と顔で、姫とか言うんじゃねぇわ!!」

聞いたことのない、妙齢の女性の怒号に僕たちは固まる。僕とアユタ姫が声が聞こえた方を見ると、今度は『うち』さんの頬に口が出ていた。またしても見たことのないやつ。

「こ、こいつ……！　なんて力だ、『俺』でも私の力には勝てないはずなのに！　どういうわけだ!?」

ミコトさんが驚愕《きょうがく》して言った。

「こいつ、『俺』じゃありません姫様!!　別の何かです！　私ですら、油断したら振りほどかれる……！」

「『俺』？　……？　ああ、しばらく眠ってたからリュウファがそう名乗ってるのを気づくのが遅れたわっ。いや、そんなことはどうでもいいわっ！」

ぎろり、と目玉がこちらを睨《にら》んだ。怒りだ。まるで噴火寸前の火山のような燃えたぎる怒りと憎しみで、僕から視線を外さない。あまりの視線の強さに、僕の体が震える。

「お前！　名前はシュリといったな！」

「え、はい」

「漢字を使ってるだろう!!　漢字だ、日本語の漢字！　どういう字を使ってる!!　さっさと答えろぉ！」

ゾッとした。恐怖のため、背筋に寒気がこれでもかと奔《はし》る。アユタ姫とミコトさんはわかってないような顔をしてるけど、僕は一瞬で理解した。

この人は、地球を、日本を、漢字を知ってる!!　僕のことを知ってる!!

知っていて、僕の父さんと母さんに憎しみを抱いて、その子供である僕にも憎しみの感情を向けてるんだ！　殺意と一緒に!!

恐怖のあまり、僕の口が動いた。黙秘なんてしてられない、怖すぎる。

「朱里《しゅり》です……朱色の朱に、里と書いて……」

「やっぱりかぁ!!　あいつも！　あのクソガキも!!　色に関係する名前だったわ！　わざとらしい、あの女の趣味だわ!!　忌々《いまいま》しいわ!!　間違いなくお前は、スイリンの子供だわな!!　お前の母親は旦那のことを『リョっちゃん』て呼ぶだろ!!」

は？　なんで、なんでそこまで知ってる？　恐怖を通り越して、僕の頭の中が真っ白になっていくのを感じます。

「なんで、それを？」

「ふざけやがって、これ見よがしに！　『当方』の前で！　知っていながら！」

自分のことを『当方』と叫ぶ女性が言った。

「『当方』が蒼ちゃんのことを好きだと知っていながら！　『当方』から蒼ちゃんを奪っておきながら！　生きていて、幸せに暮らしてやがったわ！　やはりあのとき殺すべきだったわ!!」

「あ、なたは？　父さんの、元恋人か、何か、で？」

　僕はやべ、と思って口を手で押さえた。アユタ姫すら僕を驚いて見て、ミコトさんは僕を信じられない物を見る目で見てた。だろうさ、まさか『当方』さんの怒りに燃料を注ぐようなバカなことを言うとは、思ってなかっただろうからさ！

　当の本人は、僕を睨《にら》んだままだ。

「そうか、何も知らなかったか！　何も知らないままだったか!!　スイリンめ、自分のしでかしたことを、隠したままにしてたのだわ!!」

「あなたは、何を、知ってるので……？」

「いいだろう、教えてやるよ!!　お前の、お前の母親はなぁ!!」

『当方』さんが、叫んだ。

「お前の母親は、元々この世界の住人だ!!　父親は、蒼ちゃんは異世界から来た人だ!!　二人が出会って結ばれ、その後に子供が生まれた！」

「は？　え、それが、僕？」

「違う、お前じゃない!!　お前はそのあとに生まれた子供なんだわ!!　顔つきでわかる、まんま蒼ちゃんと同じ雰囲気だ!!　でもあの女の気配もある!!　悍《おぞ》ましい、自分の子供を『普通』に産むために、そこまで『細工』をするのか!!」

「……ぁえ?」

　なんだ、この人は何を言ってる?　僕が産まれるのに、細工をした?　何をしたと?　あの母さんが?　前向きで明るくて優しい母さんが?　赤ん坊に何を?

　顔から血の気が引くのがわかる。体温が引いていくのもわかる。自分の手を見たら、真っ白だった。ショックとストレスで血の気が引いたからか。

　でも、でもだ、ありえない。それは、ありえない。

「ぼ、僕は、普通だ。魔法も、使えない。母さんたちみたいな身体能力も、ない。普通の人間だ、ごく普通の」

「そういうふうに母親が『イジった』からな!!　スイリンの因子を、高い身体能力と魔法の才能を消し去り尽くし、普通の人間としてお前を産んだんだわ!　『当方』にはわかる、あの女は家族を、愛するもののためならそこまでやる!　そこまでできる女だ!!」

「僕の母さんは産まれる赤ん坊に、僕に変なことをするような人じゃない!!」

「お前はあの女の本性を知らないからそんなことが言える!!　人間がこの大陸に閉じ込められるハメになったのも!　外の『敵』を生み出したのも!　全部あの女の『無気力な好奇心』が原因なのだわ!!　クソがぁ!!」

知りたくなかった。アユタ姫が横から支えてくれなければ、僕は倒れてただろう。

アユタ姫は僕を心配してくれてる。ミコトさんも必死に『当方』さんを押さえ込んでくれている。

だが余裕がない。油断すればではなく、一瞬でも隙を見せれば終わる。

――『当方』さんが叫んだ。

「霊人族《エルフ》、鉱人族《ドワーフ》、獣人族《ワービースト》、似人族《レプリカ》、魔人族《プチデビル》!!　魔晶石によって、いや、『星崩鉱《せいほうこう》』によって生み出されたバケモノ！

『当方』たちの故郷を奪った人食いのバケモノを、かつては人だった奴らをバケモノに変えた忌《い》まわしき、最初のバケモノたち!!

偽神族《イミテーションゴッド》の四人の王族!!　神座《かむくら》の国アプラーダの天才!!

『否人《ひじん》』東蒼一郎と結ばれ、『聖人』アスデルシアを産んだ最初の女神！

『賢人』、いや！　『剣神《けんしん》』グリィンベルバル・『ファースト』・アプラーダ!!

封印の要となった姉のサブラユ・『フォース』・アプラーダを媒介にして、シュリとアスデルシアという二人の子供の縁を利用してこの世界に、再び降臨するつもりかぁ!!

このガンリュウ・ヤナギが許さない。『ガンの殿隊《しんがりたい》』隊長としてお前が来るなら必ず殺す!!　必ずだ!!　『当方』はそれだけの力を手に入れたぞ、グリィンベルバルぅうぅあぁああ!!」

——その内容は、僕が知りたいと思っていたこと。

海の外のことで。

『敵』のことで。

大陸の、ことで。

歴史の、ことで。

そして最後には。

この事態を引き起こした黒幕のこと。

真実なんて、知るべきじゃなかった。

残酷すぎる真実が、僕の足元を崩すような気がした。

幕間《まくあい》　『サブラユ』大陸とは　～アユタ～

「シュリの容態は、ミコト？」

「最悪です。目を覚ます様子はありません。呼吸は浅く、あまりのことに血の気が引いて顔は真っ白、精神が折れきってしまっていて弱っています」

「……コフルイ、リュウファから……あ、いや、『うち』から先に報告を受けてた内容、もう一度頼む」

「……ギィブ様が暗殺されたとのことでした。下手人はウーティン、テビス姫の側付《そばづ》きのメイドで、あの時の女です」

「……ネギシ、砦《とりで》内の様子は？」

「まだ、まだ混乱はないが、時間の問題だ。ミコトがあの……リュウファ？　あぁ……ガンリュウとかいう女を地下牢《ちかろう》へ連れて行くときはおとなしかったが、ことあるごとに『シュリを殺させろ』と騒いでたからな……動揺してる」

「姫様……私の感想としては、あの女が、ガンリュウが本気で暴れたら私以外では抑えられません。それほどに強い。シュリの前では怒りで気持ちが乱れていたから私でも抑えられただけで、冷静であったならどうしようもない、なぜおとなしく地下牢《ちかろう》へ行ってくれたのか……わかりません」

そうか……と、アユタは小さな声で呟《つぶや》いた。

アユタの私室に集まったコフルイ、ミコト、ネギシと四人で、話し合いをしていた。部屋のあちこちが破壊されて大変だが、文句は言っていられない。

『うち』が、ガンリュウ・ヤナギという女に体の支配権を奪われて暴れてから、数時間経《た》った。

アユタとミコトとシュリが三人で話しているところに『うち』が来て、シュリの口から両親の名前が出た瞬間に変貌し、大変だった。

シュリはガンリュウの話を聞いて卒倒してしまい、まだ目覚めない。浅い呼吸のまま、深い眠りについている。

よっぽど精神に負った傷が大きかったんだろうな。かわいそうだ、本当に。

ミコトがガンリュウを地下牢に連行して、コフルイたちと合流して会議をしてる。会議の中でも出たが、ガンリュウが暴れたことで砦《とりで》内に混乱が起きてしまった。

だが、混乱を収めるのは幹部に任せ、アユタたちは話し合わないといけないことがある。

そもそも、なんでリュウファがここに来たのか？　『うち』は知らせに来たのか？

その内容は驚愕《きょうがく》の一言。ギィブ……父上が殺された。暗殺だ。

背後から喉を一閃《いっせん》。痕跡から、父上は抵抗どころか気づくことすらできなかったとのことだ。いつも通り晩酌《ばんしゃく》してて、いきなり……。

クアラはどうしていたのかというと、父上の命令で市井《しせい》に出て別の任務をしていたという。内容は父上しか知らないとのことだ。

「コフルイ……その後、クアラは行方不明、と？」

「そのようです姫様。……仕方ありませぬ。側仕《そばづか》えの人間が、主君が害されたときに傍らにいなかったのです。誰も知らない、知らされていない任務で出ていたと、本人は警備の者に言ってたようですが……信じてもらえず、逃走した、と」

コフルイが涙を流し、顔を怒りに歪《ゆが》ませて報告してくれてる。

長い間グランエンドに仕え、自分を見いだしてくれた上役……自分が忠義を捧げていた国主、父上を殺されたこと。悔しくて悲しくて、仇《かたき》が憎くてたまらないんだろう。

「だろうな……アユタもその場にいたら、クアラを処刑するよう命じてた」

「『うち』が自分で伝えると言ってたからな……だから俺も通したんだが、まさかこんなことになるなんてな……!!」

ネギシはネギシで、『うち』のことで怒ってる。自分で父上のことをアユタに報告すると言っておきながら食事にかまけて報告が遅れ、しかも正体不明の存在が砦を大混乱に陥《おちい》らせた。

父上のこと、クアラのこと。

これはとんでもないことだ。側仕《そばづか》えの護衛が、主君の傍らにおらず守れなかった。しかも殺されたことも後で知った。

誰がどう聞いたって職務怠慢と言うだろう。グランエンドにいたらアユタだってそれを責めて処刑を命じ、改めて父上を殺した下手人を捕まえてこいと叫んでた。

でも、アユタは幾分か冷静だった。いや、あまりの事態に精神的に疲れてるけど。

それもこれも、ガンリュウのせいだ。

あいつがいきなり出てきたせいで、アユタの頭はクラクラする。上手く回転してくれない。考えることが多すぎる。

「……まず、何から話す？」

アユタはもう限界に近い。議題すら誰かに出してもらいたい。アユタは疲れた顔を見せないように手で覆いながら言った。

「では、儂《わし》から」

まずコフルイが発言した。アユタは左目だけ指の隙間から覗《のぞ》かせ、ここに集まった面々の顔を見た。

「ギィブ様が殺されたこと。クアラは傍《そば》におらず、その責から逃げたこと。下手人はウーティンとされ、目撃したのは闇天《あんてん》ミスエーとのことです」

だろうな。まずは父上のことからだ。コフルイは涙を拭って、目を真っ赤にさせたまま背筋を伸ばして発言した。

「なぜウーティンがグランエンドに侵入できたのか？　鎖国政策をして、国境沿いには十分な警備を置いていたグランエンドにどうやって？　兵士に変装でもしたのか？」

「姫様、『うち』の話ではミスエーはウーティンについて、市井《しせい》の一般人の服を着ていたと報告したそうです。どこかで奪ったと考えるなら、兵士の服もどこかで奪ったと考えるのが妥当だろう……」

ミコトは目を閉じたまま発言した。ミコトは父上が殺されたという報告を受けて会議が始まってから、ずっと目を閉じてる。なぜかはわからない。

「では、グランエンドに来た目的は？」

「そら、ギィブ様を殺すためだろうさ。それ以外に潜入する理由がねぇ……結果として暗殺には成功してるからな!!」

悔しそうに机を殴ったネギシを見て、私たち全員の気持ちが沈む。ネギシの怒りは、この場にいる全員が同様に持っているもの。

アユタだって、家族を殺されたんだ。本当は怒り狂って叫びたいさ。でも、今のアユタには許されない。冷静に話し合い、この後の方針を決める必要があるから。

今のアユタは、グランエンドの国主を引き継がねばならない立場なのだから。

「では、次の議題は」

「俺だ。……あのガンリュウって奴、なんなんだ？」

ネギシが身震いしながら言った。

「地下牢《ちかろう》に入ったあいつを見たが、すぐに『うち』が表に出てきて引っ込んだが……一瞬見ただけでもやべぇ。確かにミコトが俺たちじゃ勝てないと言うはずだ。俺じゃ無理だ。コフルイでも、ビカでも無理だろうな。

あれは、人の手に負えるものじゃない」

断言するネギシに対して、ミコトは頷《うなず》く。

「今回はネギシに同意しよう。姫様、『アレ』は人間ではどうにもできない存在です。取り押さえようとして、これです」

袖をまくったミコトの腕には、手の形をした青痣《あおあざ》がこれでもかとくっきりと、痛々しいほどに浮かんでいた。

アユタも、ネギシも、コフルイも全員が目を剥《む》いて驚いた。ミコトの体は特別だ。怪力で頑丈、およそ人間の域を超えてる。

なのに、ミコトの腕を握りしめただけで、こんな傷を負わせるとは。

「ミコト……念のために聞くけど、傷の深さは」

「骨をやられてます。ヒビが入ったかもしれません。……まぁ、私の体だとそれくらいならすぐに治るのですが。

問題は、私の体に『握力』で傷を付けたことだ。生半可な打撃なんて私にとっては意味はないが……握っただけでこれとは……」

ミコトの体は頑丈なうえ、怪力持ちの特別仕様だ。まさか傷まですぐに治るとは思わなかった……いや、骨のヒビまですぐに治るってどういうこと？

「ガンリュウの強さについてはここまでにしましょう。『ガンの殿隊《しんがりたい》』について知っていることは？」

アユタたちを見てミコトは言うが、全員で唸《うな》るだけだ。アユタだってそうだ、そんな名前は初めて聞いた。

「コフルイ、知ってる？」

「知りませぬな。儂《わし》も初めて聞きました」

「俺もだ。コフルイが聞いたことがないなら当然だがな」

「私もです。戦場を渡り歩いてきたがそんな名前は聞いたことがない」

そうだろうな。そういう結論になるだろう。『ガンの殿隊』なんて名前、今まで勉強してきた中でも聞いたことなんてない。

殿《しんがり》、というからには何かに敗北して逃走する際、本隊を逃がすために敵と最後尾で戦い、足止めする役目を担ってたんだろう。

いったい何と戦うために組まれた隊なのだろうか？

「聞いたことがない名前と言えば……『アプラーダ』は？　アユタは聞いたことがない」

「それもない、けど……」

ミコトは言い淀む。

「『神座《かむくら》の国』……と言われれば、神座の里と似ているな、と……」

ああ、ミコトの言うとおりだ。アユタはげんなりとした顔になる。

「似ているというかまんまだろ。アユタでもわかる。神座の里、という『神殿』が広めた流言飛語《りゅうげんひご》の中で、里ではなく本当は国で、国名がアプラーダなんだと」

「姫様！」

「コフルイ、もう意味ないだろ。アユタが声に出して言おうが、誰が言おうが。ガンリュウがあそこまでわめき散らしたら、誰かの耳にはすでに入ってるだろうさ」

ですが……とコフルイは尻すぼみな声で言うものの、アユタの言い分には反論できないらしい。

ガンリュウが言った、『神座の国アプラーダ』。

「神座の里が、まさか神座の国というのが正解で……国名がアプラーダってことまで知っちまうとはなぁ……」

ネギシは後ろ頭を掻《か》き、困った顔で呟《つぶや》く。ミコトも同じく目を伏せたまま言った。

「このことを『神殿』に知られてしまうと……いや、大陸の外の話をしてる時点で処刑ものでしょうが、ここまで詳しく知ってることを悟られると、面倒くさいですね」

「ミコトなら、神殿騎士くらい簡単に蹴散らせるでしょ」

「死ぬことを厭《いと》わない『死兵』なので面倒ですが……アスデルシアがどう出るかな？」

ああ、『神殿』の『聖人』、アスデルシアか……。

「アスデルシアは間違いなく本当のことを全部知っていると思った方がいいでしょう。そうでないことを祈るがな」

「祈っても無駄。全部知ってて黙ってて騙《だま》して知らんふりしてるってことだから。真実を知ってる人には容赦しないのは間違いない。アユタたちもガンリュウから聞くまで知らなかったわけだし」

それに、とアユタは言葉を切ってから、

「アスデルシアが把握してるかどうかわからんが……シュリという『聖人』にとっての『家族』がここにいる。この状況を知ってどんな手段を取ってくるのか想像もできない」

と、この議題最大の謎を口にした。

全員が押し黙る。ガンリュウの言葉が本当だとしたら、アスデルシアがどういう行動に出るのか。

最も大きい可能性は、全力でシュリを奪おうとすることだろう。ここら周辺の『神殿』勢力の全てを使って、この砦《とりで》を強襲するのは目に見えてる。

ガンリュウの話が本当ならば、アスデルシアにとってシュリはこの世界にいるたった一人の家族なのだから、大陸全ての『神殿』勢力を差し向けてきてもおかしくない。

……とはいえ、アスデルシアの気性次第か。アユタの想像でしかないが、アスデルシアは確実に行動する。備える必要があるな。

「本当だと思いますか、姫様？　シュリが……その、アスデルシアと血のつながりがあり、さらには賢人と呼ばれる存在の親族とか……」

「……真偽はどうあれ、備える必要があるとアユタは考える」

「ですか……しかし、『否人《ひじん》』……というのは初めて聞きましたな」

否人、か……。アユタも初めて聞いた言葉だ。賢人、聖人は聞いたことがあるが、否人とは……。

「でもよぅ。賢人は魔法と魔工を伝え、聖人は『神殿』の宗教の最高権力として大陸で最も発言力があるっていう、いわば偉人とも言えるような奴だろ。否人、というのは何をしていて、どうして今まで名前が伝わってないんだ」

「ネギシの疑問はもっともです。賢人と聖人は今に至っても誰もが知るけど、否人だけは誰も知らない。何者だろう、否人っていうのは。しかも賢人が『剣神《けんしん》』という名前が真実であるかのような言い分は、どういう理屈なんだ……」

　全員で悩んでみるが、答えが出ない。それを確かめる手段もなく、裏付けを取るとして、どういう調べ方をすればいいのか見当もつかないからだ。

　普通に書物を探し出して読んだり、口伝《くでん》として残っている知識を持つ人を探すのも大変すぎる。

　結局、この話が本当かどうかを確かめる手段がない。

「ダメだ……議題に対して議論の内容が支離滅裂で、内容が飛びすぎてどうにもならない。アユタとしては、これ以上議論を続けても無駄だと思う」

「いっそ、全部嘘《うそ》だったら楽なんですけど。私としては」

「儂《わし》もそう願う。そう願いたいし、本来なら嘘だと断じてしまうところではあるが……」

　コフルイの沈んだ声に、アユタたちも押し黙る。

　嘘。そうだ、ガンリュウとかいうのが言った内容は全て、荒唐《こうとう》無稽《むけい》なものでしかない。

　賢人グリィンベルバル、否人東蒼一郎、聖人アスデルシアが親子であること。

　シュリがアスデルシアの弟であること。

　嘘だろ、としか言いようがない。

「ていうか、シュリがその……否人の息子なのに、やたらと弱そうなのはなんなんだ？　あいつ、戦《いくさ》で姫様の後を追うときも、足が遅かったぞ。ナイフを構えた時もそれなりの姿だったが、ありゃ素人《しろうと》以下だ」

「赤ん坊以前、生まれる前に『イジった』らしいのですが……悍《おぞ》ましい話ですね」

「……そうだな、儂《わし》でも背筋を怖気《おぞけ》が奔《はし》る。産まれてくる我が子の体から、魔法や身体能力の素養や才能を抜き取るなどと……人を人と思わぬ所業だ。

　儂の記憶にある、シュリの故郷の言葉で言えば『デザイナーベビー』……産まれる前の段階から赤ん坊の体に何かしらの手を加える技術だ。意図的に発現させたい身体的特徴を発現させたり、病気になりにくい体にするというものだ」

　ゾッとする話だ。アユタとネギシとミコト、三人揃《そろ》って顔が真っ青になる。

　赤ん坊どころか、母親のお腹《なか》の中にいる時に？

　もうそれは、人としてやって良いことを超えてるんじゃないのか？

「コフルイ、その話は……」

「隠してもしょうがないことだな。儂には前世の記憶がある。記憶だけで、儂自身の人格に何かしら影響があるものではない。他人の人生の日記が、頭の中にあるようなものだ」

「コフルイのことぁいい、今はシュリのことだ。あいつ、もしかしたら……本当は武術の才があったんじゃねぇのか。それが今や影もない、酷《ひど》いことだ」

「全くだな」

　ネギシとコフルイはそう言うものの、アユタとミコトは顔を見合わせて頷《うなず》いた。まぁ、未《いま》だにミコトは目を閉じたままなので、目は合わないのだが。

「コフルイ、ネギシ。シュリは『目』がいいぞ」

「目？」

「目、ですか。姫様」

「……あいつは目の前で起こった戦闘を、つぶさに見て理解できてる。達人同士の戦いでも、騒乱状態の戦場でも、目で見て判断して理解できる。ミコトとネギシが以前、喧嘩《けんか》したときも……見ていて何が起こっているのかわかってた」

ギョッとする二人。そうだろうな、アユタもそうだ。ミコトから聞いたときは信じられなかった。

「……シュリからもう少し、話を聞いた方が良さそうだな」

「目覚めるのを待つしかあるまい」

「では……もう一つ。『星崩鉱《せいほうこう》』というものに聞き覚えは？」

『星崩鉱』。確かにガンリュウはその言葉を言った。

「ない。少なくとも、アユタはない」

アユタは腕を組み、眉をひそめる。ガンリュウが口走った言葉の一つだった。

「魔晶石、いや、『星崩鉱』と……。ガンリュウが底意地の悪い顔でその意味を言っていたが……。

「星を崩す鉱石……か」

「もしくは星を崩壊させる鉱物やもしれませんぞ、姫様」

「なんで魔晶石を星崩鉱《せいほうこう》って呼んだんだ？　アレって別に物騒な名前が付けられるようなもんじゃないだろ？」

質問するネギシに対して、ミコトが答えた。

「まず、魔工道具を作成するのに必要だ。魔工ランプを代表として、魔法師の杖《つえ》にも使われている。魔晶石を砕いて顔料にし、魔字《マギ・スペル》を刻むのが主な使い道だ。桜色の鉱物で……実のところ、アレがどうしてアルトゥーリアでよく採掘されているのかはわかっていない。そして、魔晶石がなんなのかも詳しくわかっていない」

「え？　いや、こう、魔力の結晶とかそういうのじゃないのか？　俺はそう思ってた」

「私もそう思っていたのだが……どうも違うらしい。昔、シャムナザが向こうにいた頃……ちょくちょく研究記録を模写して流していたのだが、魔晶石は魔力の結晶とは違うとのことだ」

魔力の結晶ではない。

「じゃあ、魔晶石はなんなんだ？　鉱物としては、鉄や銅と同じ類《たぐい》では？」

「姫様。そもそもあれは鉱物ではないのです」

「え」

「現状としてわかっているのは、魔晶石は鉱物ではなく琥珀《こはく》と同じ類らしいです」

は……？　琥珀？　琥珀、というと。あれか。

「宝石として扱われる、あの飴色《あめいろ》の？」

「そうです」

「ありえない。琥珀は姫様の言うとおり飴色の宝石で、昔の樹脂の化石だぞ。どこの木から桜色の樹脂が採れるというのだ」

「大昔ならありえるんじゃないのか。常識外の植物だってあるだろう」

「それならなぜ、アルトゥーリアでよく取れるんだ。あそこは雪が多い極寒地帯だぞ、寒さに耐えられる木とはなんだ？」

　そこから侃々諤々《かんかんがくがく》とミコトとコフルイが話し合う。昔ならあり得たとか、昔というのはどこまで昔だ、とか、ずっと。

　アユタは二人を見ながらここまでのことを考える。

「……正直、議論らしい議論にはやっぱりならなかったな」

　ガンリュウから聞いた言葉と、シュリが信長とアスデルシアから聞いた言葉。

　これらを推測して考えるけど、どこまで行ってもそれは想像の域を出ない。これを実証するためには、証拠となるものが必要だ。

　当時の物品か、当時から記録されていた書物か、当時を知る人から受け継いだ口伝《くでん》か。

シュリの話を思い出す。

信長は、ひたすら書物を集めて読みふけっていた、と。

アスデルシアは、人間たちが敗北してこの大陸に移り住んだときから生きてる、と。

記録は信長が、知識はアスデルシアが独占してる状態だ。一歩も二歩も遅れてる。というか、もうこの遅れは致命的かもしれない。

ていうか、よく考えたらアユタたちが古代の謎を解いてやる必要はないんじゃね？

考えて、アユタは結論を出す。

「そこまでにしようか」

言い合いにまで至っていたミコトとコフルイ。傍観するしかなかったネギシがアユタを見る。アユタは全員の顔を見回してから口を開いた。

「考察はここまでにしよう。現状で確認できることは確認できたし」

「姫様。これからどうするつもりですか？」

「ミコト、いい加減に目を開け。これからアユタたちがするのは」

アユタは立ち上がる。強く強く拳を握りしめて振り上げ、

「一つ、父上の仇討《かたきう》ち!!」

思いっきり机を殴りつけた。ものすごい破砕音を上げて机が砕けた。

「二つ、アユタが次の国主になる!! 信長の配下にはならない」

残った机を蹴飛ばして、扉の横の壁に叩《たた》きつけてさらにぶっ壊す。

「三つ、信長を殺す!!」

座っていた椅子を掴《つか》み、思いっきり窓の外に放り投げた。枠を破壊しながら、椅子は落ちていく。

ふぅ、と大きく息を吐いて落ち着く。

「以上、異論がある奴は？」

「あるわけありません、姫様」

カッ、と目を見開くミコト。その下に現れた目を見て、全員が驚いた。

目が、血走っていた。さらに涙がスーッと流れ、止まる様子がない。ずっと流れ続けていて、血走った目も真っ赤なままだ。

「私は、私はギィブ様を愛していました。これ以上ないほどの理想の旦那さまでした」

「旦那じゃなくねッ!?」

ネギシ。そこは言ってはいけない。目にも止まらない速さでミコトの拳がお前の脇下の肋骨《ろっこつ》を打ったよな。痛いんだよ、それ。拳頭で抉《えぐ》るようにすると。

蹲《うずくま》って痛みに呻《うめ》くネギシを無視して、ミコトは目を遠くへ向けた。

「愛して、愛して、愛し続けて数年。結ばれることを夢見て数年。でも……もうそれも叶《かな》いません」

「端《はな》から叶《かな》う確率はほぼなイっ!?」

コフルイ。それも言ってはいけない。

目にも止まらない速さでミコトの拳がお前の鼻先を打っただろう。痛いんだよ、それ。鼻骨を折らずに鼻血が出るだけにすると。

鼻を押さえて鼻血を止めようとしてるコフルイを無視して、ミコトは胸に手を当てる。

「ギィブ様、なぜですか。なぜ、私が想いを告げる前に亡くなられたのですか……っ」

「……」

アユタは何も言わない。ネギシとコフルイみたいになりたくないし。

正直、想いを告げる機会なんていくらでもあったと思うけど。父上だって無下《むげ》にできなかったと思うし、考慮したと思うし、根回しをちゃんとしていたらもしかして、だけど。

この事実はミコトを傷つけるだけだ、言わない。アユタにだって、恋する乙女の気持ちを理解することはちょこっとできる。

あるいは結ばれたかも、なんて未来を提示するのは残酷無残な言葉だ。

軽々しく言ったら、さすがのアユタだってミコトに両肩を砕かれるよ。

「だから、私は必ず殺す。ウーティンを殺す。もしウーティンが本当の下手人でなければ、本当の下手人を捜して殺すっ。下手人を差し向けた黒幕がいるならば、そいつも殺すっ！」

大きく上げたミコトの足が、

「これは仇《かたき》討《う》ちだ!!　正当なる仇討ち、恩人を、国主様を、愛する人を奪われたことへの、鏖《みなごろし》による復讐《ふくしゅう》だっ!!」

床を思いっきり踏み砕き、ヒビが部屋中に広がった。荒い呼吸で、目を血走らせながら気炎を吐くミコトの姿は、「華刃《かじん》」なんて呼ばれた姿とはほど遠い。

必ず仇討ちを果たすと誓った、狂戦士そのものだ。

「では、まず何をする」

アユタは全員の顔を見て言う。

「何から始めるべきか？」

もう一度問う。

カツン、と音がなる。

「決まっております。姫様、並行して行う必要があります。一つはニュービストへ『アユタ姫様』の名前で抗議文を送りなされ」

コフルイが腰から抜いた鞘《さや》で、床を突いて立つ。威風堂々、凛然《りんぜん》としている。

顔つきもまた怒りに染まったものではなく、家臣として冷静な面持ちでの進言だ。

「抗議文？　抗議文だと!?　コフルイ、お前は何を言ってるのか理解しているのか!!　こちらは国主様が殺害されたのだぞ！　暢気《のんき》にそんなことをしてる場合か!!　軍隊を率いて詰問しに行っても、宣戦布告をしても」

「ミコト！」

怒り狂ったミコトを、コフルイが鋭い声で止める。さすがのミコトもこの迫力には気圧《けお》されて黙った。

「気持ちではお前に賛成だ。そうしたいが、もう我らはダイダラ砦《とりで》の軍を率いる傭兵団《ようへいだん》紛《まが》いの組織ではいられないのだ。国主のギィブ様が亡くなられた現状では……ここに姫様がいる以上は、姫様が国主様であり、我らは正規軍なのだ！　下手な行動はできん！　感情だけで動けば、姫様の品位と国としての威厳を損なう!!」

さらに、とコフルイは続ける。

「忘れるな、今のグランエンドの首都には信長がいる！　何かしらの行動を取る可能性を考慮せねばならん！　今の混乱に乗じて表に出てくる可能性を考え、行動せねばならん！　姫様はいち早く首都へ戻り、正式に国主様の位を引き継がねばならんのだ！　会議は現状確認のために必要であったが、ここからは簒奪《さんだつ》されるのを阻止すべく素早く、かつ隠密に動くことが求められる！」

そうだ。忘れていた。グランエンドにいる信長が、これを機会に表に出てくる可能性がある。

自分が正当な、初代のグランエンドの国主であると宣言されれば、アユタたちは四方八方を敵に囲まれた状態で孤立する。自国が敵に回ってしまったあとの支配者一族など、多くの場合が無残な結末となるだろう。

「コフルイ、しかし信長はどうやって正式な国主として、御屋形《おやかた》様であることを証明する？　信長の正体を知っているギィブ様は亡くなり、クアラは責任を追及されて逃亡しました。あの国で、御屋形様の存在を知っている者が他にいますか？」

「少なくとも、ウィゲユは知っている」

　ミコトの質問に、コフルイは静かに答えた。

「ウィゲユはシュリと同じ故郷の者であり、信長とも繋《つな》がっているとのこと。ギィブ様へ食事を出していた料理人なので、ギィブ様から何かを教えられていた、と根回しされる可能性もある」

「一介の料理人の話を、私以外の六天将《ろくてんしょう》が承認するものかっ。いくらなんでも」

「その六天将の長《おさ》であるお前がここにいるっ。信長の動きを抑えられる人材が、今のグランエンドの首都にいない！　ビカは大丈夫だと信じたいが、他の者を信じられるか!?」

　うっ、とミコトは詰まった。

「他の者は！　ローケィもベンカクも、マルカセもミスエーも！　信用できるか、と聞いている!!　この異常時の最中、全員が揃《そろ》って姫様に忠義を示すべく、ここに馳《は》せ参じるのか、と聞いている!!　ウィゲユ本人も、ギィブ様のために行動する男か!?　信長が台頭したとして、それを止める男か!? 答えよ、ミコト!!」

「止めないだろうな、あの者たちは!! ギィブ様本人ではなく、あくまでもグランエンドへ忠誠を誓っている者たちだ! 私が抑えていたのもあるし、本人たちの僅かな良心もあったからギィブ様に従っていたのだろう! だが、その抑えがなくなれば、もうっ」

「ならば! 儂《わし》らがすべきはニュービストへ『正式』な形で『グランエンドの姫』である『アユタ姫様』から『抗議文』を送ることだ! 詰問状といっても、何でもいい! とにかく姫様が国主一族であり、次期国主であることをニュービストに示しつつ、威厳を保つこと! 同時に儂らはグランエンドの首都へ向かう! 信長の行動を抑え、根回しをされる前に姫様を謁見《えっけん》の間の、ギィブ様が座っていらっしゃった位置へ運ぶ!! 国外と国内に姫様の権威を示し、正統なものと示す! 儂からは以上!」

一気に言い切ったためか、コフルイの肩は上下する。息切れしたのだろう、それほど気迫が凄《すご》かった。

「あいわかった!!」

だから、アユタはそれに答えよう。

「ネギシ!! すぐに鐘を鳴らせ! 一種、二種、三種全てを鳴らせ!」

「は? そんな符牒《ふちょう》は」

「ない! だからこそ」

アユタは言葉を切って、息を吸ってから叫ぶ。

「みんなが異常事態で緊急事態だと気づく！　砦《とりで》のみんなはそういう訓練を受けている!!」

「了解だ!!」

ネギシは走り出して、扉を蹴破って出て行く。あいつ、後でしばく。

「コフルイはみんなに簡単に説明しろ！　首都へ帰ると、大事な用事があるのだとな！」

「わかりました。詳しく説明すれば動揺しますからな。準備はちゃんとさせます」

次にコフルイも部屋から走り去っていく。

部屋に残されたアユタはミコトへ体を向けた。

「で、ミコト」

「なんでしょうか？」

「正式な文《ふみ》の書き方を教えて」

「……教わっていませんでしたか？」

「教わってるけどわかんない」

そこから始めないとダメなんだよな。真剣な話のあとでこの流れはすまん。

一通りミコトから抗議文の書き方を学んでから、堅ッ苦しい文を書き終える。こういうのは書くだけで疲れ果てるな。姿勢も呼吸も正して書かないと、なんか内容に覇気《はき》が籠《こ》もらんし。

封蝋《ふうろう》で閉じて、それをミコトに渡した。

「ミコト、これをテビス姫に届けてくれ」

「……いいのですか？　私以外にガンリュウを抑えられる者がいない、首都での有事の際に武力が足りなくなる危険も」

「だからといって、テビス姫に文を届けた上で、確実に帰ってこられる奴がミコト以外にいない。わかるだろ？」

アユタの言葉にミコトは静かに頷《うなず》いた。

この文の内容は、ほぼほぼテビス姫に対して、なんだかんだと責め立ててるからな。

内容を確認した瞬間、怒り狂ったテビス姫の側近連中に殺されかねない。『耳』から追撃を受ける可能性だって考慮しないとダメだ。

全部振り切って逃げ切って、確実に生きて帰れるのは……アユタの仲間の中で確実にそれが行えるのはミコトだけだ。

ミコトだけが、それを行える。確実に帰ってくることができるんだ。

コフルイもネギシもやってくれるだろうが、死んでもらっては困る。

今は武力を失いたくない。

「では、アユタは行くぞ」

「どこへ？」

「決まってるだろう？」

「だから、どこへ？」

アユタの目を見て、ミコトはずっと問い続ける。どこへ、どこへ、と。

これは、誤魔化しようがないか。まぁいっか。誤魔化さなくてもいいか。

「シュリの元へ。心配だから」

「心配だから、だけですね？」

重ねて聞いてくる。ミコトは気づいてるのか、それとも？　勘づいていてあえてか？

わからないけども、アユタは笑顔で答えてやる。

「心配だから、だ」

この一言でミコトはわかったのか、大きく溜め息をついた。

「ほどほどに、ですよ。では、私はもう行く」

ミコトは部屋を出て行こうとする。部屋の隅に立てかけてあった大薙刀《おおなぎなた》『梅雫《うめしずく》』を手にして、肩に担いだ。

「それと。私がギイブ様へ懸想《けそう》していたのは事実です。そして、あなた様が義理の娘になっても、一向に構わなかった」

「気持ち悪いぞ、ミコト」

「それほどに、私はギィブ様とアユタ姫様を愛していたということです。義理の娘になるはずだったあなたへもう一度。ほどほどに、ですよ。がっつく女は男に引かれます」

ミコトはそれだけ言うと部屋から出て行ってしまった。最後の最後まで、気持ち悪くも痛いところを突いてくる女だ。でも、確かにミコトが義理の母になっても別に構わなっ、いや、構うな。気まずい。ちょっと嫌だ。だいたい、歳もそんなに変わらないだろ。だけど、もういいや。

「シュリ」

アユタは足を弾ませて進む。廊下に出て、階段を下りて進んでいく。慌てふためく兵士、部下たちがアユタに何か聞きたそうにすれ違うが、おのおのが自分の職務を全うしようと全力で動いていた。

今や砦《とりで》は混乱の坩堝《るつぼ》だ。聞き覚えのない鐘の符牒《ふちょう》、コフルイより突如として発せられた準備命令、しかも前例がないときた。

コフルイのことだ。今晩にでも出立するように言ってるんだろう。砦内のものをほぼ全て持ち出し、首都へ向かうんだ。あちこちで忙しく、指示を飛ばす怒号が飛び交う。

慌てふためいた兵士が鎧《よろい》を着けながら走るし、焦る文官は両手いっぱいに書類を抱えて早歩き、料理人は食材や調理道具を準備し続け、携帯糧食のための調理加工もしてた。

馬車を用意してありったけの物資を詰め込んで、馬にたっぷりと水と餌を与えてる様子も。

全員が怒号を発し、職務を全うする。

すまん、みんな。

少しだけ。少しだけでいい。

アユタもすぐ後に、みんなと同じように必死になるから。

自分の役割をきっちりと果たすから。

だから、少しだけ。

「シュリ」

アユタはシュリの部屋に、ノックもせずに入る。すぐに扉を閉め、鍵をかける。ガチャリと鳴ったその音は、この部屋が窓一つ以外は密室になった証《あかし》。その窓の外には、この部屋を気にかける者はいない。

この部屋の中には、眠り続けるシュリと、それを看病するアユタしかいないんだ。

現在、シュリはベッドに横たわっている。真っ青な顔をしたまま、知ってしまった衝撃的な真実に精神を消耗して、ここにきて一気に体力の限界が来て眠っている。

体が冷えないように掛け布団に包《くる》まれ、枕に頭を乗せたまま、浅い呼吸でシュリは苦しそうに寝ていた。うなされてる、と言ってもいい。

悪夢に苦しめられてる。

シュリが。ここで。

「……はぁっ……」

アユタは歩く、歩く、近づく、座る。シュリのベッドに腰掛けて、眠るシュリの顔を見つめる。苦しそうなシュリの頭を、優しく撫《な》でてやった。

するとシュリは安心したのか、少しだけ表情を緩ませてくれる。だが、目覚める様子はない。今は何をやっても、目覚めない。

「は……はぁっ……はぁ……！」

アユタの前だけだ。アユタだけだ。無防備に寝ている姿と、優しく撫でることで安心するシュリを見られるのは、アユタだけだ。

アユタ、だけ。

ここには、アユタだけ。

「あはは」

掛け布団をめくり、シュリと同衾《どうきん》する。するりと入った布団の中は、シュリの匂いで一杯だ。あふれかえってると言ってもいい。シュリの匂いしかしない。でもいい。

それがいい。いいんだよ。

「はぁ……」

布団に潜り込み、シュリの胸に顔を押しつける。匂いを嗅いで、恍惚《こうこつ》とした気分へと。

そのままシュリの胸の上を這《は》って、顔を見やる。ちょうどアユタが上にいて、下にシュリがいるような、ベッドの上で押し倒している形だ。

寝ているシュリの顔を真っ直ぐに見てから、その首に歯を立てて優しく噛《か》む。

「ふむぅ」

「っ」

少しだけ強く噛むと、シュリが痛そうにした。同時に口の中に、血液特有の味が。

シュリ、シュリ。お前の前では、みんなの前では、少しだけ、少しだけ我慢することを覚えたよ？　お前が嫌がることはやめたよ？　だから、今だけはいいよね？　首筋から口を離し、アユタはシュリの肩へと頭を擦《す》り寄せる。

「お前の全てを知ってるのは、アユタだけだ」

にっこりと、アユタは笑う。

「アユタだけがお前の全てを知ってるんだ母親のことも父親のこともアスデルシアのことも家族のことも生い立ちも過去も苦悩も血の味も汗の臭いも髪の匂いも服の肌触りもなにもかもなにもかもアユタだけが知ってるアユタだけの幼馴染《おさななじ》みだけどシュリは困るだろうから今は押しつけないいつかアユタと結ばれよう夫婦《めおと》として長い時を過ごせば過去のことも懐かしい共有の思い出になるそれはまさに幼馴染みの特権だアユタだけがシュリの全部

を知ってるんだから独占してる話だってあっていいはずだあってなきゃおかしいあるはずだだからこの思い出はアユタとシュリだけのものだ他のものには一切共有させない知らせない知ることは許さない知った奴は殺すアユタだけのシュリ愛してる愛してるよアユタの理想の幼馴染《おさななじ》みアユタの愛する幼馴染みアユタだけのキミだからシュリのだけのアユタになるしシュリだけの理想の幼馴染みになるしシュリだけの愛する幼馴染みになるしシュリだけの愛する妻になってシュリだけの恋する女の子になってシュリだけのものになるからシュリもアユタだけのものになるよねなるんだよねなるんだねよかった本当によかった嬉《うれ》しいなとても嬉しいなアユタはシュリを裏切らないからシュリもアユタのことを裏切らないでねアユタのことだけを愛してね他の女に目を向けたらダメだよああ大丈夫アユタはシュリのことを傷つけない他の女とは違うシュリはアユタの癒やしで救いだからアユタはシュリの癒やしで救いになるからだから他の女の方に釘を刺すから大丈夫シュリは優しいから仕方ないよ好意の目を向けられても仕方ないけどシュリはアユタだけのものだ」

　ごめんね、シュリ。

　シュリは必死にアユタの心を元に戻そうと、こんな狂気に似た気持ちになる前の冷静さを取り戻そうとしてくれたのは、わかってる。あの官能小説の朗読の茶番だってそのためだよね？

　でもダメなんだ。もう、アユタはシュリじゃないとダメだ。

お前以外は嫌だ。

お前だけが欲しい。

だから、お前もアユタ以外は嫌になれ。駄目になれ。

アユタだけを欲しがれ。

でも今はそれを押しつけると嫌がるから、目覚めてからはやらないよ。

ゆっくりとやろう。

「だから、口吸い《キス》も……もっと相応《ふさわ》しい関係になって、いや、戻ってからやろうな」

シュリの首の後ろに腕を回し、アユタはシュリと体を強く押しつけ合う。

体温も、息づかいも、二人のものが混ざっていくことに酷《ひど》く酷く興奮していく。我慢できなくなりそうだけど、今だけ。今だけ甘えさせて。仕事も、使命も、役割も今だけは忘れさせてくれ。癒やしてくれ。

そうしたら、アユタは頑張るから。シュリのために、二人のために頑張るから。

「もうシュリは、アユタのものだぁ。アハハ。……ふぅ」

閑話　直前・集うものたち

「ガングレイブ。もうすぐで目的地やぞ」

「わかってる」

俺ことガングレイブは部隊を率いてニュービストの聖木《せいぼく》の森近くで野営している。目標となる砦《とりで》はもうすぐそこだ。

テビス姫から届いた手紙を読み、ここまで密かに進んできた。

すでに夕方であり、ここで休息を取ってから、目的の砦へと侵入する。

そう、侵入だ。今回は軍を率いているわけではなく、少数精鋭の部隊だけでここに来ているんだ。真っ正面から戦争を仕掛けるわけではなく、砦に密かに忍び込み、シュリを連れて脱出する。

隠密行動、および撤退のための最低限の攻撃。

テビス姫の手紙を読んだとき、ウーティンが得た情報の全てを書いていると判断した。

グランエンドのこと、ギィブの暗殺事件、シュリの居場所、ダイダラ砦の所在、そこで軍を指揮するアユタとネギシとコフルイのこと。

手強《てごわ》い相手だ。まともに戦おうとしたら、激戦になる。目に見えてる。いきなり全軍率いてそんな戦《いくさ》をやらかしたら、グランエンドと全面戦争になる。俺としたらこんなことをやらかしたあっちとは仲良くできないし、いつかぶっ飛ばすと決めてはいるが……準備ができてないうちにそんなことをしてたまるか。

だからこその隠密作戦だ。さっさとシュリを救出して、さっさと帰って、それで終わり。

領内が落ち着いたらグランエンドに対抗する準備を……と、心の中で怒りの炎が燃え上がる。ここにいる全員が同じ気持ちだろう。

俺と、クウガ、テグ、オルトロス、リル、アーリウス、アサギ、カグヤ、ガーン、アドラ、ギングス、エクレスの十二人がこの場にいる。

天幕を三つ用意し、さらに焚《た》き火《び》を二つ用意。そこにスープが入った鍋を据えて温めてんだよ。これから食事だ。酒はなし、具も少なめのスープで、さっさと食事を終わらせて、さっさと就寝する予定。

……どう考えてもこの場にいるべきではない人間が複数人いて、困るがな。

ギングスとエクレスは領内の政務があるし、ガーンとアドラは厨房《ちゅうぼう》をほったらかして何をしてるんだって話なんだよ。なんだってここにいるんだよ。

「明日の夜、砦《とりで》の近くまで接近する。……砦の調査をして、シュリの所在と現在の様子を確かめておきたいな……」

「ボクも久しぶりにシュリくんの姿を見たいよ。寂しくてたまらない」

エクレスが、少しだけ元気が戻ったような笑顔で言った。こいつはシュリがいなくなってから、ずっと塞ぎ込んで職務放棄してたからな。

テビス姫からの手紙が届いて、シュリの所在がわかったら部屋から飛び出してきたんだよ。そんでもって、付いてくると言ってしつこかった。これから戦闘が起こるような地域に、女性で文官のエクレスを連れていけるわけがないと説得を繰り返したのだが、無駄だった。

付いてきたけりゃ放置してた仕事を終わらせろ、間に合わなかったら置いていく。

俺がそう告げると、エクレスは猛烈な勢いで仕事を始めたし、仕事の速度は俺よりも遥《はる》かに早いもんだから笑いが止まらなかったわ。

お前、最初からそうしろよ！　と心の中で何度叫んだことか。

「姉貴……やっぱ帰った方がいいって。俺様たちがここに来ても、役に立てることそんなにねえよ。俺様だって戦闘よりも軍の仕事の方が専門だぞ、今回のことで力になれることはそんなにない」

「とりあえずボクを守ってくれればいいよ」

「いいよじゃねぇんだよ……」

エクレスの隣で俯《うつむ》き、手で顔を覆って困り果てているギングスなど、最初は付いてくる気はなかった。というか、ここに来た今も乗り気じゃない。

シュリを助けたくないとか、この仕事が面倒だからとかそんな話じゃない。ギングスが言うように、今回の任務は砦《とりで》への侵入、シュリの救出、脱出、帰還だ。

ギングスの専門はあくまでも指揮官として政治を絡めた戦働《いくさばたら》きであり、個人での戦闘力が必須となる少数精鋭の部隊にくっついてくることじゃない。

「そう言うな、ギングス。俺とアドラもいる。お前は後ろでどっしりと、参謀として作戦を考えて指示を出してくれりゃいい」

「そうじゃ。おりゃあの後ろにおれやぁ」

しょぼくれるギングスにガーンとアドラが語りかけて、緊張をほぐそうとする。

……だがアドラは以前、テグとの戦いに負けてから鍛錬している様子を見たことない。これからは料理人として生きるから、愛用の片手斧《かたておの》をしまったのかと思っていたが、ここに来るまでどうも違うのではないか、と思うようになった。

アドラの傍らに置いてある片手斧。あまり手入れされてる様子がねぇ。ここに来るまでに急いで研ぎ直し、手入れをしたんだろう。刃筋は乱れてるし、少し錆《さび》が浮かんでる。

実は心が折れてた、と見るのが正しいだろう。

事実、ギングスの肩に手を回しているアドラの腕が、僅かに震えていた。表情もどこか強張《こわば》ってんな。

気づいているはずのギングスが何も言わず、アドラと一緒に厨房《ちゅうぼう》に入っていたはずのガーンも何も言わない。

ギングスが二人に慰められてるように見えてその実、アドラの恐怖を紛らわしてるのが本質なのかもな。

俺はそれを指摘しない。鍋の中のスープを掬《すく》い、皿へと。

食事に口を付ければ、あまり味はしない。この食事はガーンとアドラが用意したもので、目の前で戦の前特有の濃いめの味付けをするのも見た。

ここに来るまでに何度も二人の作った料理を食べた。美味《うま》いのは知ってる。

問題は何もないはずなのに、あまり味を感じない。

「とりあえず、エクレスとギングスは帰ったらいいんじゃないっスか？」

「嫌だ！　シュリくんを見るまで帰らない！」

「姉貴がこんな感じだから帰れない……」

もう帰れよ。エクレスとギングスを見てうんざりとしてるテグだが、俺も同感だよ。

引き続きスープを飲む。だが、味があんまりしない。

「とりあえず、シュリを連れて帰ったらそのあとはどうしようかしら？　アタシ、嬉《うれ》しくてなにをするかわからないわ」

「落ち着くぇ、オルトロス。わっちとしては、混乱してる厨房《ちゅうぼう》を元通りにするとか、出て行った二人を連れ戻してくれりゃいい」

「ワタクシもです。城内も領内も混乱しすぎています故、シュリの手助けが必要です。というか、フィンツェとミナフェはシュリがいないと戻ってきません」

みんなでワイワイと、シュリを連れ帰ったときの話をする。

実に希望に溢《あふ》れた話だ。俺も、シュリが帰ってきたときのことが楽しみだよ。

……あいつがいなくなることの影響が大きいことにも、改めて実感させられたな。いつの間にか、あいつはみんなの心の支えになってたんだろう。

俺もそうだ。あいつが、シュリが。いつもそこにいてくれてるってことに、安心感を覚えていたんだと思う。あいつは俺の親友だ。

あの日あの時、レンハを前にして俺たちはシュリを仲間だと断言した。取り戻すために戦った。火刑に処されるのを阻止した。

どうでもいい奴のために、ここまでのことなんかしねぇんだ。

俺はこっそりとみんなの輪から離れる。焚《た》き火《び》から遠く離れ、これから夜になる空を見上げた。

明日の夜。そこが勝負。決意を新たに、拳を握りしめる。

「みんな、はしゃぎすぎや」

「同感」

一人でいたところに、クウガとリルが近づいてくる。どうやら二人も輪から離れたらしい。そちらを見れば、他の奴らは引き続き話をしてるところだ。

リルとクウガは俺の隣に立って、同じように空を見上げた。

「まだシュリが戻ってくると確定したわけやない。ワイらの戦いの結果で決まる。油断なんぞ、してる暇はないはずや」

「……情報にあったダイダラ砦《とりで》というのがどういう状態なのか、まだわからない。どれほどの規模で、どういう外観で、どういう内部構造で、どれだけの兵士が駐屯《ちゅうとん》しているか」

「二人が油断してないなら、まだ大丈夫だ」

俺は視線を下げ、ダイダラ砦がある方向を見つめる。二人も同じようにした。

この先、一体どんな強敵がいるのかわからない。リュウファと相まみえる可能性があるのか、それとも別のナニカがいるのか。全く見当もつかない。

直接リュウファと対峙《たいじ》した仲間の中で、クウガだけがあいつと戦える。もし、他の強敵が出てきた場合、クウガをぶつけるか？　それともリュウファと相対させるために温存するか？

リルはどうする？　砦の内部を素早く把握できる魔工師はリルだけだ。リルからもらった情報を俺はどう処理する？　リルはどう運用する？　前々から部屋に閉じこもって何かしていたが、内容について教えてもらっていない。戦力としてどう計算すればいい？

他の奴らはどうだ。俺は現場指示でギングスは後方からの指示、ガーンは連絡役でアドラはその護衛、エクレスは下がってろとしか言いようがない。テグは狙撃か？　カグヤには相手の武器庫を破壊させるか？　アサギは先に侵入させるか？　オルトロスはどうする？　アーリウスにはどのタイミングで魔法を撃たせる？　いかん。頭が回らん。こんな事態は初めてだから、今までの記憶……経験則からの判断ができない。行き当たりばったりの作戦や思いつきの采配《さいはい》しかできん。

「どうするべきかな。さすがに今回、良い作戦が思いつかん」

「当たって砕いてやるしかなかろう」

「砕けたらダメだろ？」

「砕けるんやなくて、砕いてやるわけや。向こうさんの考えも作戦も何もかも砕いて、さっさとシュリを連れて帰るで」

　クウガは立ち上がって言った。

「……リュウファと戦うのが目的やないんよ。最終的に、全員でシュリを連れて帰りゃ成功だってこと、忘れたらあかんぞ」

　ハッとした顔で振り向くと、クウガはプラプラと手を振って焚《た》き火《び》の輪に戻っていくところだった。

サラッと大事なことを言われちまったな。

「リルも寝る」

大欠伸《おおあくび》をするリル。

「明日に備えて、寝ないと」

目元を拭って、こいつも去ろうとした。

だけど、どうにもわざとらしい。

ここを離れるための方便だろう。

その背中に問いかける。

「リル、お前は結局今まで何をしてた……いや、製作してた？」

「何も」

この期《ご》に及《およ》んで答えてくれる様子はない。俺はムッとして再び問う。

「いや、何もしてないはないだろ。何かしてただろ、確実に」

「……作ってはいないけど、してたことはある」

「何を？」

「確認」

確認？　何を？

「リルは前に、研究記録を盗まれてる。確実に誰かが、記録内容からリルのこれと同じもの……いや、『停止機能』を外して使ってる」

そう言ってリルが袖をまくると、前に刻んでいた刺青《いれずみ》がある。俺にはよくわからないが、あの刺青によってリルの魔工は強化されている。その一部を指さす。

「ここにある『停止機能』は、リルがあえて刻んだもの。これは、魔力の流れを阻害して効果や強度といった機能を下げるためのもの」

「は？　そんなもの、なんのためにあるんだよ」

「これがないと、大変なことになる」

「大変なことって？」

リルはさらに、白衣を脱いで服をはだけさせ、その下の背中、背骨の辺りを出した。

見た瞬間、俺はゾッとした。

夜の暗闇でよく見えないが……『そこ』にある『ソレ』は……あまりにも。

あまりにも『悍《おぞ》ましいモノ』だった。

「な、んでそんな、もの、が？」

声を震わせる俺だったが、目を離せない。現実に『こんなモノ』があるとは思えなかった。信じられない、それこそ創作物の中にしかないような『モノ』。

「わからない」

リルは服を戻して白衣を着直す。

「わからないけど……多分、これが魔晶石の『本当の使い道』だったんだと思う。でも、リルには適性がなかったのかも。だから慌てて止めて『停止機能』を付けたけど、背骨のあたりだけは元に戻らなかった」

「いつから、だ？」

「シュリを奪われたとき。そして、シュリがリルの元から去ったとき。悪化した」

「なぜ？」

「……最初のリュウファとの戦闘時、リルは魔工を発動しようとした。けど、その直後に攻撃を受けて魔工のための魔力の流れが乱れた。そのときから、背中の一部分に違和感があった。次にシュリが去ったとき、リルは衝撃のあまり再び魔力の流れを乱してしまった。そしたら、『こう』なった。それから、魔力を使おうとするたびに悪化していく」

リルはなんでもない顔で言うが、俺はそんななんでもない顔で言うことじゃないと、心の中で叫んでいた。

そこにあった『ソレ』は、軽い調子で流していいもんじゃない！

「……大丈夫、なのか？」

「大丈夫。『停止機能』を付けて、魔力が暴走しないようにしてる。それから徐々に魔工を使って、悪化しないことは確認してる」

「……本当だな？」

確認のために、再度問う。

もし、こいつの『ソレ』が魔工を使うたびに悪化していくのならば、もうリルには帰ってもらうしかない。砦《とりで》内の調査なんてさせるわけにはいかない。

だが、振り向いたリルの顔はどこか晴れ晴れした様子だった。

「大丈夫。何度も言うけど悪化はしてない。それに、適性はなかったけど『コレ』が出てきてから、魔工の調子がものすごく良い。悪化させればさせるほど、魔工の効力と範囲が強力になっていくのも確認した」

「馬鹿野郎！　そんなもの、もう悪化させるな！」

「もちろん。だから『停止機能』を付けて、これ以上悪化させないようにした。それに……その……」

「それに、なんだ」

まさか、これ以上の『危険』を抱えてるのか？

青ざめる俺に対して、リルの顔は紅くなっていた。

「これが悪化していくと、心がざわめく」

「ざわめく？」

「感情の振れ幅が大きくなる。その……シュリを助けるために、シュリのことを考えると……愛《いと》しさが……好きって気持ちで、胸いっぱいになって苦しい……」

何を言われたのか理解できなかった。え？　なに？　こんなド真面目な話をしてる最中に、シュリに対しての好意に気づきましたよ、なんて惚《のろ》気《け》話《ばなし》を聞かされてるの、俺？

呆《ほう》けていると、リルが慌てだした。

「こ、これは『コレ』が広がったせいで、こんな、こんな気持ちが出てきただけ！　だから、いつか治せば元通りに！」

「なぁ、リル」

もう、こいつの慌てる様子が哀れなので、教えることにした。

「感情の振れ幅が大きくなる、だったな」

「そ、そう！　だから」

「元々ないもんだったら、感情の振れ幅が大きくなるどころか、そんな考えなんか思い浮かばないんじゃね？　あるからこそ、振れ幅が大きくなったときに自覚して戸惑うんだ」

静かに、呆《あき》れながら言った俺に対して、リルは一瞬理解できないって顔をしてた。

ないものに、感情の振れ幅が大きくなるもへったくれもないんだよな。あるから大きく振れるんだよ。

リルは意味を理解したのか顔を真っ赤にして振り向き、大股で去って行った。

さすがにここで追撃……いや、何か言うのはやめておこう。可哀想すぎる。

とうとう一人になった俺は、もう一度空を見上げた。大きく溜め息をつき、呟《つぶや》く。

「リルが……なぁ……」

何が感情の振れ幅が大きくなる、だ。

「端《はた》から見て、なんでこいつら、とっととくっつかねぇんだって思ってたんだけどな」

もはや夫婦漫才《めおとまんざい》と化した絡みだったし、なんかいつも一緒にいたし。

そんなもの、『アレ』の影響じゃなくてさ。いつも一緒にいた奴がいなくなって、今更になってようやく自分の気持ちに気づいただけだと思う。

「まぁ……なんというか」

俺はここにきて、ようやく笑みが零《こぼ》れた。

「なんとかなりそうな気がしてきた」

自分ことウーティンは姫様と二人きりで、夜の執務室で対面していた。

姫様は執務室の椅子に座り、自分はその前の、応接のために置いていた椅子に座る。

厳しい顔をしている姫様が、何かを考え続けている。夜中になって姫様の部屋の周りに誰もいないことを確認してからずっとこうだ。自分の足元をぼんやりと見つめたままだ。

自分は待っている。姫様から、何かしらの指示が出てくることを。命令を待つ。

「……」

だが、姫様は何も言わない。何かを言おうとして、ずっと迷い続けている。考えては結

論を変え、別の思考を辿《たど》り、結論へ導く。そしてまた結論を変えている。

ずっとこれだ。自分は姫様に長年仕えている。姫様のクセなんか全部知ってるんだ。だから姫様の行動はわかる。

思考の結果まで読めたことは、ないけども。

「ウーティン」

「はい」

ようやく、決意が固まったらしい姫様が口を開く。

「シュリを、守れ」

……詳しく聞くべきだろう。

「姫、様。守る、とは」

「守る、だけじゃ」

……ものすごく曖昧《あいまい》な指示。具体的なことを言うつもりはなさそう。

珍しい。姫様が『判断の余地がある指示』を出すなんて。どっちとも取れるし、どうとでも言えるような内容だ。

自分は少し考える。姫様の目を見て、その思考の道筋を探ってみる。自分では全てを探ることはできないけど、やらないとダメ。

まず、シュリの現状は、身柄がアユタの手元にあることだ。そのことをガングレイブに知らせた。

さて、ガングレイブはどう動くか？　決まってる。シュリを取り戻そうとするだろう。

実際、他の『耳』からガングレイブたちが近くまで来ていることの報告は受けた。今も尾行して調査を続けてる。あちら側で気づいている者はいない……はず。

もしくは知ってて利用しているか？　……いや、考えるべきことはそこじゃない。

ガングレイブがシュリを助けに近くまで来ていることだ。

だけど、『耳』が掴《つか》んだ情報だと……ダイダラ砦《とりで》に複数の戦闘員が向かっているのも確認してる。

オリトルの魔剣騎士団、アズマ連邦の兵団、アルトゥーリアの精鋭、そして……グランエンドから五人の強者。こちらに向かってるミコトの存在。

ダイダラ砦を舞台に、大戦《おおいくさ》が始まるのが目に見えてる。

気になるのはダイダラ砦がにわかに騒がしくなっていること、そして兵士の一人が連絡役なのか早馬で駆けている様子。ダイダラ砦内にも、何かが起こってる。

となれば、混沌《こんとん》とした戦いになる。全員の目標はシュリか、シュリに関わる何か。

……なるほど。

「シュリを、『守、る』。そ、れを果たせ　、ばよいの、ですね？」

「うむ。そうである」

意味は理解した。だけど、これは聞いておかねばならない。

「質問、が、あり、ます」

「なんじゃ?」

「姫様は、以前、シュリ、がリュウファに誘拐、された、ときに……別方面で行動し、最後に笑うのは自分と、仰《おっしゃ》いま、した。それが、今、ですか?」

姫様は肩をビクつかせて、深呼吸をしていた。

ああ、やっぱりな。今、なんだろう。今こそがその時なんだろう。

でも、今までの姫様ならこういう状況でこんな逡巡《しゅんじゅん》は見せない。迷うことなくきっぱりと命じてくるはず。

……あぁ、多分だけどここまで来たら姫様でさえ、予測できないことになるんだろう。

だから、言葉を濁すしかないんだ。

同時に、これも確認しておきたい。

「……以前よりも、ガングレイブや、シュリ、に不信感を、抱かれる可能性があるのでは?」

「考慮して、おる。それよりも妾《わらわ》はシュリを求めねばならぬ。何が何でも、じゃ」

……姫様はそれ以上説明をしてくれそうにないな。

「了解。すぐに、出立、し、ま、す」

自分は立ち上がり、部屋を出た。後ろで姫様が椅子に深く座り直す音が聞こえたが、振り返って確認することはしない。すぐに行動する必要がある、些事《さじ》は気にしない。

なんせ、これからシュリを誘拐する……いや、保護する必要がある。

姫様は『守れ』と命令した。言われた言葉をそのまま判断すれば、シュリを戦火から守り切れ、ということだ。

でも、この『守れ』という意味を広義に捉えるのならば……『もうシュリがこんなことに巻き込まれないようにする』必要だってあると判断してもいい。

姫様は、こう言ってるのだ。

『どさくさに紛れてシュリをニュービストに連れてこい』、と。

『ガングレイブの下《もと》にいる限りこんなことにシュリが巻き込まれ続けるだろうから、保護する必要がある』と。

……戦火のどさくさに紛れて、シュリをニュービストへ誘拐してこい。そういうこと。

気が滅入る。

自分とてガングレイブたちからシュリを引き離すのは、嫌だ。前のこともあって、これ以上反感を抱かれたくない。現状の関係のまま、徐々に良くしていきたい。

良くしていきたい、良くなってきてる、と思ってたところにこれ。

「……姫様は、追い詰め、られてる？」

ふと、自分の頭の中に考えが浮かんだ。

姫様がこんな命令を出すなんて、久しぶりだ。前に一度だけあった。とある領地にて領主一族が心中して、姫様が悩みに悩んで命令を出したとき。

干渉すべきではないのはわかっていて、だが干渉せねばならないと呟《つぶや》いていた。

自分にはなんのことかわからないけど、姫様は最終的に『戦《いくさ》の飛び火を消してこい』とだけ、『耳』と軍に告げた。姫様の父上にして陛下ですら、言葉を濁して表立って反対はしなかったって聞いた。

結果としてニュービスト軍は『領主の座を奪おうとした一部隊の攻勢を止め、その後の領地の統治を行う』という判断を下した。わざわざ領主の傍流となる子を見つけ出した……『こと』にして、裏稼業に身をやつしていた少年たちの中で最も賢く素養がありそうな子を見いだし、徹底的に教育してから領主に据えたらしい。

その後、その領地はニュービストにとって最も信頼できる同盟関係となったな。領主となった少年……今では青年も、穏やかかつ優秀な領主となっているとのこと。

でもこの判断は一歩間違えれば、自分にとって最も都合の良い人物をよその領地にあてがう大国の蛮行、と見られても仕方がない。仕方がないから、命令した本人たちはどうとでも言い逃れできるように言葉をあやふやにしたってこと。

同じことが、今回も起こった。

それほどの事態と判断した方がよい。

「さて、行く、か」

自分は闇に紛れ、行動を開始する。

姫様の命令……願いを叶《かな》えなければな。

「……」

「ヒリュウ兄ちゃん。なんか言おうよ？」

アタシことミトスは、ヒリュウ兄ちゃんとの二人旅の途中で野営をしていた。そろそろ目的地が近づいている……はずだ。

数日前の話。オリトルの諜報員《ちょうほういん》がガングレイブたちの不審な動きを察知して報告してきた。どうも精鋭を連れて、ニュービスト方面へと移動したと。

自分が得た領地を離れて何を？　主要人物勢揃《せいぞろ》いでどこへ？　と疑問に思っていたら、ヒリュウ兄ちゃんが思い出したように立ち上がり、自分が出向くと言い出した。

オリトルの主要人物、魔剣騎士団の団長であるヒリュウ兄ちゃんが自分から出張るなんてただごとじゃない、魔剣騎士団で出立すべきことではないのかとブリッツ兄ちゃんが進言したが、これを一蹴。意地でも自分が行くと言い出した。

ブリッツ兄ちゃんは溜め息をつき、アタシを連れて行くようにとヒリュウ兄ちゃんを説得して、現状に至った。

ここに来るまで、ヒリュウ兄ちゃんは口数が少ない。自身の馬と鎧《よろい》、魔剣の調子を確かめながら急いでいる。アタシはそれに付いていくので精いっぱいだ。

気づけば、ニュービストの聖木《せいぼく》の森近くまで来てしまってる状況で……。

真夜中、焚《た》き火《び》を前にして黙々と魔剣の整備を続けるヒリュウ兄ちゃんに、アタシはとうとう耐えきれずに、語気を強めにして質問した。

「そろそろ説明してほしいっ。アタシらはどこに向かって、何をするの!?」

「シュリが誘拐された話を覚えているか？　ガングレイブたちが慌てて全員で行動するってことは、シュリの行き先がわかったということだろう」

凄《すご》くビックリした。ビックリしたなんて話じゃない、そういった情報があったのは覚えてたけど、ガングレイブたちの動向を聞いてすぐさま『自分で』何かしようとするとか。

魔剣騎士団を率いて行動すりゃいいじゃん、と言おうとしたら。

「ミトス、お前の言いたいことはわかるつもりだ。魔剣騎士団を派遣しろ、それで済む。もしくは無理に派遣する必要もない、趨勢《すうせい》を見極めるべきだ、とも」

「まさにそれだよ。アタシが言いたいのはそのままだよ」

わかってるじゃん。アタシが言いたいことも、やることも、やった方がいいことも全部わかってんじゃん。

ならそうしなよ。ほんと、そうしなよ。ヒリュウ兄ちゃんは国の重鎮だよ。重要人物だよ。ホイホイと出ていいわけないよ。帰ろう。

「帰ろう。シュリの行き先がわかったなら、以前にガングレイブから手紙を受け取った時と同じ対応をしよう。それが一番いい判断だよ」

「いや、今回はダメだ」

　そのとき、やっとアタシはヒリュウ兄ちゃんの目を見ることができた。

　炎が渦巻いている。復讐《ふくしゅう》の炎が、怒りの炎が。

　武人として、剣士として譲れぬ矜持《きょうじ》の炎が見えた。

　ああ、そうか。やっとわかった。アタシにも理解できた。

「そこに、リュウファが来るからだね？」

「ああそうだとも……!!　俺はあの時、リュウファに負けた……!!　あれから鍛錬を積み、鍛錬を積み続け、技を錬磨し続け、体を鍛え続け、心を練りあげてきた……!!　今度こそ、今度こそリュウファを倒し、俺の誇りを取り戻す!!」

　ギラギラと憎しみの光を放つヒリュウ兄ちゃんの目を見て、アタシは大きく溜め息を吐いた。焚き火に枯れ枝を放り込む。

「男って、バカ」

「お前の愛《いと》しい奴も、俺と同じバカだよ」

「クウガさんはそんなんじゃ……そんなでもかっこいいの!!」

「じゃあ俺もかっこいいってことで。……明日は早いぞ、ガングレイブたちの潜入に関する情報集めは諜報員《ちょうほういん》に任せてあるが、もしもってことがある。備えとくぞ」

ヒリュウ兄ちゃんは剣を鞘《さや》に納め、整備道具を綺麗《きれい》に片付けてから寝っ転がる。アタシに背を向けるようにして横たわり、そのまま寝息を立て始めた。

そうだった。ヒリュウ兄ちゃんが戦場にいたときだって、寝るときはサッと寝て、起きるときはパッと起きて戦闘に参加してたよ。

……逆に言うと、ヒリュウ兄ちゃんは体を絶好調に保つ必要がある、と思ってるんだ。

これから起こるだろう戦《いくさ》が、来たる戦いが、それだけ苛烈《かれつ》で大変なものだと。

アタシも傍《そば》に置いてあった剣を手に取り、鞘から抜く。

四本一組の剣、ベオウルフ。

アタシもあれから鍛錬を積み続け、剣術の腕とベオウルフを扱う技術は磨いたつもり。

剣魔祭のあのときよりも、遥《はる》かに強くなったつもり。

でも……思い出してみる。あの時のヒリュウ兄ちゃんとリュウファの戦いを。

クウガとの戦いで負傷して万全とは言えなかったけど。ヒリュウ兄ちゃんは強い。

強いヒリュウ兄ちゃんがリュウファの剣で腹を貫かれる様子を。

「……っ」

震える。

恐怖で、震える。

強かった。

圧倒的に、強い。

リュウファ・ヒエンは圧倒的に強かった。

最後の一突き。流麗で無駄がない、お手本のような突き。

綺麗にヒリュウ兄ちゃんの腹を貫く姿は、剣に己《おのれ》の全てを捧げきった男の姿だった。

クウガさんとは違う形の、剣の境地、武の極地。

その剣は、人殺しに特化しすぎたドス黒いものに見えた。なんのためにそこまで人殺しの剣を極め尽くしたのかわからないほどだよ。

リュウファとの再戦を望む、ヒリュウ兄ちゃんの滅茶苦茶な行動。

ドス黒い殺人剣に挑もうとするヒリュウ兄ちゃんを見ながら、アタシは覚悟を決める。

「いざとなれば、アタシがなんとかしないとダメだね」

剣を持つ震えが止まらない手を、もう一方の手で押さえ付ける。体まで震えているが、それは気合いで止めた。

ここに来るまでに、ブリッツ兄ちゃんからしつこく言い聞かされてたことがある。

『もし兄貴に何かあれば、お前が代わりに犠牲になれ。本来は俺がやるべきだが、お前しか同道を許されなかったからな。頼む』

つらそうな顔をして言うブリッツ兄ちゃんを見て、アタシも覚悟を決めた。

ヒリュウ兄ちゃんはオリトルにとって欠かせない人物だ。こんなところで失うわけにはいかない、ここに来させることすら論外で、やめさせるべきなのはわかってた。

でも、止まらなかった以上、アタシが犠牲になるしかない。

もしもの時は、アタシの命を使う。

だけど……なんというか、思わず溜め息をついた。

「男って、なんだかんだでバカなんだねぇ……」

自分の立場を忘れて、負けた相手に命を失うことも厭《いと》わず再戦を挑む。

ほんと、バカとしか言いようがない。呆《あき》れるばかりだよ。

でも、本当にバカなのはそういう兄を慕っていて、そういう男を愛してしまった、アタシなのかもしれないなぁ。

百三話　ダイダラ砦《とりで》電撃戦・序《じょ》～アユタ～

「これより、グランエンドに戻るっ」

アユタの言葉が広場全域に響き渡る。真っ昼間、太陽が頂点にある時間。正午。

突如として鳴った鐘の音は、普段聞いてるものとは違う符丁《ふちょう》で、砦内にいた文官、兵士、雑用係の全てを驚かせたことだろう、準備を終わらせて広場に集まった者たち全員が、疲れた顔をしている。

本当は夜のうちに出発したかったが、思ったよりも兵士たちの準備が手間取ってしまった。仕方がない、砦の中を空っぽにする勢いで準備させたし、慣れない符丁で慌てさせたのもある。だとしても、こうしてキチンと準備を整えている辺りは、さすがだ。

中には、まだ事態を飲み込めていない者もいた。

しかも、アユタから出た言葉は突如の帰国命令だ。広場にいる、事情を知るコフルイとネギシ以外は全員が困惑した表情を浮かべた。

「意味もわからず困惑しているだろうが、説明しよう！　我が父、グランエンドの国主たるギィブが、暗殺された！」

アユタの口から出た言葉に、広場は一瞬で沈黙する。数十秒経《た》ってから起こったのは、まず困惑の声だった。

「は？　国守様が？　暗殺された？　いつの話？　なんで？　どうして？」

「いや、待て。リュウファ様が来てたぞ。それってまさか……！」

疑念、困惑、猜疑《さいぎ》……最初は、アユタの言葉を信じ切れない者たちの声で広場は埋め尽くされる。しかし、それもすぐに終わりだ。

腕を組み眉間に深いしわを刻んでいるコフルイの顔と、怒りに染まって大槍《おおやり》を持つネギシの姿、さらにリュウファが来ていた事実と、ミコトが急いで砦《とりで》を出て行く様子。

これらの状況証拠により、みんなアユタが真実を告げていることに気づいた。

「誰に、誰に国守様が殺されたっ？」

「わからねぇ、全く情報が入ってきてないんだっ」

「でもようやくわかった。この集まりはきっと弔《とむら》い合戦《がっせん》だろっ！」

「グランエンドに弓引いた愚か者に報復を！」

「暗殺を実行した外道《げどう》どもに相応の復讐《ふくしゅう》を！」

「姫様！」

「姫様！」

「「姫様っ!!」」

全員の目が、怒りで血走っていく。頭の中が報復を、戦争を、下手人の血を求めることに染められていく。広場中が熱狂し、兵士たちが抜剣。空に剣を掲げながら姫様と叫び、アユタの次の言葉を望んでいる。

みんなの顔をゆっくりと見て、アユタは静かに両手を挙げた。おどけたような格好。

徐々に広場の声が静かになり、兵士たちは剣を降ろした。

「まず、下手人と疑われる者の名はわかっている」

おぉ、と広場からどよめきが起こった。

「が、今はそれよりも優先することがある」

次に困惑のどよめき。場の空気を読み、みんなの顔を見て、機を見て話す。

「国主の座を簒奪《さんだつ》しようとする動きがあると、リュウファから報告があった」

正直、リュウファ云々《うんぬん》の部分は方便だ。そこらはアユタの想像でしかない。だが、兵士たちからはさらなるどよめきが。次に場の空気が変化し、最後に使命感に燃える顔つきとなった。

アユタのしようとしていることを、理解してくれたか。

大声を張り上げ、広場全体へ響きわたるように言った。

「そうだ！　このままでは父上を害したものが、祖国グランエンドを支配するかもしれない！　そうなると、アユタたちは故郷を、国を、後ろ盾をなくした孤立軍と化す！　そうなれば、アユタたちは近くの国から攻撃されてもどこにも行き場がない！」

これは事実だ。ニュービストに詰問状を送っている現状、グランエンドを先に手中に収められてしまっては、アユタたちは孤立する。ニュービストとの関係を、必要があるために悪くしているから。

さらに、まだ問題はある。アユタは拳を握りしめ、みんなに見えるように差し出した。

悔しそうな表情を浮かべつつ叫ぶ。

「まだ問題はある！　もし、もしもアユタたちが間に合わなければどうなる？　首謀者がアユタたちをおとなしくそのままにしていると思うか？

そんなことはありえない。正当なグランエンドの国主の血を引くアユタを、必ず害そうとするはずだ！　アユタだけで終わればいいが、そんな楽観的な想像もしてられない。アユタに従ってくれているみんなも！　無事に済むはずがない！　アユタの命一つでみんなが助かるならそうするが、そうはならないだろう！なぜなら、みんなはアユタの忠実な部下であり、アユタへ忠誠心を持っている強者《つわもの》たちだからだ！　そんな不穏分子を、敵が放っておくとは思えない！」

これも事実。アユタだったら支配者の座を簒奪《さんだつ》した後に、敵対していた側を無傷で済ませておくことはない。とはいえ、全てを殺せば誰も付いてこないので、特別措置でいくらかは生かすように動くだろうけど。

だとしても、だとしてもだ。アユタが死んでも、ネギシとコフルイがいる。

もしこの二人を取り逃がせば、どこかで武力を集めて復讐《ふくしゅう》に走るかもしれない。

例えネギシとコフルイを殺しても、アユタ派の残党がいる。

それを考えたら、ここにいるほぼ全員が死ぬだろう。信長だったら無駄を省くために一人残らず抹殺すると考えた方がいい。シュリから聞いた印象では、だけど。

アユタがこの話をしても、みんなの顔に恐れはない。裏切ろうとする様子はない。

覚悟してくれてる。これこそが、グランエンドの閉鎖的な空気から出て、ダイダラ砦《とりで》に常駐して傭兵《ようへい》の仕事として戦《いくさ》をし続けてきた、精強なるわが兵士たちである。

と、想像はここまでだ。

「国を守り故郷を守るぞ！　堂々と帰り、自分たちの正当性を証明してみせようぞ！」

「では、皆のもの出ぱ――」

「うわっ」

コフルイの号令がなされようとしたとき、全員が整列している背後から声が上がった。

なんだ、と全員が振り返ると、そこにはシュリと部下が一人、向かい合って尻餅《しりもち》をついている。目覚めてやって来たシュリと、この場をこっそり離脱しようとした兵がぶつかったようだ。

シュリが目を覚ましたのか！　アユタは喜色満面で笑みを浮かべようとしたが、

「そいつを捕まえろ!!」

ネギシが叫びながら、シュリの元へ走る。全力疾走だ。

誰もが固まっていたとき、シュリとぶつかった兵士が素早く立ち上がり走ろうとする。

が、

「え、あ、はい」

尻餅《しりもち》をついたままのシュリが、すぐ傍《そば》を横切ろうとした兵士の足首を掴《つか》んだ。

平衡《へいこう》感覚を失ってうつ伏せに転んだ兵士に、ネギシが背中を踏みつけながら槍《やり》の穂先を頬の横に突きつける。ネギシの背中から感じるは、怒気と殺気。

「よくやったシュリ！　こいつ、もしかしてあっち側の間諜《かんちょう》かもしれねぇからな！」

「お、おおう、はい」

シュリの呆《ほう》けた顔と、ネギシの言葉。

この場にいる全員が一瞬にして事態を理解し、倒れた兵士を取り囲む。全員が今にも殺しにかからんとするほど、場の空気が殺気立っていた。

さすがにアユタだって理解した。コフルイも強く地面を踏みしだきながら、歩き出す。

「貴様、貴様！　貴様の顔は覚えているぞ！　長年、このダイダラ砦《とりで》にいる古参の者だな！　姫様に御恩をいただきながら裏切っておったか！　そこにいろ、儂《わし》が殺す！」

「コフルイっ」

剣を抜いたコフルイの肩を掴み、止める。正直アユタだって怒りが湧いている。

わかってる。わかってるんだ。アユタには。今は殺すべきじゃない、と。

アユタが倒れた兵士の所に向かうと、みんなはアユタが通れるように道を空けてくれた。真っ直ぐに……裏切り者の元へ向かう。うつ伏せになった裏切り者の顔の正面に行き、見下ろす。

それでも裏切り者の顔はふてぶてしいままだった。

「お前、グランエンドの……信長の手のものか？　答えろ、いつから裏切っていた。どこまで情報を流した。裏切り者はお前一人か？」

「……」

何も答えない。口を閉ざしたままだ。

拷問するか？　いや、そんな時間はない。ネギシも、周りのみんなも、これ以上我慢なんてしてくれないだろう。アユタが命じる前に、こいつは殺される。

だが情報は欲しい。いつから情報が抜かれ、どれだけの情報が流れ、どこまで信長がアユタたちの行動を把握しているのか。

アユタが苦い顔をしていると、唐突にシュリがおどけた顔をして言った。

「いやー、長年仕えた主《あるじ》を裏切るなんて『神殿』は穢《けが》れてる。やはり大陸の外こそ至上だね」

「なんだと貴様ぁ!!」

シュリの言葉に裏切り者の顔が怒りに歪《ゆが》み、ネギシの拘束から逃れようと暴れる。

今にもシュリを殺さんとするその様子に、アユタとネギシとコフルイ以外のみんなが引いている。アユタたちは、こいつが何者かわかったから驚くことはないんだけど。

「よい働きであったシュリ。こいつの正体、儂《わし》らにもわかったぞ」

「だね。そんなあからさまな様子を見せれば、アユタでもわかる」

アユタは裏切り者と視線を合わせて言った。

「お前、神殿の手の者だな？」

こんなイカれた激高の仕方を見れば、すぐに神殿の手の者だとわかるもんだ。

大陸のことを貶《けな》されたうえに外の方が良いなんて言われてキレ散らかしたら、そりゃ神殿の信仰者だってバレるさ。

普通はこんなことをすれば、そこら中から信者が集まって叩《たた》き殺されるだろうが、ここはアユタのダイダラ砦《とりで》。むしろ怪しい動きをしてくれた方がまとめてしょっ引ける。

他に動きがないってことは、こいつ以外にはいなかったってことか？　それはそれで良かったと思うけど。

今はそれより、こいつから話を聞く方が先だ。

「で？　なんで神殿の奴がここにいる？　いや、まぁアユタは信仰について規制してなかったけど、まさかダイダラ砦の中で神殿の教えに帰依《きえ》する奴がいるとは思わなかった」

「僕、知ってます。こういうのって俄《にわか》っていうんですよ。ちょっと信仰について知ったからって、まるで古参のように振る舞うってやつ」

「俺は元から神殿の信者だっ！　それどころかグランエンドにいた頃から――」

「ちょっと待て」

コフルイが真顔になった。シュリの言葉に引き出された内容に、気になることがあったのだろう。

周りの全員が静かになったとき、コフルイがアユタの隣に来て裏切り者を睨《にら》む。

「元から、だと？　ギィブ様はグランエンドで鎖国政策を行っていた。当然、神殿が入り込む余地を作らないように気をつけてもいた。なのに、元から……グランエンドにいた頃から、信者であった、と？」

「ああ、そうだ」

「どこから、いや、どこで信者となった？」

コフルイの質問の意図をネギシもシュリも理解していない。周りのみんなも、コフルイの質問の真意はわかっていない。

だけど、アユタにはわかった。コフルイが聞きたいことが、わかってしまった。

アユタの背中に冷たい汗が滝のように流れる。顔はこわばり、肩に力が入ってしまう。

次に出る言葉によっては、これからの行動の全てが無駄になる可能性すらある。

だから、全てがわかっているだろう裏切り者は、醜悪な笑みを浮かべた。

「グランエンドには、隠れ教会があるんだよ。信者は俺以外にもいる、教会も複数ある。弾圧を逃れ、我らは信仰を貫いてきた。ギィブには見つけられんかったようだがな！」

「神殿に情報を流したのかっ。貴様っ」

「ああ、そうだ！　我らの同志に知らせ、今頃神殿へもシュリのことを――」

「黙れっ!!」

アユタは思わず裏切り者の顔を思いっきり蹴っ飛ばしてしまった。鼻から血を噴き出し、そのまま気絶する。声を張り上げてみんなに伝えた。

「総員、急いで国へ帰る！　ここに神殿勢力が来るだけじゃない、我らの動きがグランエンドに筒抜けになり、信長の手の者が来ることも考えないといけない!!」

「了解です姫様!!」

「は？　どういうこと？」

ネギシだけが呆《ほう》けているが、そんな時間はない。下手すれば手遅れだ。どうしようもない事実だけが、アユタの頭を駆け巡って血を凍らせ、体だけは燃えるように熱くする。

焦り。焦りだ。アユタはどうしようもなく焦ってる。

慌てて準備する部下たちと、怒号を飛ばしながら順次出発させようとするコフルイ。呆けていたがすぐに立ち上がり、出発のために手を貸すネギシ。

そこで、ようやくシュリが立ち上がった。フラフラと足を震わせている。久しぶりに起き上がってここに来たせいか、まだ体に力が入らないんだろう。

ああ、可愛い。

そんなシュリが、たまらなく可愛い。

この場でアユタだけが、シュリを支えられる。シュリは今、アユタがいないと生きられないんだ。思わず頬の端が緩みそうになる。目が蕩《とろ》けてしまった。

でも、今はその欲望を抑える。抑える手段、精神の切り替え方法は……〝あの時〟体得した。アユタが目線を真上に向けるようにすると、体が少しだけ震える。

心と体と頭の昂《たか》ぶりが静まる。この間、一秒もないかもね。

アユタはシュリに駆け寄って肩を貸す。

「大丈夫？　久しぶりに起きた？」

「ええ、はい。それより……」

「アユタの演説は、聞いた？」

質問に対してシュリはつらそうな表情で頷《うなず》く。

「ええ。聞きました……これより帰ると」

「そうだ。帰るんだ。グランエンドへ」

「……そう、ですか」

シュリはなおも悩んだ顔をしていた。何を考えてるのかは、アユタにはわからない。

考えて考えて、シュリは答えを出したようにアユタを見た。

「アユタ姫様。僕はここまでです」

「……は？」

何を、言ってる。何を言われたのか理解できなかった。

頭が真っ白になっているアユタから、シュリはゆっくりと体を離す。まだ足は震えていた。

でもシュリは膝を叩《たた》いて気合いを入れ直していた。ドン、と何度も膝を殴り、大きく深呼吸をする。

真っ直ぐ姿勢を正して立ったシュリの膝は、もう震えていなかった。

優しい瞳だが真剣な表情。

「僕は、ここで帰ります」

「ああ、グランエンドに帰ろう」

「いえ。ガングレイブさんたちの元へ帰ります」

何を言ってる。

「ここで、一旦お別れです」

「それは許さない」

アユタはもう一度シュリに近づく。拳を握りしめて、いつでも殴れるように――。

「許されなくても、ここで一旦お別れしないといけません。

今の神殿の間諜《かんちょう》は、グランエンドの隠し教会の同志に情報を知らせたと言っていましたね？」

ピタ、とアユタの足が止まる。

「そうだとするなら、確実に信長の元にも届いてる。信長がそんな隠し教会の存在を知らないはずがない。……あの人は僕と同じだ、歴史を知っていればわかる。どれだけ鎖国政策をしていても、宗教や信仰といった人の心の流れ、善意の気持ちを、国に入れないようにするなんて不可能だ」

「……そうだ。今の神殿の奴は、アスデルシアにシュリのことや他の情報を知らせるために逃げ出そうとしただろう。他にも仲間はきっといた。そして、早く情報を伝える手段の一つとしてあるのが」

「中継地点に仲間を待機させ、伝言させながら移動する。馬を全速力で駆けさせ、次から次へと情報を渡していく。口頭では情報がねじ曲がるだろうから、書簡とかで」

シュリもわかってるんだな。アユタもそれを察したからこそ動いた。コフルイも同様に気づいて、すぐに行動してくれている。

アユタは動けず、拳をさらに強く握りしめて歯ぎしりする。顔は怒りに染まってた。

聡《さと》いな。シュリは聡い。ある程度までは察してくれるし、わかってくれる。

賢いな。シュリは賢い。答えを予想し、こっちがしてほしいことをしようと努力する。

だからな。だからお前がここでお別れするなんて言うことが、どうしても許せない。

感情を抑えようとする。ここで暴発して殴ったらダメだ、もう少し、もう少しだけ話が必要だ。

「でも神殿だって、完全な一枚岩というわけじゃない。人の信仰の在り方なんてさまざまですから。聖人派と教皇派みたいなのもあるみたいですし。それに、グランエンドに隠し神殿を作って情報を抜いているように、逆に神殿に潜り込んで情報を抜いている人もいるでしょう。二重間諜《かんちょう》、信長ならやる。神殿の、フルムベルクへ伝わるはずの情報が、信長へも伝わってることを考えないといけない」

「……だから、アユタたちのことも知られただろう。信長は確実に動く。どうするかはわからないが、もう手遅れの可能性もあるが、アユタは動かないといけない」

「だから、僕も動くのです」

ああ、ダメだ。アユタの女としての部分が、構わずにシュリをぶん殴って砦《とりで》に監禁しろ、やりたいことをやって愛で縛れと叫ぶ。

同時に為政者《いせいしゃ》として、武人として、理性ある人間としてのアユタの部分が言ってる。シユリの話は理解できる。シュリが次に何を言いたいのかはわかってる。だから、ここは黙って聞いて、利があるのならば話に乗るべきだと。

嫌だ、嫌だ、嫌だ。

「僕の詳しい情報や正体がアスデルシアさんと信長の両名に伝わっただろう現在。両者がどう動くかわかりません。もし、もし二人とも僕に対して何らかの行動を起こすと考えるならば、僕はここにいてはいけない。また、少なくともグランエンドに戻って信長に対抗できるのは、アユタ姫様が率いるダイダラ砦の面々だけです。僕に向かってくる神殿勢力と信長の一部勢力は僕が引きつけますから、その間にアユタ姫様はグランエンドへ向かい、国主の座を正式に受け継いでください。僕はここを去ってガングレイブさんの元へ戻り、神殿と信長勢力に備える必要があるのです。

どっちみち言えるのは、僕がここにいても役に立つことはできず、それどころか神殿勢力と信長勢力の両方がアユタ姫様を襲う形となってしまいます。だから」

「儂《わし》もそれがよいと存じます、姫様」

ここで唐突に、コフルイが話に入ってくる。アユタの隣に立ったコフルイが、シュリを真っ直ぐに見た。

「シュリには――正確にはガングレイブたちには神殿勢力との対峙《たいじ》を担《にな》ってもらい、その間にこちらは信長勢力との対峙に力を割く。姫様、我らだけで二つの勢力に対して二正面《にしょうめん》作戦を展開するのは、あまりにも無謀です。どうか、ご決断を」

淡々と告げるコフルイと、その言葉に賛同するシュリ。

ふざけるな。ふざけるなよ。そんなこと許してたまるか。ここで返すなんて許せない。

「しかしシュリ。今は〝一日帰る〟というだけだ。必ずこちらに帰ってこい」

「えっと……そのまま帰宅したいのですが……」

「馬鹿者。お前はあくまでも姫様の料理番だ。帰ってもいいなんて簡単に許せるか」

料理番。

「そうだ」

料理番なんだ。シュリはアユタの料理番だ。

アユタはシュリに駆け寄ると、抱きしめた。アユタの涙が見られないように顔を隠す。

「お前は、シュリはアユタの料理番だ」

「ひ、姫様っ」

「アユタと呼べ」

シュリが戸惑うが、アユタは構わずに言った。

「アユタと呼べ……頼む」

「……アユタさん。僕はあなたの想いに応えることは」

やめろ。言うな。言いたいことはわかる。わかるから、やめてほしい。

今はダメでも、時間をかければ必ずお前はアユタの元に来る。

「必ず戻ってこい。お前はアユタのものだ。アユタだけのものだ。だから」

「シュリが誰のものだって？」

悪《お》寒《かん》。そして、爆音と砂煙。

アユタがシュリを連れて逃げようとした瞬間、すぐ傍《そば》で何かが爆《は》ぜた。まるで何か巨大なものが落ちてきたかのような衝撃。

反応したとき、砂煙の中から腕が伸びてきた。攻撃か!?　と身構えたアユタだったが、その腕が掴《つか》んだのはシュリの手だった。

アユタはすぐにシュリを引き戻そうとしたが、間に合わない。シュリはアユタの手から離れ、誰かに連れ去られる。

「シュリ！」

「お前がその名を呼ぶなっ」

砂煙の向こうで、少女の声が聞こえた。アユタの呼び声を拒絶する。

「やっと居場所を見つけてやってきたと思ったら、女の子とイチャコラこいて、しかも料理番をやってるとは。帰ったらお仕置き」

「……具体的には？」

「決まってる」

なぜか砂煙で隠れてしまっているシュリが、少女と仲良く話をしている。

まさか、まさかまさかまさかっ！

「リルにハンバーグを作れ、山ほど。美味《おい》しいやつを」

「……わかりました」

砂煙が晴れたとき、そいつはいた。シュリよりも低い背丈で青色の髪をした可愛らしい少女。その手は、シュリの手を強く握りしめている状態。

シュリを守るように立つその姿から、シュリが安心している姿から、そいつとシュリの関係性を一瞬で悟る。

コフルイが剣に手を掛け、周りで硬直していた兵士たちも剣を構える。

遠くにいたネギシがこちらの異変に気づいて、駆けつけようとしてくれていた。

「お前、誰だ？」

地の底から響くような、怨嗟《えんさ》と怒りの籠《こ》もった声。

今までの怒りの声なんて大したことない、まるで子供の口喧嘩《くちげんか》でしかないと言わんばかりの感情の強さ。ドロっとした汚い言葉が、アユタから沸き上がる。

怒りの顔で告げたアユタに、怯《おび》えることもなくリルというその少女は堂々と答えた。

「リルは、シュリの仲間だ。最初に料理を作ってもらった仲だ。シュリと一番最初の頃に仲良くなった」

やめろ。

「昔からの馴《な》染《じ》みだ！」

「まぁ、その通りです」

シュリの肯定によって、アユタの足元が崩壊する錯覚に襲われた。

一番、最初。シュリがこっちの世界に来た頃に、一番最初にこの世界に来たときに出会った、女。女。女。女。女。女。女。女。女。女。女。女。女。女。女。女。女。女。

この女が、憎い。

これほど女が憎いと思ったのは初めてだ。初めてだ!!

「そうか」

アユタは今はとっても穏やかな顔をしていた。穏やかな顔で、穏やかな声色。

「シュリ、その女に連れられて、一度ガングレイブたちの元に帰るのか？　さっきの話のように」

「え？」

リルが驚いてシュリの方を見る。

「はい。その話をアユタ姫様としていました。……わかったことが多くあることと、神殿勢力と信長勢力が、アユタ姫様と僕を狙いに定めた可能性が」

「ノブナガって誰？　なんで神殿勢力がアユタの方にまで？」

「それは」

シュリはリルに、どう説明しようか迷っている。

他のみんなも、戦闘をしていいかどうか迷っていて、襲いかかる空気じゃない。

コフルイは警戒を解かず、ネギシも武器を手にしたままだ。二人とも、アユタの両隣で控えてくれている。

今の拮抗《きっこう》状態、非戦闘状態はあくまでも、アユタが会話を優先してるから起こっている、凪《なぎ》の状態だ。一触即発と言ってもいい。

でも、今はそんなことどうでもいい。

アユタは今、ちょっと気分が良くなった。

リルという、古い馴《な》染《じ》みとかぬかすこの小娘でも、シュリに関して知らないことがある。

シュリの過去や生い立ち、秘密に関して知らないことがある。

それだけが、アユタにとって気分が良い。どれだけ向こうの方が出会ってからの時間が長かろうが、密度はこっちが上だ。

「難しいですが、帰ったら説明します。全部」

「この場ですれば良くない？」

「この場でしてダメな話だから帰るんでしょ」

　だが、だが、だ。

　気に食わない。

　この二人の空気が気に食わない。

　シュリとリルの会話が、二人の様子が、二人の顔が、二人の雰囲気が。

　まるで友人以上恋人未満のような仲睦まじい様子を見せつけられてるようで、酷《ひど》く気分が悪い。さっきまでの良い気分が全部、吹っ飛んでいった。

　ダメだ、許せない。

　許せない。

「それで？　もう、行くのか？」

　二人へ聞く。するとリルが驚いた顔をしてこっちを見た。

「……いいのか？　リルは侵入者で、これからシュリを奪って、いや、取り返して脱出するところだけど」

「姫様も儂《わし》も、それが良いと思っていた」

　アユタの代わりにコフルイが答えた。持っていた剣先を下げて、警戒を緩めた。

「神殿と信長に対する二正面《にしょうめん》状態は、儂らでは対応できん。神殿側はシュリを狙うのが主目的であろうから、せめてそっちで担《にな》ってもらいたいと思っていた」

「詳しくはわからないけど……シュリを連れていくのが、そっちの目的に叶《かな》うと？」

「ざっくりと言うと、そうだ」

こっちを値踏みするように、リルは睨《にら》んでくる。シュリの手をより強く握り、守るように前に立った。

警戒するのはわかるし、当然の反応だ。

だが、コフルイは構わずに続ける。

「……あくまでも、預けるだけだ」

「っあぁっ？」

「そのつもりでシュリを連れていけ」

「けっ」

リルとやらは納得してないような顔をしてた。でも、シュリのことを考えてこれ以上反論をするようなことはしなかった。何かを言おうとしたが、さっさとシュリの手を引っ張ってこの場を去ろうとするだけだ。

シュリが、去って行ってしまう。だがこの場にシュリはいない方がいい。

女の部分と国の主としての自分が葛藤する。だからだろう、

「待って」

リルの背中に、アユタは声を掛けていた。

「……」

「リルは、シュリのことが好きなのか」

何を言ってるんだ？　とアユタとリル以外の全員がアユタを見る。シュリは振り返って驚いてるし、コフルイもネギシも怪訝《けげん》な顔をしてる。

だが、リルは何も答えない。振り返ろうとしない。そのくせ、握っているシュリの手を離そうとしない。むしろ、強く握った。

「……その質問になんの意味がある？」

「なんの意味があるかは、お前が一番よくわかったはずだ」

周りの困惑ぶりは伝わってくるが、アユタはとにかく周囲を気にしないようにする。リルしか目に入らないほどに、集中する。

「いや、リルさんが僕のことをそんな」

「シュリは黙ってて。リルに聞いてる」

アユタはリルに聞いてる。リルの答えを聞きたい。

「逃げるなよ。宣戦布告だぞ」

さらにダメ押し。それでもリルは振り返ろうとしない。答えようとしない。そのくせ、握っているシュリの手を離そうとしない。

離そうとしないが、唐突に握り方を変えた。指一本一本を絡めて、強く握る。

リルの耳が、後ろから見てもわかるほどに真っ赤になっていた。顔を見られないように必死になって、シュリの指に自分の指を絡める。

態度でわかる。態度でわかるが、そんな逃げ方は許さない。まだ、アユタは信じない。

「そんな中途半端なことはするなリルっ。引き留めるための演技だろ」

「……～!!」

リルは逃げない。逃げられない。態度で示してるだろうが、アユタは認めない。

「認めない。認めないぞ、そんなもの。お前がそういう態度なら、アユタが先に行かせてもらう。アユタの方が、シュリのことを知ってる」

「あぁ!?」

これには我慢できなかったのか、リルが首だけを動かしてアユタを睨《にら》む。傭兵団《ようへいだん》の仲間としての怒りではなく、女としての怒りだ。

アユタにはわかる。だから、アユタは余裕の表情で答えてやる。

「シュリの親のことも知ってる、父親のことも母親のことも。シュリの生い立ちのことも知ってる。今に至る過去も。アユタはシュリと心を通わせる機会は多かった。同衾《どうきん》もした！　裸で抱き合った！　だから、アユタの方が、アユタはシュリのことが好きだ」

今までのことを全てぶちまけて、アユタはシュリへの想いを告げた。もっとある。想いはもっとたくさんある。もっとあるけど、ここからはリルの番だ。

シュリは何を言われたのか理解できないような顔をしてたけど、理解した瞬間に顔を真っ赤っかにした。今までのことを冗談みたいなものと思ってたな、こいつ。

　さぁ、どう来る？　リル。

「もういいぞ。帰れ。お前なんか、アユタの相手にならないのはわかった」

「っ……」

　リルは、悔しそうな顔で懊悩《おうのう》を続けている。

　そうだろう。お前の様子から、全部を察することはできる。あまりにもわかりやすいからな。もう何を言いたいのかが明確になってるくらいだ。

　でもな。言わなければ、それは存在してないってことだ。

　アユタは先に、シュリに好きを伝えた。

　一番に伝えた。

　お前は二番。

　所詮二番。

　二番だ。

　二番。

　ふ。

「……お前がこの先、勇気を出して行動しても『アユタよりも遅かった』と悔やみながら生きていけ。もういい、去れ」

勝負、あり。アユタの勝ちだ。アユタは勝ち誇った顔をして、リルは悔しそうに顔を歪《ゆが》めながら唇を噛《か》みしめている。シュリの手を握っている方は震え、もう片方の手は強く握りしめられて白くなるほどだ。

コフルイは呆《あき》れた顔をしながらアユタに言った。

「姫様、なんの戦いをしてるんですか……この状況で……」

「譲れないもの」

すまんが、これは譲れないんだ。アユタの意地だ。

リルはシュリを引っ張りながら、そのまま大股でここを去ろうとする。

一時のさよならだ。また、会えるさ。きっと、会える。会いに行くとも。

「待って、ください」

ここでシュリが動いた。

リルを逆に引っ張って歩みを止めさせる。まだ何かあるのか、と一同が見る。いい加減話を終わらせてくれ、と言わんばかりの空気だ。

コフルイとネギシですら、もうさっさと帰れと願ってるのが見て取れる。

でも、アユタだけはわかった。わかってしまった。

やめろ。

「リルさん、このままだと僕の男が廃《すた》ります」

「やめろ、シュリ」

「アユタ姫様。三呼吸だけ時間をください」

「やめろ、帰れ」

「リルさん」

「やめろ！　それをするな！　一生するな!!　帰れ!!」

アユタの背筋に冷や汗が流れる。膝が震える、手が震える、喉が渇いて息が荒くなった。

わかる。シュリが覚悟を決めた顔をして、深呼吸を一回して、口を開こうとする。

わかる。これから何を言おうとしてるのかわかる。

わかるから、やめてくれと叫んだ。

「リルさん、僕は、あなたのことが」

「やめろと言っている!!」

思わず走り出した。シュリを止めなければいけない。アユタが一番を取った意味がなくなる。シュリとアユタの繋《つな》がりが、望む形にならなくなってしまうから！

やめさせるためには何も躊躇《ちゅうちょ》しない、ナイフを抜いて片手に持つ。脅しだけだ、刺すつもりはない。それだけ、アユタは切羽《せっぱ》詰《つ》まっていた。

一番に想いを伝えても、何をしたって。

「僕は、あなたのことが好きだと思います」

一番にリルへの想いを伝えられたら、意味がないじゃないか!!

シュリから出た言葉は、告白の言葉は。

アユタが、アユタが！

一番に言ってもらいたかった言葉なのに!!

コフルイとネギシが何かを叫んでる。部下たちも何かを言ってる。でも、アユタの目にはシュリとリルの姿しか見えなかった。

顔を紅くしながら真っ直ぐにリルを見るシュリと、照れて顔を逸《そ》らしつつも嬉《うれ》しそうにしながら目線はシュリの顔へ向けているリル。

完全に、両思いのそれだった。両思いの男女が、互いの気持ちを確かめている瞬間。

憎い。

リルが憎い。

ナイフを持つ手に力が入る。

脳内の思考が変わってくる。

シュリの言葉を遮《さえぎ》るためのナイフが、現実を、この現実を、なかったことに、

「！」

リルを、なかったことに。

「リルさんっ」

「っ⁉　シュリ⁉」

リルの顔しか見えなかったアユタの前に、誰かの背中が現れた。

驚いたアユタが手を前に出してしまって。

ザクッ。

「あ」

「っえ」

アユタの手に、妙な感覚が伝わってきた。戦場で何回も味わったはずなのに、ここで味わうはずのないもの。

目の前の背中の服が白い。白い服の背中に、紅い染みが広がっていく。

ぽた、ぽた、ピチャッ。

アユタの手に、赤い液体が伝わってくる。紅くて、赤くて、朱い、温かい水。

何からアユタの手に液体が伝わってくるのか？

「あ、え、え？」

「ぐ、ううぅっ……！」

アユタの手のナイフが、シュリの背中に突き刺さっていた。左腰の辺り。

刃の長さの半分にも達しないものの、突き刺さってしまっているのだ。

「シュリ、シュリ!? ああ、シュリ！」

アユタは慌ててナイフを引き抜こうと、

「やめろ!!」

する前に、リルによって突き飛ばされた。

力なく尻餅《しりもち》をつき、アユタは見上げた。

シュリの体から力が抜け、膝立ちになる。リルは涙目でそれを支えて、必死に声を掛けていて、

「姫様、何を!?」

「何してんだよ！」

アユタの横にコフルイとネギシが寄り添ってきて、立たせようとしてくれた。

膝が震え、力が入らない。立つので精いっぱいだ。コフルイとネギシがまだ、何か言ってる。

「バカ！ 何してんだ！ 何がしたいんだ！」

「姫様、冗談でしょう？ あの告白は、好きという言葉は、なんのおつもりか!?」

「あ、アユタは、アユタ、は」

声が震え、喉から出る言葉がしっかりとしたものにならない。

アユタは、何がしたかった？ リルを消そうとした？ 殺そうとした？ 告白をなかっ

たことにするために？　シュリの相手を？

シュリの相手は、アユタではない。

「うぼえぇぇぇ……」

現実を認めた瞬間、アユタは再び地面に四《よ》つん這《ば》いになって吐瀉物《としゃぶつ》を撒《ま》き散らす。強行軍をするために腹の中に溜め込んだ食べ物がどんどん出てくる。

なんでだよ。なんでなんだよ。アユタの目から涙が溢《あふ》れてきて止まらない。

どうしてこうなった。なんで。なんでだよ。

アユタの手で、なんでシュリを殺すようなことになるんだよ。

好きなんだ。

どうしようもなく好きなんだ。

シュリがどうしようもないほどに好きだから。

アユタを選ばなかったことを、アユタの告白を無視してリルに告白したシュリに。

どうしようもなく怒りと怨みと。

同時に、どうしようもないほどに気持ちが昂《たか》ぶった自分もいて。

「シュリ！」

「う、うっ」

シュリが呻《うめ》き、リルが泣きながら介抱する姿を見て。

あの傷は、あの痛みは、あの苦しみはアユタが与えたもので、アユタとシュリにとっての唯一無二の思い出で。

ダメだ。

頭が混乱して。

何も、考えられなくて。

「シュリ！　ナイフを抜いたら出血が酷《ひど》くなるから、このままカグヤの所に行く！　つらいだろうけど、耐えてっ」

「う、うぅ、……は、は、はい？」

唐突にシュリの口から出た、拍子抜けするような声。

痛みに呻いていたはずなのに、出血とショックで力が入らなくなっていたはずのシュリの体に、いきなり活力が戻ったような雰囲気を見た。

シュリは背中をさすり、ナイフに手を掛けた。

「待て、抜くなっ」

アユタが慌てて止めようとしたが、シュリはナイフを抜いた。

スルッと。それ以上の出血はない。

……は？

「は？」

「え？」

「っ？」

「ん？」

　この場にいる全員が、奇術師の手品を見たような、狐《きつね》につままれたような気分になる。

　あり得ないものを見て、理解できない状態。

　ナイフを抜いたはずなのに、出血が酷《ひど》くならない。それどころか今までの出血すら止まってる。ナイフの先に赤黒い血が付いているから、突き刺さっていたのは間違いない。

　間違いないのに、シュリは平気な様子で立った。

「え？　あれ？　えっと、あれ？」

　シュリも戸惑ってナイフを持ったまま、辺りをキョロキョロする。

「シュ、リ？　え？　平気？」

「リルさん……なんか、平気です。傷が、痛くない。熱くない。冷たくない……え？」

　二人してわけがわからないって顔をしてる。

　そこでシュリがまたもキョロキョロしだして、アユタと目が合った。

「あ」

　そこでアユタは恐怖に襲われる。アユタはシュリを刺してしまった。傷を与えてしまった。唯一無二の思い出とか、バカじゃないのか。

危害を加えたんだ。アユタはシュリを殺しかけたんだ。

「その……」

シュリはナイフを持ったままこっちに近づいてくる。全員がその場を動けない、コフルイもネギシも、だ。

異常すぎる光景に、アユタは反応できなかった。

どうしてシュリは平気な顔をしてる？　どうしてシュリはこっちに近づいてきてる？

理解不能な状況の中、シュリはアユタの前に立った。そしてナイフの刃部を持ち、こちらに柄を向けて差し出してきた。

え？　なに？　なに？

「えと、えーっと？　あの？　返し、ます⁇　なんか、大丈夫？　だったし⁇」

シュリ自身も困惑したままだったんだろう。困ったような笑みを浮かべている。どうしたらいいのかわかんなかったんだろうけど、とりあえず返すか、みたいな。

「あ、ああ……えっと、ご、ごめん」

「あ、はい。ええっと……⁇　その、刃物を持ったままは、まぁ、うん。危ないので」

「えと、今度から気を付ける、から」

二人して何をしてるんだ。全くわからない。わからないけど、とりあえずアユタはナイフを受け取った。柄にもシュリの血がべっとり付いたままだったのだけど、構わずに返してもらう。

そのまま数秒間、全員が固まっていた。全員の目がシュリの背中に注がれていた。

ここでようやく正気を取り戻したらしいリルが、ハッとした表情で急いでシュリに駆け寄った。

「バカ！　何をしてる！　シュリ、背中を見せて！」

「え、ちょ、服を脱がすのは」

リルはシュリの服をめくり上げ、背中を確認する。

瞬間、リルの顔が恐怖に歪《ゆが》んだ。

「何……これ？」

リルが固まったまま動かない。シュリも何が起こっているのかわからないから動けずにいる。それどころか「えっ?!　なになに!?」と狼狽《うろた》えてる。

アユタも後ろに回って、リルが何を見たのか確認した。

「えっ……なんだ、これ？」

戦慄《せんりつ》。

シュリの背中、アユタが刺してしまった傷痕。

そこを中心に、手形が浮かんでいた。今の今まで誰もシュリの背中に、こんな手形が付くような触り方や叩《たた》き方はしてない。

手形くらいなら、こんな恐怖で固まっていない。

手形。正確には、手形じゃない。背中を叩いて残るような手の痕じゃない。

真っ赤だった。

その手形は、真っ赤。いや、真っ赤じゃない。

見たこともないような、何か。

「これ……極小の魔字《マギ・スペル》、か……!?」

リルとアユタが戦慄した理由。それはよくよく目を凝らさなければわからないほどの魔字の集合体が、うっすらと光って手の形をしているからだ。気づかなければ手のひらで叩いた痕にしか見えないほどの。

でも気づいてしまったら、戦慄《せんりつ》する。こんな、これほどに細かい魔字の刻み方は見たことがない。これほどの技術力を持つ魔工師をアユタは知らない。

どうやらこの魔字の集合体、アユタがナイフで刺してしまったことが影響したのか魔字の効果が乱れてしまい、紅い明滅を繰り返しながら光が弱くなっていく。

なんだ、これ。

「これを、リルが？」

「できっこない、普通の人間がこんな魔文《マギ・プログラム》を、こんな量の魔文を寸分の狂いも魔力の乱れもなく書けるわけがない、というより、これ……っ！」

リルはシュリの背中に触りながら言った。

「これ、魔晶石を使ってない……!!　個人の魔力を高密度に圧縮して刻み込んでるんだ……！　しかも効果がどれだけ続くかもわからないほどの超々高密度の魔力の塊《かたまり》！　魔字《マギ・スペル》が細かすぎて、魔文《マギ・プログラム》が多すぎて何の効果を付与してるかすらわからない……」

魔晶石を使わない、魔字。

それをシュリの体に刻んだ者がいる。

いったい誰が？

リルではないと言った。リルではできない、と。大陸でも高名な魔工師であるリルですら、だ。他の魔工師ではもちろん無理だろう。

シュリがこっちの世界に来たとき、最初に出会ったのがリルたちだと聞いた。……正確には信長たちだが、何かされる前に転移したと言っていた。

というか、信長が何者であろうとこんな所業は人間ではできない。

人間、では？

「まさか……シュリ。それは、シュリの母さんが？」

賢人にして剣神《けんしん》。グリィンベルバル。人間に魔法を伝えた、最初の女神。

「何？　シュリの母親？　なんのこと？」

リルがアユタに聞いてくるが、答える余裕はない。見てしまった。

シュリがこっちを振り返って、アユタのことを絶望した目で見てる。

『当方』ことガンリュウが言っていた、自分の子供の体をイジったという証拠が体に刻み込まれていた。

あの嘘《うそ》みたいな話が事実だったことに、シュリは泣きそうな目をして言った。

「か、母さんは、本当に、僕を？」

「シュリっ」

「リル!!　先走りすぎだ、何をっ」

リルがシュリへ呼びかけたとき、誰かがここに駆け込んできて叫んだ。

頭が覚醒する。こんな状況下でも、アユタの武人としての側面が反応。動くことのできなかった他の全員が、ここに入ってきた人物たちを見た。

金髪の青年を先頭にした、七人の男女。全員が武装した戦士。アユタはこんな奴らがダイダラ砦《とりで》にいたなんて知らない。

ということは、

「侵入者!!」

コフルイが叫ぶ。ネギシが大槍《おおやり》を持って突進する。他の兵士たちも抜剣して構え、取り囲もうと動き出す。

ネギシが金髪の青年に大槍の突きを放った。鍛えられた膂力《りょりょく》から放たれる、質量の暴力。

が、青年の前に別の男が躍り出る。まるで女性と見紛うような、中性的な顔立ち。

「あぁ、これなら余裕やな」

ネギシの突きに対して男は片手を伸ばす。なんのつもりか、と思った瞬間。

男の手のひらに突きが触れた瞬間、ネギシが膝から崩れ落ちた。

「っあ？」

突きの威力を全て殺され、さらには体勢まで崩されている。

男はそのままネギシの槍《やり》を素手で払ってから、剣を振りかぶる。防ぐ手はなく、避《よ》けるための体勢ではない。

ネギシの首に刃が迫るとき、コフルイが切り上げで弾《はじ》いた。男の目に笑みが浮かぶ。

「やるやん」

さらにコフルイは刃を翻《ひるがえ》し、男の脳天に唐竹《からたけ》割《わ》りを一閃《いっせん》。

「引け、クウガ！」

金髪の青年の指示に、クウガと呼ばれた男は後ろへ跳躍。コフルイの刃を避けた。

信じられない、あれを避けるか。コフルイの剣は遅くない、今のは最適最速の一撃だった。なのに、クウガとやらはなんなく避けた。動きが速い！

「く、クウガさん？」

「シュリ！　久しぶりやな!!　さっさと帰ろうや！」

クウガの顔が喜色満面に染まる。それどころか仲間たちも全員が嬉《うれ》しそうだ。

アユタはシュリを見る。シュリもシュリで彼らに会えたことが心から嬉しそうで、泣きそうな顔をしていた。

ネギシがやっと立ち上がり、槍を構える。コフルイも剣を構えて警戒態勢。

他の兵士たちもクウガたちを取り囲むように展開した。包囲は完了している。

しかし、彼らの顔に焦りはない。平気な顔だ、こんな状況に慣れてるんだろう。

こちら側にシュリとリルがいる。人質にすることもできるが……リルを相手に、そんなことできるか？　噂《うわさ》に聞くだけでも相当な実力を持った魔工師だ、いきなり土壁で籠城されようものなら手を出しにくい。

だが、位置的には有利だ。どうする？

少し、思考する。ネギシが先に手を出している以上、ただでは終わらすことができない。

そもそもアユタたちの目的はグランエンドに急いで帰り、信長よりも先に国主の座を受け継ぐことだ。ここで戦う理由はない。戦ってる時間が惜しい。

……アユタ自身の悪手を恨む。アユタが女としての意地を出さなければ、とっととここを出てこいつらと遭遇することもなく、移動していただろう。

認める。アユタの失策だ。

ここから挽回《ばんかい》をしなければならない。

「ネギシ、そこまで」

アユタは短く、ネギシに指示を出す。ネギシは驚いてアユタを見るが、今は説明する時間はない。

「こちらに敵意は」

「シュリ！　その血はなんスか!?」

アユタが説明する前に、褐色肌の三枚目な男が叫んだ。他の仲間たちもシュリを見て、事態を察してアユタを睨《にら》む。

いけない、確かにアユタがバカをした結果だ。説明をしなければ、

「お前、その手に持ってるナイフ……!!　お前の仕業か!!」

が、アユタは忘れてた。シュリから返された、シュリの血が付いたナイフを手に持っていたことを。完全に忘れてしまってた!!

こうなったらもう言い訳ができない。説明もできない。どうする、どうすれば？

「ガングレイブさん、待ってくださ」

「シュリ」

シュリが説明しようとした瞬間、リルが後ろからシュリの口を両手で塞いで優しくその

先の言葉を遮《さえぎ》った。アユタが思わず後ろを振り返ると、シュリが驚いた顔をしていた。

こちらを見るリルの目を、見た。

憎悪。怒り。

そして、独占欲。

リルの口が開いた。

「その姫様がシュリを後ろから刺した。なぜかわからないけど、シュリは無事だった。けど、死にかけた」

リルの言葉が、静かだがこの場に広がる。

こちら側としては言い訳のしようがない。もうここまで言われてしまったらどうしようもない。逆転の目は、ない。

なんせ、アユタからしても、なんで自分がシュリを刺したのか、説明できないから。

アユタ自身も、リルへの嫉妬とシュリへの怒りで混乱したとしか言えない。

この状況になって、ようやくアユタの頭がハッキリとした。

冷静になって、頭が冷えて思考が明瞭となる。

――最初から、アユタが嫉妬で起こした、醜い行動でしかなかった、と。

クウガたちの目に怒りが宿る。ハッキリと殺意が宿った目で睨んでくる。

「おい、ガングレイブ」

「あぁ。シュリを取り戻すためには、やるしかない」

武器を抜き、戦闘態勢に入る。もう避けられない。

こうなったら、やることは一つしかない。

「コフルイ。他の兵士たちを出発させろ」

「姫様!?」

「これはどう考えても、というか明らかにアユタのミスだ。アユタがケジメを付ける」

それしかない。

アユタがやるしかない。

全ての責任を取って、アユタ一人でなんとかしなければならない。

「アユタは」

「そこまで」

アユタの前に、白い影が下りた。

ガングレイブたちは武器を構えたまま警戒し続けている。突如として現れた新手を前に、もう警戒を解くことは無理なほどになったのがわかった。

白い影は立ち上がると、くるりとこちらを振り返る。

「……ミスエー?」

闇天《あんてん》ミスエー。何をしてるのかどういう人間なのかわからない、謎多き六天将の女性。

ミスエーはアユタの方を振り向くと、頭を下げた。

「お迎えに」

「……迎え？」

アユタとネギシとコフルイの三人、全員の緊張が高まっていく。

父上が死んだ今、こいつは味方かどうかわからない。なんのつもりでここに来たのか、目的がまだハッキリとしない。

ミスエーは頭を上げ、淡々と告げる。

「国主様を、お迎えに」

……国主様を？

「……こっちにも話は来ている。リュウファが来て、父上が殺されたことを知った」

「なので、迎えに」

「なんのつもりだ」

「……？」

「……お前、どっち側だ？」

アユタが静かに聞くと、ミスエーは一瞬だけ目を見開いた。

それでわかった。こいつ、信長側か!!

「……そう」

「なら、もうダメね！」

「残念です、姫様。ワシは非常に残念に思っています」

「僕も残念に思っています」

背筋を寒気が奔《はし》った。

声がした方を見る。砦《とりで》の方向、二階の窓から顔を覗《のぞ》かせている三人。

ローケィ、ベンカク、マルカセ。

ローケィは窓枠に肘杖《ひじづえ》を突いてニヤニヤして、ベンカクは残念そうに目を伏せて手を合わせて祈り、マルカセは無表情でこっちを見ていた。

その態度と言葉で悟る。

すでに六天将のうち、四人は信長側だと！

「作戦失敗じゃーん。すでにバレてるねぇ……そこのシュリがバラしたのかな？」

「僕の予想では御屋形《おやかた》様のことをアユタ姫様に話したとしても、アユタ姫様は信じることはないと思ってたんだけど……だから口止めもいらないと判断してたが、予想外だった。どういう心変わりかな？　ソレよりも僕は」

マルカセの目がガングレイブに向けられる。

「再会できたことの方が嬉《うれ》しいね。僕は苦戦させられたけど」

「……てめぇ!!」

「おっと、僕と君の因縁はまた今度だ。覚えていてくれて嬉しいね、改めて僕の副官になってくれないかと勧誘するところだが、今は仕事をしないとダメだからね」

マルカセの言葉と共に、砦の扉が蹴破られる。

そこにいたのはリュウファ・ヒエンの人格の一つ、『俺』だった。

手には愛用の武器をすでに構え、こちらに近づいてくる。

「さて、そろそろ茶番劇は終わりだ。アユタ姫様、『俺』が案内しますのでグランエンドの首都に帰りましょう。悪いようにはしません」

「ふざけるな。まずお前は『当方』と名乗る奴について話せ」

アユタは、もうこの場が混沌《こんとん》としてきたのを察した。次から次へと、新手が現れすぎている。というかリュウファは捕らわれていたはず、誰が解き放った⁉

「あぁ、姫様。牢《ろう》に繋《つな》がれていたリュウファは僕とローケィが解放しましたよ。酷《ひど》いな、あなたの部下になる者なのに」

「じゃあ『当方』とは誰だ‼　リュウファの六人の人格以外に、全く知らない七人目の人格が存在していた！　お前たちは何を隠している‼」

「……『当方』⁇　誰です、それは？」

どうやらマルカセは『当方』の存在を知らないらしい。他の連中も同様だ。

なら、なおさら『当方』ってなんなんだよ、あいつ何者だよ⁉

「リュウファああ!!」

「やっと会えたなぁ!!」

クウガが怒りのまま突っ込んでくる直前に、リュウファとクウガの間に男が立ちはだかった。

どうやら走って来たらしい、軽く肩で息をしている。思わず外の方を見ると、何人かの部下が殴り飛ばされたり蹴り飛ばされたりしたらしく、腕や腹、顔を押さえて倒れていた。痛みのあまり呻《うめ》いている。

飛び込んで来た男は、『俺』を睨《にら》みつけて視線を外さない。リュウファこと『俺』以外には視線も意識も向いてないってのが丸わかりだ。

眼中にないってのが、正しいか。

「ヒリュウ!? なんでここにおるんや!?」

「リュウファがここに現れるだろうって情報を得たんだよ。ここで雪辱戦だ。そのために国を出てここまで来た!!」

「いや、だからって……」

ヒリュウ、ヒリュウ……ヒリュウといえばオリトルが誇る精鋭部隊、魔剣騎士団の団長か! しかも次期王様だろう、なんでそんな奴がここにいる!?

リュウファ目当て? それが本当なら、どういう執念でここにいるんだ!! ふざけてる！　両手に持った青と赤の剣にこれでもかと殺意が漲《みなぎ》っている。

これも止められない、リュウファがいる以上、ヒリュウは止まらない！

「では姫様、こちらへ」

後ろから声がする。振り返ると、マルカセがいつの間にかそこにいた。なんなんだ、お前は今、砦《とりで》の二階にいたはずだろういつの間にそこに!?

「多少強引にでも、連れていかせて」

「させるかよぉ！」

マルカセがアユタの肩に手を置こうとした瞬間、その手を遮《さえぎ》るように刃が下りる。

しかし避《よ》けなければマルカセの腕を両断するだろうそれは、マルカセが後ろへ跳躍することで躱《かわ》される。

マルカセとアユタの間に、今立っているのは、

「ビカ!?」

「無事かぁ、姫様ぁ。どうやら、嫌な予感は当たっちまったようだなぁ」

「ぬん！」

今度はなんだ、と振り向けば……シュリを連れて行こうとしたリルが、大薙刀《おおなぎなた》『梅雫《うめしずく》』を脳天へ叩《たた》き込まれようとする場面。咄嗟《とっさ》にシュリがリルを突き飛ばすことで事なきを得るが、リルがいた場所が、砲弾が着弾したかのように爆発。

この場にいないことが不安で、詰問状を届けに送り出したことを後悔して、戻ってきてほしいと望んでいた姿。

「ミコト！」

「遅くなりまして申し訳ありません、姫様。例のモノは、途中で出くわした『耳』の男に渡して、急いでここに駆けつけました」

ブン、と梅雫を振るい、巻き上がった砂塵《さじん》を風圧にて吹き飛ばした、アユタが知る限り最も高い武術を持つ味方。

ミコトが立っていた。

「で、お前らなんのつもりだ？」

ミコトの言葉の圧が、この場を支配するように響きわたる。周囲を一瞥《いちべつ》し、観察し、状況を察したように顔をしかめた。

「そこに御座《おわ》すはグランエンドの姫であるぞ。貴様ら、無礼にもほどがあろう。跪《ひざまず》き頭《こうべ》を垂れて礼を示せ」

一言一言に、強い怒りが滲《にじ》んでいる。怒り狂って暴れ回る寸前の力を、必死に我慢して我慢して出している声だ。

そのままミコトは片手でシュリの服を掴《つか》み、アユタの方へと放り投げるようにして突き飛ばす。

「おわっ」

こっちに来たシュリを、アユタが左手で受け止める。戻ってきてくれて嬉《うれ》しいが……これでは事態が悪化するだけだ!!

「ミコト！　……シュリは、ガングレイブの元へ帰す。この場の混乱は」

「それであるなら……あー、そこのお前か」

ミコトがガングレイブを指さして、見下すような目つきで腕を組んだ。

「お前がシュリの、あー、仲間か？」

「そうだ」

「なら、一度だけシュリを貸し出してやる」

「あぁ？」

ガングレイブの顔に、ハッキリと、隠しきれない不快さと苛立《いらだ》ちが浮かぶ。

他の仲間たちも同様に、きっかけがあればミコトを殺しにかからんとするほどの殺気が。

「どういうことだ？」

「シュリは姫様の料理人だ。そちらへは貸し出す形での出向を認めてやる。期限はどれくらいにしよう？　話し合いをせねばなりませんね？」

「ふざけてんのか、そっちがシュリを攫《さら》ったんだろうがっ!!　こっちは」

「こっちは？　なんだ？　……あー、そうかそうか。あれか？　リュウファとローケィとベンカクとマルカセとミスエーの信長派、そこにはオリトルの魔剣騎士団団長のヒリュウ、そちらにはガングレイブ一派。こちらのアユタ派の四つ巴《よどもえ》の戦争に乗じて私を殺しにかかる、と？　そしてシュリを奪って逃げる、と？　それは無理だろう」

ミコトは顎をしゃくって、不敵に笑う。

「ビカが姫様を守り、そこの……ネギシとコフルイが私と三人一組で攻めに転ずるならば、この場にいる全員は敵ではない、問題にはならない。私たち三人で殺し尽くしてみせよう。これでも私は六天将の長《おさ》、王天《おうてん》のミコトだ」

梅雫を一度、ブン、と振ってから構える。

「この場で我が意を通すだけの武力を、持っている」

一瞬で場の空気が冷え切ってしまう。一触即発の空気が場を支配する。

ネギシとコフルイは武器を構えながら、ミコトの周囲を守る形へと展開する。

ビカはアユタとシュリを守るように警戒しながら、手に持った剣を構えた。

「……ビカ……どうしてここに？」

「……その話はまぁ、後ですらぁ。ざっくり言えば、ここに来る任務が、俺に伝わってなかったってこったぁ」

ビカに伝わってなかった？　ここに来て、アユタをグランエンドへ連れ戻す任務が？

これは間違いなく、ビカはアユタ派と認識されてるから、除《の》け者《もの》にされたってことだ。

緊張が奔《はし》る。シュリは傍《そば》にいるが、リルの顔を不安そうに見ている。

こっちを見ろ。

シュリ。

こっちを、見ろ！

「……大丈夫だ、シュリ」

「アユタ姫様」

「とにかく、この場を乗り切る……だからもっとこっちへ」

来てほしい、その方が守りやすいから。

そのためにシュリに手を伸ばした。

瞬間、

「では、これで」

「え」

気配が全くなかった。アユタの横を黒い影が通り過ぎたかと思うと、シュリを脇に抱えて砦《とりで》の方へ走って行く。男性一人を脇に抱えてあの速さで走るのは、女性？

いや、あの後ろ姿に見覚えがある！

「ウーティン!!」

なぜかここにウーティンが現れ、砦《とりで》の中に逃げ込もうとしている。外に出ることを考えると、ここには技量のある奴が多すぎる。不意を突いてシュリを連れ出せたものの、外に出ようとしたら位置的にガングレイブたちの間をすり抜けなければならない。

となれば、砦の中から裏口に出て、そこで仲間と落ち合って逃げる。

一瞬でアユタはそこまで読み、走り出す。

「シュリ!!」

後ろでリルが叫び、走り出す音が聞こえた。必死に、二度と離れないように追うつもり。

これが、火薬庫を爆発させることとなった火花。

瞬間、後ろで激しい金属音と爆発音、人々が叫ぶ声が聞こえる。

戦闘が、始まった。

ダイダラ砦を焼き尽くす、大きな炎が上がった。

百四話　ダイダラ砦電撃戦・破《は》 〜リル〜

「シュリ!!」

突如として現れたウーティンが、シュリを脇に抱えて走り出した。

すぐにアユタが走り出し、半歩遅くリルも走る。

ようやく、ようやく想いを伝え、想いを伝えてもらえた。自覚した恋心の相手。魂の片割れ、かけがえのない相棒、引き離されてようやく再会した、シュリが。

ウーティンによって誘拐されようとしてる。再び、リルの目の前で!!

「させない、!!　シュリ、今行く!!」

「行かせん」

リルが疾走し始めると同時に、横合いからミコトと名乗った女が襲いかかってきた。

ちょっと待て……お前、もっと遠くにいただろ。なんで、そこにいる?　なんでその大《おお》薙刀《なぎなた》の間合いに、リルを捉えてる!?

嘘《うそ》だろ、お前……たった一歩でここまで間合いを詰めたのか!?

「死ね」

そのままミコトはリルの脳天目掛けて、大薙刀《おおなぎなた》を振り下ろす。おおよそ人間が出していい武器の風切り音ではない、圧倒的質量の暴力がリルへ向かってくる。

これは、死んだ。

避《よ》けようもなく、躱《かわ》すこともできず、捌《さば》くことも防ぐこともできないほどの威力が、この大薙刀の一撃からハッキリと伝わってくる。

だからリルは、避けるのも防ぐのもやめた。

「任せた」

「応とも」

こういう手合いは、リルではなくクウガが相手をすべきだ。

リルとミコトの間に立ってクウガは、素手を大薙刀へ向けた。先ほど、ネギシと呼ばれた男の槍《やり》の一刺しをいなしたように、そうするつもりなのだろう。

だが、クウガはすぐに剣で防ぐことを選んだ。

直撃。

「つぬぉ!?」

クウガから驚きの呻《うめ》き声が漏れた。が、すぐにリルから逸《そ》れる形で刃をいなす。

着弾。地面が大きく爆《は》ぜ、爆発音が鳴り響く。

「うわ!?」

「嘘《うそ》だろ!?」

「なんなの、アレ!?」

後ろからアサギ、ガングレイブ、オルトロスの声が聞こえた。

首ごとそっちを見ると、大薙刀が地面に深くめり込んでいた。

それだけじゃない。地面がまるで、アーリウスの火球爆発に巻き込まれたような大きな着弾跡を残している。人間が出せる腕力の限界を超えてる!!

「クウ」

「走れ、すぐに」

クウガが静かにリルに告げた。クウガは大薙刀を受けた衝撃で、手が震えている。二度ほどプラプラと振ってから、剣を握り直していた。

その間にもミコトは大薙刀を地面から引き抜き、次の攻撃を加えようとしている。

嘘でしょ、あれだけ地面に刃をめり込ませておいて、すぐに引き抜けるのか!?

ダメだ、あれはリルにはどうすることもできない。おとなしくクウガに任せる。

「おう」

リルは短く返し、再び走り出す。視線を走らせれば、ガングレイブが背丈の低い男……マルカセと呼ばれた男と対峙《たいじ》している。

「君はここで抑えておかないと、戦況がひっくり返されそうだからね。もう一度聞くけど、僕の副官になる気はない？」

「ない!!」

「残念」

残念そうに腰からナイフを抜くマルカセと、剣を構えるガングレイブ。

近くではカグヤがネギシと呼ばれてた奴と、テグがコフルイという奴と戦っている。

「これは……武器を奪おうにも拍子が狂います故、奪えない。手強《てごわ》い」

「なんだこの女?! 油断したら手から武器が滑り落ちそうだ！」

「ネギシ、儂《わし》が行くまで耐えろ！ その女はお前と相性が悪い！」

「行かせないっスよー」

「く、鬱陶《うっとう》しい弓兵だっ。なんで弓兵が接近戦を挑んでくる!?」

別の方向に目を転ずれば、オルトロスとベンカクとかいう男が殴り合っていた。凄《すさ》まじいほど肉を打ち合う音が響く。顔を、腹を、腕を、足を、互いの技を尽くしての格闘戦。

「さっさと、沈み、なさい！」

「ワシは、そう簡単に、沈まぬぞっ」

あまりの迫力に気圧《けお》されそうだ。周りの兵士たちも、手が出せないでいる。

コフルイの声が響いた。

「儂らの援護は不要！ 半数はシュリを追え!! 残りは荷を守り、ここから持って出よ!!

破壊されてしまわぬように守れ!!　以上!!」

なるほど、ここで戦っている面々は少数精鋭の手練《てだ》れたちだ。下手に兵士が介入したら、邪魔になってしまう。

事実、

「おっと」

「くっ」

ミコトが繰り出した横薙《よこな》ぎに対して、クウガが近くの敵を掴《つか》んでその背後に回る。

味方を斬り殺すわけにもいかず、その刃を止めたミコトに、間隙を縫ってクウガの刺突が繰り出された。咄嗟《とっさ》に上げた手甲《てっこう》の表面を削って軌道を逸《そ》らすものの、ミコトの顔には苛立《いらだ》ちが募っている。

だが、このクウガの行動で兵士全員が撤収への躊躇《ちゅうちょ》をなくした。下手にそこにいれば邪魔になるし、それどころか利用されて自分も幹部も殺される、と。

兵士たちはすぐに、自分たちのすべきことを見いだして行動する。荷車や荷馬車を乱暴に扱って外に出ようとする者や、シュリを追って砦《とりで》に行こうとする者。

幸い、位置的にリルの方が早く砦に入れる。入った瞬間、魔工で砦の入り口を塞いでしまえばいい。大丈夫だ。

リルは全力疾走で砦に入る。まだ、アユタの背中は見える。大丈夫だ。ここで魔工を使い、入り口を崩落させるか――。

「無駄」

リルの耳元で、声がした。

首が振り向く前に、視線がそっちに向く。そこには、ミスエーとかいう真っ白な服を着た女が。

「死ね」

ミスエーの両手がリルに迫る。よくわからないが、あの両手には触れちゃダメだっ。

足を止めて防御を、

「お前が死ね!!」

する必要もなく、アサギの飛び蹴りがミスエーの顔面に突き刺さる。吹っ飛んで砦《とりで》の廊下で倒れて仰向《あおむ》けになったミスエーだが、動く様子がない。

「早く行きなんし。ここはわっちに任せや」

「え」

「死んでない、そいつ」

リルは走りながらミスエーの横を通り過ぎる。まさかと思って振り返るが、ミスエーが不自然な形で立ち上がる。まるで糸で引っ張られるように、胸から持ち上がるようにして立ち上がった。なんだこいつ!?

「塞げ！」

アサギの声に、リルはすぐに反応して腕に魔力を込める。刺青《いれずみ》が輝き、リルが壁に触れると輝きは壁を伝ってアサギの後ろへ向かう。

追ってきていた兵士たちの頭上へと天井が崩落した。悲鳴と怒号が兵士たちから聞こえるが、崩落した向こう側で声が途絶える。

声を掛けてる余裕はない。廊下の先の曲がり角で、アユタの姿が消えた！

さらにリルは走る。走る。走る。これでも傭兵団《ようへいだん》として活動していたんだ、そんじょそこらの魔工師よりも走れるぞ!!

だが、それよりもアユタの足の方が速い。当たり前だけど、アユタとリルの間の距離が広がっていく。というか、ウーティンの後ろ姿が見えない。

息が上がってくる。足が重くなってくる。どんだけ走ってるんだよウーティンは!!

「……!!」

気づけば、何やら広間のようなところから声が聞こえる。アユタとウーティン、そしてシュリの姿も見えた。

追いついた!!　心の中に安心感が芽生えると同時に、なぜあそこで立ち止まってるのかと警戒心が強まる。何かがあるのか、それとも……。

リルが広間に走り込むと、全員がこっちを振り向いた。落ち着いて、呼吸を整えながら周囲を警戒する。視線だけ走らせ、目の前の連中から意識を離さない。

机が数台、椅子が数脚……この並び、空気感、奥に見える設備……。

「ここ、食堂か……やっと追いついた……っ!!」

背筋を伸ばし、無理やり空気を吸う。それでようやく、ここにいる連中の顔がわかった。ウーティンとその脇に抱えられてるシュリ、追っていたアユタ。

三人の前にいたのがギングスとガーンだった。二人とも、手にブロードソードを持って足止めしてくれてたらしい。

だけど時間がない。外から兵士の足音が聞こえてくる。

「ギングス、ガーン！　時間がない、急いで」

「まだ大丈夫だ、リル！」

ギングスが外の方向を示すように顎をしゃくる。

「どうせ裏口からの逃走経路もあるだろうと、俺様たちで張ってたんだ。外の奴らは」

すると、外から大きな叫び声と戦闘音が響いてきた。刃物がぶつかる、金属音。

「アドラが相手してくれてる。……これを機に、立ち直ってもらえりゃいいなと思ってんだけどな」

「大丈夫だよアドラは。あいつは、まぁ、俺のすぐ傍《そば》で一緒に働いてた頃から、立ち直ってきてたと思う」

「そっか」

二人が話している間にも、ウーティンは視線を走らせている。逃げる経路はないか、隙はないかと探ってるのがバレバレだ。

いつ仕掛ける、と躊躇《ちゅうちょ》している間にアユタが駆けた。

「お前っ！　どうして父上を殺したんだ!?　どうしてシュリを連れ去ろうとする!?　どうしてテビス姫がアユタからシュリを奪おうとする!!　全部吐いてもらうぞ!!」

気炎を吐いて特攻するアユタを見て、ウーティンはそちらに気を取られた。

ここだ！　リルは両手を地面に付け、刺青《いれずみ》を通して魔力を流す。一瞬にして魔工が地面を伝い、ウーティンの足下の地面を軟弱にした。

足を取られたウーティンは驚き、シュリから手を離す。シュリは地面に落ちて「いてっ」と呻《うめ》きながらも、ガーンたちの方に転がるようにして逃げた。ナイスだ、こっちに来ても邪魔になる。

リルが地面から手を離して走り出すと同時に、アユタがすでにウーティンを間合いに捉えていた。拳を振り上げているが、拳士なのかっ。

「ふっ！」

激昂《げきこう》していたにもかかわらず、アユタの拳は見事に走っている。キレがある。

ウーティンは体勢を崩したまま、顔面に迫る拳を受けてしまった。

直撃。そのはずだった。

「っ!?」

アユタの目に、驚愕《きょうがく》の光が宿る。鼻《はな》っ面《つら》に受けたはずのウーティンは仰《の》け反《ぞ》ることも怯《ひる》むこともなく、そのまま拳を振るった。

打ち込みっぱなしのアユタの肝臓への一撃。体勢不十分、攻撃を受けた直後の反撃。痛打にならないと判断したアユタは構わず、次の攻撃のために拳を引く。攻撃をあえて受けて、直後に強撃を打ち込む様子。

ボグッ。

ウーティンの拳がアユタの肝臓に突き刺さった瞬間、嫌な音が鳴った。

「っ……!?」

アユタの顔に、明らかな苦痛の表情。あんな攻撃がなぜ効く!? アユタがたたらを踏みながら下がり、肝臓を押さえる。

「こ、こいつの拳……! なんだ、これ……硬い……効く……!!」

呻《うめ》きながら言った内容はわからないが、アユタには確実に効いてる。体勢を整えたウーティンは流れる鼻血を舌で舐《な》め取り、アユタへの追撃を開始。

させるかっ。アユタは敵だがウーティンも敵、敵の敵は味方だ。ここは先にウーティンを潰す! リルは近くの椅子を手に取って表面に無数の棘《とげ》を生やし、ウーティン目掛けて投げつける。

椅子自体は脆《もろ》いので、ぶつかったら砕けるだろう。でもウーティンを怯ませれば十分！

事実、視界の外から襲いかかってきた棘付きの木製椅子にギョッとするウーティン。

だが、すぐにウーティンは右拳を握りしめ、椅子を殴りつける。すると、木製椅子の棘などなんのその、もろとも砕いて拳には傷一つつかない。

そんなバカなことがあるか、どういう拳だよ‼

「……まだ、まだ、だけど、いい、拳ができて、きた」

ウーティンは拳をグッパッと開いては閉じてを繰り返し、調子を確かめていた。

あの拳、おかしい。前と同じように見えて、なんというか質感が違う。普通のメイドの拳じゃない。

しかも鼻血が流れていても、軽く舌で舐め取るだけで痛がる様子がない。鼻が折れてるわけでもない。影響がないのか。

ウーティンはぐるり、と首を回してシュリを見た。ビクッと震えたシュリの前に、ガーンとギングスが立ちはだかる。

「シュリ。来て、ほしい」

「どこ……へ？」

「ニュービスト」

やはり、連れ去るつもりだったか!!　リルが一歩前に出ると同時に、アユタも一歩前に出る。二人がかりで飛びかかる腹づもりだ、警戒はするけど。

「なんでですか？」

　シュリが不審に思って聞いてる。

「なんでニュービストなんですか？」

「ここ、危険」

「そうですけど」

「危険じゃない!!」

「ごめんなさいアユタ姫様……話が進まないので……」

　シュリにやんわりと止められて、アユタは口を噤《つぐ》んだ。

「で、なんで？」

「ん、今の、スーニ、ティよりも、ガングレイブの元よ、り、も、安全だか、ら」

　一瞬。ほんの一瞬だけ、ウーティンの言葉が濁る。

　あぁ……そういうことか。リルは頭が沸騰するほどの怒りに染められた。

　こいつ、こいつら!!　この期《ご》に及んでシュリを奪おうとしているのか!!　未《いま》だにシュリに執着を!!

「ふざけるな!　そっちがシュリに、リルたちに何をしようとしたのか忘れたのか!　あのとき、そっちに靡《なび》いたバカな裏切り者のことを知らせずに、こっちに嫌な思いをさせたのを忘れたのか!!」

リルが大声で糾弾《きゅうだん》してもウーティンは何も答えない。シュリから視線を外さない。

その態度がまた、恨み骨髄に徹し、リルを激怒させる。

「お前!!」

「……自分、は」

リルが問い詰めると、ウーティンの肩が震える。リルとアユタの方からだと背中側なので顔が見えないが、顔が見えているシュリとガーンとギングスの三人がギョッとした。

「自分は、姫様、の、願いを叶《かな》え、いや、命令に、従、う」

ウーティンが顔を腕で擦《こす》った。

「自分の気持ちは封印する」

「ウーティンさん……」

……こいつ、もしかして……。シュリはウーティンを見て悲しそうな顔をする。

「自分の気持ちは封印して、姫様の命令を守って願いを叶えたい」

今までのような詰まった喋《しゃべ》り方ではなく、滑らかな口調。

ウーティンがこちらを振り返ったとき、目元が少し赤い以外は今までの顔つきと同じだった。

「だから、自分、はシュリ、をニュービストで保、護する」

「だったらここで死ね」

「話し合いはもう無理だな」

リルもアユタも、これでウーティンとの話し合いは不可能だと断じた。ウーティンは何が何でもシュリを連れていくだろう。

ウーティンはシュリに意識を向けつつ、リルたちへの警戒を緩めていない。

ガーンとギングスが動けないでいたが、徐々にウーティンから距離を取り始めている。

シュリを護衛しながら、ここから離れるつもりだ。

それでいい。そうしてくれれば、リルは遠慮なく魔工を使ってウーティンを撃破できる。ついでにアユタも倒せる。

二対一。数的には有利。だが、アユタがどう動くかわからないから安心しない。

「そうか、じゃあ」

「死ぬのは、いや」

ウーティンはぐるり、とこちらに背を向けた。

「ここは、お前、吹っ飛べ」

そしてウーティンはシュリに向かって走り出す。こいつ、なんとしても連れ去る気だ！

させないとばかりにアユタが机に脚を掛け、一気に跳躍。ウーティンの頭上から踵落《かかとお》としを決める体勢へと、足を高く上げる。

ウーティンは振り向かない。なら、無理やりにでも振り向かせる！　リルは走りながら転がっている木片を手に取る。

別に特別な魔工は使わない。ただ単に乾燥させて、適当に地面に叩《たた》きつける。

乾いた木片が砕ける、独特の高い音が響く。ウーティンは首を少しだけこっちに向けようとした。だが、すぐにシュリへの疾走を再開する。

その僅かな失速が、ウーティンをアユタの攻撃の間合いに完全に捉えるに至った！

風切り音を鳴らし、アユタの踵落としがウーティンの左肩に直撃。鈍い音が響く。

骨が折れた……ような音じゃない、肉が潰れる嫌な音ではあるが、予想したような骨折音はないっ。

「っこいつ！」

アユタは自身の踵落としが直撃した箇所を見た。

ウーティンは、左肩に握りしめた右拳を置いて踵落としを受けていたんだ。

普通はそんなことをしても拳ごと肩の骨が砕けるだけ。でもウーティンの拳は違う！

アユタの踵落としを受けてなお、砕ける様子は全くない！

とはいえど痛みがないわけではなく、ウーティンの足が僅かに鈍る。振り返って両腕を使った万全の防御体勢を選ぶよりも、拳一つで痛みを受けてでも走ることが最善だと判断したんだろう。

だが、悪手だぞそれ！

「しっ！」

着地したアユタはそのまま近くの椅子を掴《つか》み、ウーティンの右腰目掛けて叩《たた》きつける。

これもウーティンは走りながら、握りしめた左拳で受けやがったっ。椅子が砕けて木片が散ってなお、拳に異常は見られない。どうなってんのあれ!?

「嘘《うそ》でしょ、アユタの攻撃を拳だけで防ぐとかなんなの!?」

アユタですら、ここまでのウーティンの防御行動に対して驚愕《きょうがく》している。普通じゃない、どういう鍛錬をすればああなる!?

椅子を振った体勢ですぐに動けないアユタの横を通り過ぎ、リルは走り続ける。足は遅いけど、今のウーティンになら追いつけるぞ。

リルは腕に魔力を込める。

「それがお前の魔工かー!?　アタシ様よりも大したことねーなー！」

さっきから視線を感じていた窓の外の下の方に向けて、脱いだ白衣をかざす。

直後、白衣の向こう側から大きな爆発が襲ってくる。壁をぶち抜き、炎を撒《ま》き散らす何かしらの攻撃を白衣が全て防いでくれる。

これはリルの特別な白衣だ。こうやって魔力を流すだけで頑丈かつ耐久性抜群の盾となる。これくらいの攻撃なら、余裕で防げる。

リルがすぐに白衣を着直したときには、壁が破壊されていた。しかも炎を撒き散らしているためにあちこちに延焼している。

爆発に巻き込まれたらしいガーンとギングスは、シュリを守ってくれてた。二人はつらそうに焼けた腕や胴の痛みに呻《うめ》いている。シュリの負傷は、頬や腕が炎に晒《さら》されたものの、軽い火傷《やけど》と煤《すす》が付いた程度。

シュリは軽傷だが、二人の怪我《けが》は軽くない。すぐにカグヤのところに連れて行きたい。

アユタとウーティンはどうした、と目線を転ずれば、アユタはリルの遥《はる》か背後にいた。異変を感じてすぐに回避してたんだろうな。ウーティンは近くの机を蹴り上げて防御してたらしい。近くに砕けた机が散らばっている。

そして、砕けた壁の向こうで腕を組んで立っていたのは、確かアユタを連れていこうとしてた——。

「ローケィぃぃいいいい！　なんのつもりだぁ!!」

「ん？　あぁ、すみませんねぇアユタ姫。あなたに集まるザコを、アタシ様の魔工で蹴散らそうとしただけでーす。無事なら良かったでしょ」

「ふざけるな、この砦《とりで》で火事を起こす気か!!」

アユタが激昂《げきこう》しながら叫ぶが、ローケィと呼ばれた女はどこ吹く風。自分が仕える国の主君に向ける態度じゃないな。

「いいでしょ、どうせ国に帰るんですから」

「なに？」

「国主様の地位を継いでグランエンドの支配者になるんですから。どーだっていいでしょ、こんなところ」

ローケィは食堂に一歩踏み込んで来る。わざと地面を踏みにじるような、性悪な歩き方。炎が、机にも椅子にも、そして壁や床にあった木片や可燃物に移って勢いが増していく。炎の中を見下すように悠然と歩く姿は、自身がこの場での神であると言わんばかり。

「こーんな埃《ほこり》まみれのところ、アタシ様が来るには汚いし。燃やして更地《さらち》にして綺麗《きれい》にして国に帰りましょうよー。ねっ？」

「お前っ」

「で、今はお前だよお前！　リル！　お前だ！」

「ん？　リル？」

アユタの怒りを流しつつ、ローケィがリルを睨《にら》んでくる。なんだこいつ。

「お前、調子に乗ってんだろ？」

「へ？」

「ちょっと魔工で新発明したからって、アタシ様よりも上みたいな様子で魔工師として評判を上げやがってよぉ。お前の研究成果なんて大したことねーんだよ、これを見ろ！」

ローケィは着ていた白衣を腕まくりして、その下にあるものを示す。

あれは……そうか、そういうことか。

「お前が、リルの研究成果を盗ませるように仕組んだのか」

リルは察して呆《あき》れて言った。こいつの腕に刻まれてたのは、リルの刺青《いれずみ》と同じもの。

魔碑文刻印《マギ・タトゥー》が刻まれていた。両腕に刻んでるな。

かつてのアルトゥーリアの革命の最中に起きた盗難事件。結局犯人は見つからず、犯人に繋《つな》がる手がかりすらも見つからなかった。

　その理由がこれか。

「合点がいった。アルトゥーリアで論文や魔工道具が盗まれたあと、それを元にした創作物があればすぐに気づく。なのに、今までリルが気づけるような新発明……というか模造品の話も魔工道具も何も出てこなかった。不思議に思ってたけど……グランエンドの中だけで完結させて外に流さなければ、そもそも目にしないからわからない」

「お前の発明品だの論文だの、大したことなかったわ！　はっ、この刺青もそうだ！　いらない魔字《マギ・スペル》を刻んでやがったから、アタシ様が最適化して――」

「大方……停止装置、魔力流の速度を抑制、出力の制御、負荷軽減の魔字を消しただけだろ。とにかく出力を上げただけ。凡人がやりがちな改悪」

遠目で見て一発でわかったよ。ローケィの腕にあった魔碑文刻印《マギ・タトゥー》。そこにリルが細心の注意を払って付けた魔字《マギ・スペル》が、消されてる。もう呆《あき》れはててしまって、溜め息すら出る。

「なんでリルがそれを付けたのか、理解してない」

「……あぁ……!?」

ローケィの顔に、明らかな怒りが浮かぶ。浅いな、こいつ。

ちょっとつついだだけでこんなふうになるとか、器が小さい。これならいくらでも隙を突けそうだ。うん、やってみよう。

「まぁ、深くは言わないけどさ……開発者が安全性を考慮して作ったものを、見栄えや見た目だけ、明らかに派手な威力や効果だけを考えて出力をイタズラに上げたりするの、才能がない凡人が、天才の作った発明品に対して余計なことをする典型的なやつだ。

凡人は凡人らしく、素人《しろうと》は素人らしくしてたら？　玄人《くろうと》や職人に我が物顔で偉そうに口を出すのは格好悪いしみっともない。別にお前は立場も経歴も名誉も何もない。ダサいよ、お前。何を魔工の主流派気取りしてんの。特に責任感があるわけじゃなさそうだし、人様の功績を奪ってるから責任感とかないか。何かやらかしたときに言い訳ばっかりで責任取らなそうだし。人様の功績を自分のように語ってるだけで、本格的な魔工師というかまともに活動してる魔工師じゃないくせに、なにを偉そうに??」

「お前ぶっ殺す!!」

あ、やべ。呆《あき》れすぎて悪口というか事実を並べすぎてしまった。失敗失敗。怒り狂ったローケィが近くの壁の破片を両手一杯に拾って魔力を流し始めた。

だが、事実として制限を取り払った魔碑文刻印は、出力も効果も高い。

ローケィが適当に投げつけてきた破片の一つ一つに魔字が刻まれ、強い魔力が込められている。これは、爆炎を撒《ま》き散らすさっきのやつと同じか。

白衣で、いや、このままだとガーンとギングスに被害が及ぶっ。二人を守るのが先っ。

リルは近くの机を手にし、シュリたちの方に投げる。魔工を使って簡単に燃えないように湿らせておく。砕けやすいかもだが、炎だけ防げればよしっ。

案の定、破片が爆発して炎が撒き散らされる。リルの目の前が閃光《せんこう》で埋め尽くされ、一瞬視界が閉ざされる。

視界はほぼないが、走る音が聞こえる。位置的にローケィか。こっちに……違う、アユタの方に行ってる。あいつ、怒りながらもアユタを連れ去る気……違う、耳に高音が叩《たた》き込まれてた。爆発に耳もやられてる！

しまった、これではローケィだけじゃなく、アユタとウーティンの位置もわからない！

シュリは、大丈夫か!?

「もらった」

視界と聴覚機能が戻ってきたとき、ようやくローケィが目の前にいることに気づいた。

こっちに向かって手を伸ばすローケィ。腕の魔碑文刻印《マギ・タトゥー》が輝いている。過剰なまでに注がれた魔力の光が、あまりにも禍々《まがまが》しい。

ていうかこいつ、リルに手を向けてどうするつもりだ。

リルに触って、魔工をどう使う？　服を破壊するか？　リルが隠し持ってる魔工道具を暴発させるか？　魔工は物に効果を及ぼせるが、人体には効果を及ぼせない。魔法や魔工が使えなくとも、人にある魔力が他者の魔工による魔力干渉を防ぐというのが通説だけど。

リルが思考を巡らせた瞬間、ローケィの目尻が下がる。嗤《わら》ってる？

瞬間、リルは無様《ぶざま》な形で横に転がって逃げる。

ボウッ!!

ローケィの振り切った腕から炎が噴き出し、リルがいた空間を焼き尽くすほどの熱が吹き荒れる。そのままいたら、リルは体中を焼き尽くされて部分炭化してたかも。

立ち上がったリルは考えた。ローケィの腕に魔工道具……炎を出すような道具は見えなかった。手の中に仕込んでる？　皮膚の内側、手のひらの内側？

違う。あれはそんな小細工をしたものじゃない。じゃあなんだ、あれは。

……リルは疑問だった。人間はどうして、魔法が使える人間と魔工が使える人間、そして魔法と魔工のどっちも使えない人間の三種類だけなのだろうかと？

もしかしたらいるんじゃないか？　そう、空想上ならもしかしたら——?!

「……」

「よく躱《かわ》したなぁ。アタシ様の魔工、次はお前を焼き尽くしてやるよ」

リルは何も言わず懐から投げナイフを取り出す。リルが感じた違和感は、こいつに悟れないようにしておいた方が良い。もし、本当ならこいつの奥の手は……。

リルは目を横に向ける。ウーティンが再び、シュリへ向かおうとしていた。アユタはそれを止めるべきか、こっちでローケィを止めるべきかを悩んで動けずにいた。

くそ、こっちはこっちで動けないってのに、状況が混沌《こんとん》としている!!　けど、それに構わずローケィが再びこっちに突っ込んでくる。

「じゃあ死ね」

「断る」

リルは極めて冷静に、袖から出したもう一つのナイフをローケィに投げる。このナイフは別に、投げナイフとか暗器とか、そういう用途のものじゃない。ただ単に物を切ったりとかする、ただの日用品枠の刃物。

柄をローケィに向けて投げる。触れる方が手元に来たため、反射的にローケィは伸ばそうとしていた手でナイフを払った。

そうだろうな。そうなると思った。

「やっぱり」

リルは足に魔力を込めた。

「お前、戦闘慣れしてないな?」

「ぁっ、ぐぼっ!?」

リルの足下がローケィ目掛けて爆《は》ぜる。足に刻んでいた魔碑文刻印《マギ・タトゥー》から放たれた魔力によって、地面の石畳が砕かれて爆ぜる。

大きな破片がいくつも、ローケィの顔面と腹部などの無防備な箇所へ勢いよく命中。

こっちに突っ込んできていた分だけ威力が増してるために、ローケィが後ろへ血塗《ちまみ》れで吹っ飛ばされる。

「これがクウガ……ほどでなくても、戦闘慣れしてる奴ならリルが何かを取り出して投げた瞬間には、警戒するんだけど」

リルは仰向《あおむ》けに倒れて痛がっているローケィに、冷たい目を向けたまま続けた。

「ナイフの持ち手が目に当たっても無視してリルに突っ込むか、大きく飛んで逃げるか。魔工師相手に、迂闊《うかつ》過ぎる」

魔工師が懐から何かを取り出して投げたら、それは危険物に決まってるから警戒しろ。

リルが魔工道具で炸裂石《さくれつせき》と発炎石を作って戦場を渡り歩いた結果、似たようなことをする魔工師が増えた。

リルほどの練度を持つ魔工師なんていないので、殺傷能力はそんなにないけども。例え

ば石が目の前で砂になって目潰しになるとか、そんなもん。

とはいえ、襲いかかった相手が魔工師で、よくわからない手段で初見殺しをしてくるには変わりない。こういう話が広まった結果として、魔工師に対する意識がああなった。

なのに、当の魔工師ローケィがそれを知らずに対応を間違った。

しかもこっちに突っ込んで何かしようとしてくるのはバレバレなのに、愚直に突っ込んでこっちに実力を誇示しようとしてくるのはどういうこと？

結論、こいつは戦闘慣れしてない〝処女〟ってこと。

「さて、次！」

ローケィはこれでいい。普通の兵士ならあの程度の負傷くらい、さっさと立ち上がって戦闘に参加してくる。痛みくらいで止まらない、滅茶苦茶に気分が興奮するからね。痛みなんて気にしない、痛みなんて頭から消えてなくなる。戦場が初めての兵士だと、その傾向が顕著に出る。

なのにローケィはそれすらなく、傷と痛みで動けてない。戦場に適応する才能がない。

だから無視でよしっ。

「ふっ」

「いってぇ！」

シュリの方へ走ると、ウーティンとアユタが戦闘を繰り広げてる。アユタは拳と蹴りを駆使しているが、ウーティンは拳だけで対応している。

　アユタが近づいて、投げや立ち関節へ移行しようとしても、ウーティンの手打ちだけの拳打がアユタの体に命中するだけで、アユタの顔が苦痛に歪《ゆが》んでしまってた。

「なんなんだよ、その拳！　当たるだけで痛い！　こんなのアユタは初めてだ！」

「自分、にとって忌々《いまいま》しい奴、の、真、似」

「あ、それってマーリィルさんの⁇」

　アユタとウーティンの言葉の応酬の最中で、シュリが素《す》っ頓狂《とんきょう》な言葉を差し挟む。

　なんか大事な話が出た気がするが、ここは無視っ。アユタ一人だけではウーティンは止まらない！

　ガーンとギングスは先ほどのローケィの攻撃で負傷していて、動きが鈍い。逃げようとすると、的確にウーティンが近くの物を掴《つか》んでは投げつけ、監視の目が向いていることを示してるから少しずつしか動けていない。

　二人がかりでウーティンを止める。その後でシュリを逃がすっ。アユタへの対応はその後に考えるっ。

　リルが近づいているのを察知したウーティンが、視線だけこっちに向けた。次の瞬間にはアユタの方を向いてる。リルを警戒してない……わけじゃないな、リルの位置や足音、ウーティンに向かってることを確認したんだ。

つま先を使ったアユタの前蹴り。これをウーティンは防ごうとしたんだけど、払い損ねて鳩尾《みぞおち》に沈む。

「っ、んっ」

ウーティンの顔がはっきりと苦痛に歪《ゆが》む。さらに追撃しようとアユタが前に出る。

前に出たアユタの追撃による左の直突きをウーティンがギリギリで防ぐ。が、ここで気づいた！

ウーティン、わざと攻撃を受けたな！　今の追撃も、反撃できるのにあえて受けるだけだ！

事実、アユタが前に出すぎてリルの援護攻撃ができないっ。

ちょうど動線上にアユタがいて、さらに先……リルの魔工攻撃の範囲内にシュリたちがいたっ。

下手に魔工を使えばアユタを巻き込むし、さらにはシュリも巻き込むかもしれない。

クソが、このためにリルの位置を確認したな。こういう戦い慣れしてる奴が一番怖い！

多少の負傷を受け入れてでも、それ以上の致命傷を避けるための最善手を躊躇《ちゅうちょ》なく打ってくる。

「……ふっ」

「ぐ、っ！」

リルが動けないことを悟ったウーティンが、アユタへの反撃を開始する。アユタの肝臓目掛けた左鉤突《かぎづ》きを右肘で受け、そのまま右上げ打ちで顎を打ち抜く。

ガクガクとアユタの膝が震える。

ウーティンはさらにアユタへ体を密着させるように接近、そのまま両拳でアユタの腹を滅多打ちにする。勢いのまま押す、打つ、押す、打つ！

アユタが防御を固めようとする腕と肘の隙間を縫うように、ウーティンの拳がアユタの腹部へ突き刺さり続ける。アユタの顔に明らかな苦痛と吐き気が浮かんできた。

小さく細かく隙なく打ち続け、アユタはとうとう体を折り曲げて倒れそうになる。

が、アユタはなんとそのまま膝から力を抜いて体を沈め、ウーティンの膝を両腕で抱えるようにして突進。口から吐瀉物《としゃぶつ》を……出さない、意地で堪《こら》えてる。

ウーティンを仰向《あおむ》けに倒し、アユタが馬乗りになる。防御しようとした腕をすり抜けるように、アユタの拳がウーティンの鼻《はな》っ面《つら》に叩《たた》き込まれる。

さすがのウーティンも馬乗りからの打撃は効くらしい。無表情でも涙目で鼻血を流して暴れる。暴れるたびにアユタが馬乗りの場所を調整して、逃げないようにして殴る。

防御を続けるウーティンだが、素手による攻撃は腕を上げた防御をすり抜ける。アユタはひたすら殴り続けた。

負傷を最小限に抑えようとするウーティンだが、それでも傷は増えていく。ここしかないっ。リルはこの間、二人の様子を窺《うかが》いながらもシュリの元へ駆けつけていた。

「シュリ、大丈夫!? 二人はっ？」

「僕は大丈夫ですっ。でも」

「俺は、大丈夫だ。もう走れるっ」

「俺様もだ！ 姉貴を迎えに行って、さっさと帰るぞ！」

ガーンとギングスは火傷《やけど》の痛みを堪《こら》えながらも、平気そうにする。心配そうな目を向けるシュリだが……ここは走るしかない、行くしかない！

「あ、待て！ っく！」

アユタが気づいて追ってこようとするが、すかさずウーティンが馬乗りから逃れようとするため動けない。ここでウーティンを自由にすると、今度こそアユタがやられる。

だからリルたちはここで逃走させてもらう！

「アユタひ、いや、アユタ！ 今度、スーニティに来てください！ この埋め合わせはしますので！」

「絶対に行くから体を綺麗《きれい》にして待ってろ！」

「そこは首を洗って、ではありませんか!?」

「くっだらねぇこと言ってないで行く！」

シュリの背中を押して、リルたちは走り出す。この様子、アユタの奴めぇ……シュリを奪おうとしてやがるなっ。

「本当に来たら落とし穴に嵌《は》めて、目の前でシュリとイチャイチャしてやるからな!!」

「ぶっ殺す！」

アユタの叫び声が聞こえるが無視！　リルたちは食堂を出て、廊下を走る。外で戦闘音がまだ聞こえている。みんな、まだ戦ってくれてるらしい。

これ以上の戦闘は無意味だ、リルはズボンのポッケから取り出した鈴を握る。この鈴は特殊な魔工を込めてあってな。それは——。

「耳を塞いで」

「え」

ガーンとギングスは事前に知ってたから耳を両手で塞いだけど、シュリは呆《ほう》けてた。けどリルは窓の外に投げちゃう。瞬間、ものすごい金属の高音が響いた。耳を劈《つんざ》き頭がぐらつくほどの轟音《ごうおん》なので、シュリが凄《すご》いくらいにビックリした顔になっちゃった。

「救出成功を知らせる鈴。これでみんな、砦《とりで》から脱出するはず」

「ほ、ほんとうに??」

「本当に」

知らない奴には爆音による体の硬直を、知ってて慣れてる人には合図になる鈴。一回こっきりで壊れる仕様だ。拾われて悪用されたり技術盗用される心配はなしっ。

廊下を走り続けていると、途中の階段からエクレスが下りてきた。うん、予定通りだ。

「あ、え、エクレスさん!?」

「お、おお、おおおお！　シュリー！」

階段から飛び降りるように、シュリの胸に飛び込むエクレス。シュリはなんとか受け止めて優しく下ろした。ちょっと足が止まってしまったが、再び全員で走り出した。

「な、なんでここに!?」

「会いたいから来た！　久しぶりに会えて、ああ、やっと再会できて嬉《うれ》しいよボクは！」

「あ、だ、抱きつくのはなしで！」

「走るのに邪魔だからね、抱きつくのはなしだねそうだね当たり前だね！」

エクレスはなんだかんだ言いながら、シュリに抱きつこうと狙ってるのはありありとわかる。後ろで走ってるガーンが嫌そうな顔をしてるから、さすがに妹のそんな姿を戦場で見たくないんだろう。

リルにしても好きな男が、別の女に抱きつかれてるのを見るのは良い気分じゃないっ。

リルの胸の内にグラグラとした感情がわき上がる。嫉妬か、これが。

「エクレスさんは、今までどこに？」

「お偉いさんの部屋にこっそり侵入して、書類を漁《あさ》ってたんだよっ。ボクなら一目見ればわかるし、なにか情報も入ると思ったから！」

「それで、何かわかりました？」

「金銭の流れとか、仕事相手とかだねぇ！　丁寧な仕事をしてるから、すぐにわかったよ。どう？　ボクって有能でしょ？　家計簿を預かるのは得意だよ!!」

「なんかグイグイと来るな⁇」

「バカ話をしてないで走れ、とっとと逃げる！」

二人の間に割って入り、会話を無理やり中断させる。もう話はここで終わり、あとは走って逃げるだけ!!

「ところで、他の皆さんは？」

シュリが疑問を口にする。

「そんなの決まってる」

外を見て、リルは呟《つぶや》いた。

「戦ってるよ。クウガなんて、きっと雪辱を果たしてる」

百五話　ダイダラ砦《とりで》電撃戦・急《きゅう》～クウガ～

リルが砦の中に走って行ったのを確認したワイは、そのままミコトとの戦闘に入る。

最初は傍《そば》にいた兵士を盾にしながら立ち回っていたのだが、コフルイという老人の声で兵士たちがキビキビと動き、砦内へ追撃したり荷物を持って逃走したりしたので、盾がなくなったわ。

困ったもんやわ。だってよぉ……。

「ふんっ」

ミコトという女は半端じゃない。見た目は普通の女性や。大薙刀《おおなぎなた》を持って襲ってくるこの女、正直なところ、技は大したことあらへん。

「ぬぅっ!!」

ガァン!!　とワイの剣が大きく弾《はじ》き飛ばされる。雑な大薙刀の袈裟《けさ》切《ぎ》りですら、枝垂《しだ》れを用いた捌《さば》きを使えん！

技を差し挟む余地すらないほどの、とてつもない膂力《りょりょく》！　見た目ではわからない力や！

なんとか剣で防御しつつ流すしかないが、それでも剣が弾かれて、体勢を崩されてまうっ。

「ふぅ……すぅ……!!」

ミコトが大きく呼吸して息を整える。持久力がないんか、と最初は思ったが違う。これはこいつの呼吸法、精神と肉体を整えておるんや。

しかも動いて攻撃をしながら行っている。どうなっとるんやこいつの肺活量!?

落ち着いて対処して、時間をかければワイが間違いなく勝てる。だが、ワイには焦る理由があった。その一つが、後ろで聞こえる声。

「強くなったな、ヒリュウ。まさか一撃で殺せないとは。ここまで強くなったのはお前が初めてだ」

「黙れっ。俺はお前に負けてから、お前に勝つことだけ考えてきたんだよ!!」

ヒリュウとリュウファが戦闘している。先を越されてもうた。まさかここにヒリュウが現れて戦うとは思っておらんからなっ。

しかもヒリュウは以前よりも遥《はる》かに強くなっている。今は全力状態ではないのにリュウファに食らいついている。一撃で殺されて終わりかと思っておったが、予想とは全く違ったわ。

もう一つが、他の仲間たち。

「ほら、僕の技をもっと学びなよ。僕も君の技を学ぶから。そしたら副官として来なよ」

「黙れ!! あの時の殿戦《しんがりせん》の雪辱、ここで果たす!!」

ガングレイブはマルカセとかいうチビと興奮しながら戦っている。いつものあいつやない、落ち着きを完全に失っとるわ。

カグヤもネギシとかいう大槍《おおやり》使いと互角に戦っておる。しかし、おかしい。カグヤだったらすでに武器を奪っている状態のはずなのに、なぜかネギシは武器を保持したまま。

カグヤも首を傾げながら、そこらに転がっている兵士の剣を拾っては戦っている。初期の戦闘に巻き込まれて死んだ兵士の武器を躊躇《ちゅうちょ》なく拾って使う辺り、こいつは大丈夫。

「おかしいですね。ワタクシの奪刀術が通用しません……奪えてるはずなのに奪えておりませぬ故、これは調べねばなりませんね」

「なんだこいつ、武器が手から滑り落ちそうになる!?」

趨勢《すうせい》はカグヤ有利か？　テグはテグでコフルイという老人に手こずっておった。

あいつは強いはずだが、真っ正面からくる正統派剣術を極めた相手とは戦った経験が少ないからやろうか。

「おわっ！　強いっスこのお爺《じい》ちゃん！　逃げたい！」

「これは驚いた……体術はほぼ我流、なのに完成されている。天才か」

着実に接近していくコフルイと、逃げ回るように走るテグ。矢を放とうとしてもコフルイが巧みに体を揺らし、矢の動線上から体を外す。それで一瞬手元を止めた瞬間に、テグの麓《ふもと》に飛び込む。

ただそれだけの動きなのに、速くてキレがある。あれは手強《てごわ》いわ。

オルトロスはというと、

「ぬぅん!!」

「ほぉあああ!!」

なんかベンカクとかいう巨漢と戦ってる。しかも、素手で。

あの二人、最初は持ってた大斧《おおおの》で斬り合ってたはずなのに。遠くに刃こぼれした大斧が二つ転がっているから、面倒くさくなって捨てたんだろうな。血みどろ血塗《ちまみ》れになりながら戦うオルトロスの顔に余裕がない。

それだけ、ベンカクの腕力がオルトロスと拮抗《きっこう》してるってところか。心配はいらんやろ。

最後に、ビカとかいう男が見当たらない。どこに行った？　いや、気にしてる場合じゃないな。

「よそ見か？　余裕だな」

「余裕やから!!」

再びミコトの一撃が来る。横薙《よこな》ぎふくらはぎ狙いの下段攻撃かっ。ワイは足で大薙刀《おおなぎなた》の刃を踏みつけて止めようとして、逆に視界が反転した。

一瞬で理解した。踏みつけて止めようとしたのに無視して振り切られた。重心が踏みつけた足に乗っていたから、振り切った勢いのまま体ごと持っていかれたか！

すぐに感覚を取り戻し、体をさらに回転させて地面に着地を、

「死ね」

待て、なんでそこにおる。お前、そこにおらんやろ。ワイの眼前に、一秒以下の時間で接近して、振り切った大薙刀《おおなぎなた》を大上段に構えてなんでそこに立っとる⁉

これは、あかん。このままだと、横倒し仰《あお》向《む》け状態のワイの土手っ腹に、刃が通り抜けて真っ二つになってまう。

ミコトの刃が迫る。超接近戦のための手の握りと間隔、腰の乗った良い切り込み。

死んでたまるかっ。ワイは一か八かで刃に向けて剣を防御態勢にする。このままの剣だと真っ二つにされるやろう。

攻撃が剣に直撃する一瞬前、ワイは頭を後ろへ、足を空へ向けて振る。

ギュゥィインッ！　と変な音が鳴る。普通は鳴らない、刃と刃の激突音。

刃と刃が触れ合った場所を中心点としつつ攻撃を流し、体が急旋回する。幸いにも攻撃された箇所が鳩尾《みぞおち》より上の箇所で助かった。これがヘソだったらどうしようもなかったわ。

後転回りの要領でワイは地面に両足を突いて立つことに成功。ミコトの大薙刀の刃が地

面に深くめり込んでいる。前に見たときとは大違いなほどにだ。

ミコトはミコトで、ワイが攻撃を凌《しの》いで立ったことにずいぶん驚いたらしく、両目を見開いていた。

「……人間ですか、あなた」

「何を言うとる」

剣を、振るう。

「ワイは人間や」

ミコトの首を一閃《いっせん》。跳ね飛ばす。

……はずやったのに!?

「なる、ほど……!!」

なんとこの女、武器から片手を離して腕で斬撃を受けおった!?　ワイなら腕ごと、籠手《こて》ごとぶった切るはずやったのに、当たる瞬間に腕を引いて衝撃を殺した。籠手がワイの予想よりも性能が良く、分厚い金属で作られていたようだ。

何より、その下の筋肉と骨の密度と強さと硬さで、刃を止められてしもうた！

しかも深手になっておらんっ。

「人間……というのはともかく……リュウファ以来の……強敵ですね、お前……!!」

「お前こそ人間やなかろうがっ」

こんなことができる人間がいてたまるかっ、少なくともワイは知らんぞ!!

ミコトは明らかに痛みに堪《た》えている様子ではあったが、表情も変えずに腕に力を込めていた。そのせいで、剣が抜けない!!　明らかにワイが下手打った!

「なので」

ミコトは武器から手を離し、

「容赦なく、」

ワイの剣の刃を握って、

「ぶっ潰す」

剣を腕から引き抜きつつ引っ張る。あまりの強さに、ワイはなすすべもなかった。

刃を握られていても、引いてしまえば指を落とせる。でもその余裕すらない力!

無防備になったワイの土手っ腹に、ミコトが負傷した腕で殴りに来る、躱《かわ》せん!

大丈夫、負傷した腕や、そんなに威力があるわけ、
ズン。

「がぁぁあああっ!!」

「うぼおおええぇ!?」

直後、腹に受けた衝撃。

今までの人生の中で受けたことがないほどの痛みと勢いが、ワイに襲いかかる。吹っ飛

ばされ、地面を転がりながら吐瀉物《としゃぶつ》を撒《ま》き散らす。

吐瀉物と腹の痛みに呼吸を乱され、地面をのたうち回る。

「ああああがっっがああああ!!」

胃からこみ上げてくる嘔吐《おうと》感、吐瀉物に混じる血、満足にできない呼吸。

ワイとしたことが、あの一瞬で攻撃を流すことも捌《さば》くことも防ぐこともできんかったとは。

いや、それよりも、内臓を傷つけたか!? 血が混じるとは、マズいか!?

なんとか視界だけでも確保しようと、目をしっかりと開いてミコトの方を見る。

あいつ、切りつけた手を開いて閉じて調子を確かめとる。くそ、腱《けん》を切れなんだか！

「ち……痛みが酷《ひど》い。動かせるが、万全ではないか。まぁ、すぐに治る」

ミコトはそのまま大薙刀《おおなぎなた》を引き抜いて、こっちに近づいてくる。だが、切りつけた腕の痛みもあるらしく走ってこない。

呼吸しろ、落ち着け、精神を整えろ。すぐに立って備えろ、すぐに構えろ死ぬぞ!!

意地と気合いでワイは立ち上がり、胃に残ったもの全てを吐き出す。もはや液体しか出てこない。血の混じりは薄くなったか？ まだ動けるかっ。

あいつの腕を切りつけたおかげか、重傷は免《まぬが》れたらしい。運が良かった。

「お前、強いな。私にここまでの傷を負わせたのはリュウファ以外では初めてです」

「そうか」

「ビカよりも強いでしょう。コフルイよりも、ネギシよりも、あるいはあそこで戦っているヒリュウと並ぶでしょう。だが」

ミコトは大薙刀を構える。

「ここで死ね」

ミコトが一気に接近してくる。その姿を見て、ワイは覚悟を決めた。

「あーあ」

ちょっと残念そうに呟《つぶや》く。

「これはリュウファのための、とっておきなんやけど」

脳みそが、焼けるように熱くなる。

ミコトの唐竹《からたけ》割《わ》りが、脳天に迫ってくる。しかし、その速度は遅い。

まるで牛の歩みの如く。それどころか視界に入る全ての動きが、遅かった。

「空我流第壱奥義《くうがりゅうだいいちおうぎ》、零時間《れいじかん》」

ヒリュウ戦にて開眼した、奥義の一つ。脳みそに負荷を掛け、強制的に走馬灯《そうまとう》状態を作り出す。この時間の中、ワイはいつもの速度で動いた。

右足を踏み出しつつミコトの一閃《いっせん》の軌道《きどう》から外れる。脳天を通り過ぎ、胸元辺りまでミコトの大薙刀が過ぎた頃、ワイは悠々とミコトの胴を薙《な》いで斬る。そして零時間解除。

「っあぁ!?」

大薙刀《おおなぎなた》が地面に激突して、ようやくミコトは自身が斬られてることに気づいたらしい。

しかし、こいつの肉体は異常やわ。息を荒らげながら、ワイはぼやいた。

「真っ二つにするはずが、そんなに深く切れんかった、やっぱお前、硬いわ」

「な、にを!? 何をした、お前! お前は確かに、私の刃が捉えたはずなのに!」

「黙れや」

ミコトが腹を押さえてたたらを踏んでいる間に、腰だめにした剣を振る。

これで、終わり。そのはずが黒い影が割り込んでくる。

「お前も強くなったな、クウガ!!」

ガキン、と攻撃を防がれた瞬間、ワイは凶悪な笑みを浮かべて言う。

「来たか、リュウファぁぁあああ!!」

この感情が、歓喜なのか怒りなのかわからない。胸の内から、頭の芯から、体の奥から湧き出てくる激情の正体なんてわからん。

でも構わへん、構うものかよ!

ワイの左薙ぎの斬撃を、剣を横にすることで防いでいたリュウファ。その背後にはミコト、後ろからヒリュウが走ってくる音が聞こえる。怒号が聞こえるが、知ったことか。

片手持ちだった剣を両手で握り、手の内を絞りながら手首を返し、加重方向を横から斜め上へと変化。リュウファの、足への意識が緩んだ瞬間を狙った崩し技。

リュウファの目に、僅かな驚愕《きょうがく》が宿る。リュウファの足元が崩れたからや。今までだったら崩すことなんてできなかっただろうし、逆に交差法にてワイがやられていただろう。

「……見事！」

リュウファの左膝が崩れ落ちそうになる。しかし、リュウファは刃の峰に片手を沿え、ワイの剣を無理やり押し返した。剣とリュウファの体の間に空間ができる。

左足を踏ん張って倒れるのを防ぎ、リュウファは身を屈《かが》めつつ体勢を低くした。その影響でワイの剣はリュウファの頭上を通過してしまう。

力みすぎた！　振り抜いてまうとは！

「六尽流《ろくじんりゅう》刀の型」

ぞわ、とワイの背中に冷や汗が流れる。死の予感が叩《たた》きつけられる。

ここで「零時間」を使うのはマズい。あれは間を置かずに使うと頭痛で動けなくなるんや。

なれば、ここは修業の成果を見せよう。

「対封《たいふう》」

低い体勢から弾《はじ》かれたように動くリュウファ。狙いはワイの左ふくらはぎ、そこへ向けた高速の刺突。体全体の筋力の反発力を使った技。

膝を曲げて足の裏をリュウファの刺突へ向け、当たった瞬間。

「空我流《くうがりゅう》柔剣術、垂穂《すいほ》」

足の裏を、足首を、膝を使ってリュウファの剣を逸《そ》らしつつ踏みつけて、動きを止める！

　リュウファの顔に、今度こそハッキリと驚愕《きょうがく》の色が浮かんだ。

「……足の裏で、枝垂《しだ》れ、をっ」

「正解」

　ちょうど剣を振り下ろせばリュウファの首を落とせる位置に。にやり、と笑って一閃《いっせん》。

　しかし、差し込まれた大薙刀《おおなぎなた》の刃に攻撃を阻《はば》まれてしまう。ギチィン、と鈍い音。

　横へ目を向けると、ミコトが片手で大薙刀の柄尻を握っていた。こいつ、どういう握力だっ。もう少しなのに！

「よくやった、ミコト」

　するり、とワイの足の裏からリュウファの剣がすり抜ける。しっかりと踏みつけていたはずなのに、拘束を逃れるか。奴はワイの左側に立ち、刺突を放とうとしている。

　そこへヒリュウが割り込んでくる。リュウファの横っ腹に前蹴りを叩《たた》き込んで吹っ飛ばす。どうやらリュウファが急激に動いたせいで、剣を使った攻撃の間合いでは効果的な攻撃を加えられないと判断したんやろな。

　リュウファは吹っ飛びながらも体勢を整え、ミコトの隣に立った。ミコトも腹をさすりながらも真っ直ぐに立ち、大薙刀をブンと振るう。嘘《うそ》だろ、腹の傷が塞《ふさ》がりかけてるっ。流血はまだあるが、内臓が出ることはなくなっちまっとる。

　ワイの隣にヒリュウが立つ。ヒリュウは体中に浅い切り傷はあるものの、どれも致命傷にはほど遠い。流血の量も問題はない。まだまだ戦えるやろう。

「おいクウガ」

「なんや」

「……協力しないか」

　はっ？　とワイは視線だけヒリュウに向けた。

「どういう意味や」

「あの女、強いだろ」

「……強いな。油断……なんてしてないわ。危うくやられるところやった」

「ずいぶん素直だな。いや、素直じゃなければ強くなれないか。……お前、あの時の技を使っただろ」

　ワイは視線をリュウファたちに向ける。リュウファとミコトも何かを話しているようやんな。こっちに聞こえないよう、小声だが。

「そうや」

「負担は？」

「平気。まだできる」

「そうか。強がりでもないか……だとしても、二対一はキツいだろ」

「キツい」

「こっちも協力すれば二対二。リュウファとも、あの女とも戦える。どうだ？」

ヒリュウが双剣を握り直している。まだ「纏魔《てんま》」を使う気はないらしい。いや、纏魔《まで》を使わずともヒリュウとあそこまで切り結ぶほど強くなってる、ということか。

見直したわ、ヒリュウ。そして、ワイの答えは決まってる。

「ノった」

「そう来なくては」

ヒリュウは笑った。歯をむき出しにして、双剣をだらりと下げて歩き出した。

ワイも笑う。にんまりと口の端を持ち上げ、剣を肩に担いで踏み出す。

ミコトは鼻で笑う。ふっと愉快そうな様子で、大薙刀《おおなぎなた》を片手に髪を掻《か》き上げて進む。

リュウファは笑みを浮かべた。楽しそうに、剣を両手に持って深呼吸して足を前へ。

四人とも、同じ考えに至ったらしい。さぁ、ここからは。

置いていかれた奴から負ける!!

「「「「っ!!」」」」

全員が、一気に動く。この中で一番速度があるのは、ワイやな！　一足飛びにミコトの間合いに飛び込む。ミコトは予想していたらしく、大薙刀で突いてきた。

　こいつの技はただの枝垂《しだ》れでは対応できない。だから、

「空我流《くうがりゅう》柔剣術、枝垂れ・葦《あし》」

　大薙刀の切っ先に左手を添える。触れた瞬間わかった、これは逸《そ》らせない！

　だから、逸らすのは切っ先ではない。ワイの力を逸らす！　受けた衝撃を体の中に流し、その場で勢いよく回転。ワイの回転にミコトの力を乗せ、加速させた剣をミコトの首元へ！

「六尽流《ろくじんりゅう》刀の型、鷹汐《たかしお》！」

　が、その剣をリュウファが撃ち落とす。超々遠間からくり出された高速斬撃。無防備となったワイの顔面にミコトの前蹴りが迫る。

　ワイの顔が蹴り潰される前に、背中から誰かが引っ張る感覚。ワイはそれに任せて後ろへ跳躍、前蹴りの脅威から逃れた。

　入れ替わるようにヒリュウが前に出た。交差させた双剣の斬撃を、リュウファの剣に大上段から叩《たた》きつけて振り切った。リュウファは思わず剣を取り落とす。指で持っていたからな、そうなる！

　無防備となったリュウファの首へ、片手の剣を滑らせるように差し込む。リュウファの首が飛ぶまで、あと瞬き一回。

だが、その剣を持つ手首をミコトが掴《つか》む。さらにミコトは落ちた剣が地面に触れる前に、前蹴りで浮いていた足を後ろへ振り抜きつつ浮かせる。

なんと、その剣がリュウファの手元に戻る。ヒリュウが手首を払おうとして、動かないことに驚く。この隙をリュウファは逃さない。

掴んだ剣の柄尻でヒリュウの手首を打つ。痛みで剣を取り落と……さないっ。なんちゅう頑丈な手首や。思いっきり変な音だったぞ、普通は手首が砕けてるっ。

リュウファはそこから剣を腰だめに、ミコトは片手で大薙刀《おおなぎなた》を短く持った。二人で一気にヒリュウを斬るつもりだろう。ワイはそんなヒリュウの肩を足場にして跳躍。

そのまま頭と足を反転させ、ミコトとリュウファがワイの頭の位置になるようにする。大きく振りかぶった体勢で、すでに力は溜まっている！

「空我流《くうがりゅう》柔剣術、翼漂松花《よくひょうまつか》」

解き放たれる、逆さまの横薙ぎ。ちょうど二人のこめかみを両断できる軌道！

だが、二人とも攻撃を中断、さらにミコトはヒリュウから手を離す。二人して頭を下げて、ワイの攻撃を避《よ》けた。勢いのまま、二人の後ろへと着地。振り返りつつ、左片手柄尻持ちへ移行。さらに右手の指で刃の峰を挟んで力を溜める。

振り返れば、目の前にはミコト。リュウファはヒリュウと向かい合う。ヒリュウとワイで二人を挟む形、もしくは分断された形。

ミコトは大薙刀を回転させている。軌道は切り上げ、回転と膂力《りょりょく》でワイの防御ごと砕き殺す気か。魔剣騎士団にいた薙刀使いのユーリのそれとは、回転の音の太さが違う。

下手に掴んで回転を止めることは、できんやろな。

「ふんっ」

ぶぉおんと風を斬る刃が、ワイの股から頭へと通り抜けて体を真っ二つにせんと迫る。

お前、忘れてるな？

「ふっ」

ワイは片足を上げ、大薙刀の刃を踏みつける。このままだと足ごとぶった切られるだろう。しかし、ミコトの目が不愉快な形に歪《ゆが》む。

やはり、踏みつけで止まる刃ではない。振り抜かれる刃の勢いを借りて、その場で後方宙返り。勢いを借りつつ威力を流し、その場に着地。

「空我流柔剣術、鏡花《きょうか》水月《すいげつ》」

足を使った枝垂《しだ》れこと垂穂《すいほ》、受けた攻撃を回転と脱力で流しつつ負傷から逃れる「朧天《おぼろてん》月《げつ》」の組み合わせ！　ぶっつけ本番だったが、まさか本当にできるとは思わなかった。

この経験、次に活かせるやろな。

「だろうなお前ならそうする！」

ミコトは吠《ほ》え、さらに大薙刀を回転。もう一度同じ斬撃を放つ姿勢。

……今の経験を、ここで活かす。相手の攻撃の芯を足で受けつつ流す。これはその応用。

「はっ」

ワイは剣を両手持ちに変えて唐竹《からたけ》割《わ》り。ミコトの大薙刀《おおなぎなた》と衝突させる。ミコトは勝利を確信した顔をしていた。だが、大薙刀の刃はワイの攻撃と拮抗《きっこう》して止まるっ。

「っ!!」

「空我流《くうがりゅう》柔剣術、いや、違うなぁ」

ミコトは驚きつつも、さらに攻撃を続ける。あらゆる攻撃の型を行う。

その全てを、ワイは正面から打ち合って止めた。何合も打ち合い、その全てと拮抗して対等に切り結ぶ。妙な金属音とともに。

最後に互いに鍔迫《つばぜ》り合《あ》いの状況となり、ミコトが言った。

「お前、何をした……！　私とお前がここまで、同じ力で切り結び打ち合うことなどできるはずありません……!!　私の方がっ」

「簡単やろうが。ワイは相手の攻撃の一番威力が出る芯の部分を避《よ》けて一番威力が下がる芯の部分に向けて、さらに鋭角に速く打ち込んだだけやっ」

今、この瞬間の鍔迫り合いも同様。ミコトは、腰を乗せて最も力が込められる位置で鍔迫り合いをしたいんやろな。今も手元が動いておる。ワイはそれを、それとなくずらしているだけよ。

「空我流剛柔剣術、山紫水明《さんしすいめい》」

　さらに、ワイは動く。鍔迫り合いの状況でミコトが動く力を利用する。

　相手の力が芯に到達して力む瞬間、ワイは押し合いをやめて体捌《たいさば》き。ミコトの体勢を崩す。

　だが、ミコトの筋力は多少の崩し技を無効とする。背筋と腹筋で無理やり耐えた。つんのめる直前で止まる。

　なので、足を引っかけてやった。軸足の荷重を乱し、今度こそミコトは前へ倒れた。

「空我流柔剛剣術、千紫万紅《せんしばんこう》」

　山紫水明。相手の力の芯をずらして受ける技。

　千紫万紅。相手の力の芯を利用して崩す技。

　柔剣術と剛剣術、ワイは初めて二つの剣術を組み合わせた技を生みだした。柔から剛へ、剛から柔への技の組み合わせを使いこなす。

　だが、ミコトは倒れた体を片手で支え、なんと逆立ちしおった！

「惜しい」

「そっちがな！」

　二人同時に動き、ワイの蹴りがミコトの顔面を、ミコトの蹴りがワイの顔面を打ち抜いた。剣での攻撃が間に合わず、互いに体術による攻撃。万全の体勢から放たれたワイの蹴りと、変則的な体勢から筋力を利用したミコトの蹴り。

奇《く》しくも同じ威力となった蹴りが、互いの鼻骨を砕き鼻血を撒《ま》き散らす結果となった。

だが、ワイはすぐに鼻を摘まんでゴキッ！　と無理やり元に戻す。鼻血がさらに流れるが、一気に噴き出させて鼻の中の詰まりを解消、呼吸しやすくした。

だがミコトも同様に体中のバネを使って立ち上がり、鼻骨骨折を無理やり元に戻していた。涙は流れているが、戦意は全く衰えていない。

ふと首を後ろに向けると、ヒリュウとリュウファの戦いはまだ続いていた。それどころか、ヒリュウがリュウファを掴《つか》み、足を引っかけて背中から勢いよく地面に叩《たた》きつけているところだった。

受け身は取っているようだが、威力は高い。リュウファの顔に苦痛が浮かぶ。

しかし、すぐにリュウファはヒリュウの胸元を両手で掴んで引き寄せ、腹に足の裏を添える。そのまま押し上げるようにして真後ろへ、頭越しで投げるっ。

ヒリュウもまた背中から叩きつけられる。受け身は取っていたが、痛みはあるようだ。

ヒリュウとワイの視線が交差する。一瞬で互いの意思を確認、実行。

ワイはヒリュウの元へ走り、手を伸ばす。ヒリュウも投げられた勢いのまま上半身を起こしつつ、手を伸ばした。

互いに手を握り、引っ張り合う。ワイは勢いよく前へ射出、ヒリュウは勢いのまま立ち上がって走り出す。

眼前には、後転によって立ち上がったリュウファの『俺』の姿！

「いくぞ、リュウファ」

ワイは剣を鞘《さや》に納め、走りながら呼吸を整える。鞘を腰から前に出し、鯉口《こいぐち》を切る。

リュウファもワイがやろうとしていることを察し、その場で腰を落として両足に力を込めた。

そのまま上半身を左手側に捻《ひね》り、力を溜める。なるほど、迎撃か！

間合いに入った瞬間、二人して動く。

ワイは走った勢いを右足で止めながら腰の回転に活かし、鞘走りからの居合い。

リュウファは溜めた威力を解放、上半身の捻りの威力を全て刃へ。

衝突。互いに拮抗《きっこう》。刃がちょうど二人の真ん中の位置。

威力、速度、拍子、間合いの見極め。その全てが互角だった証拠。

「強くなったな。あのときとは大違いだ」

「そらそうやろ」

ワイはぎりっ、と歯を噛《か》みしめた。

「あの敗北から、ワイはお前に勝つことだけを考えて生きてきたからなぁ!!」

腹の底から出た、煮えたぎるような怒りと怨嗟《えんさ》の声。

あの日だ。あの日から、全てが変わっちまったんだわ。ワイがリュウファの『俺』に敗北し、シュリを連れ去られたことで全てが悪くなってもうた。

エクレスは引きこもり、ガーンとアドラは厨房《ちゅうぼう》の仕事をまとめにくくなり、フィンツェとミナフェは出奔《しゅっぽん》した。ギングスはみんなの尻拭《しりぬぐ》いで苦労し、領内の仕事は回りにくくなり、仕事場での雰囲気は最悪となった。

他のみんなもシュリのことを考えて自責の念に駆られ、ワイもリュウファを倒すために修業に明け暮れた。その間にガングレイブは死ぬほど仕事をして苦労して心労を募らせ、アーリウスはそんなガングレイブを支えるために身《み》を粉《こ》にして頑張った。

全ては、全てはワイのせいや。ワイがこいつに負けたからこんなことになってもうた。でも、今日で終わらせる。シュリを取り戻し、そしてっ。

「お前を超えて、ワイは全てを取り戻すっ」

「やってみろ」

リュウファはニコっと優しく笑った。笑顔の理由なんぞ、どうでもよい。

お前をここでぶっ殺せれば、どうでもええ!!

「ぬん！」

互いに一瞬で剣を引き、構える。

ワイは正眼《せいがん》の構え。リュウファは下段の構え。

初手。ワイは突きを、リュウファはワイの突きを擦《す》り上《あ》げて逸《そ》らす。そのままリュウファの剣がワイの右手を襲う。小さく細かい、鋭い小手切り。

手元を捻《ひね》り、小手切りを鍔元《つばもと》で受ける。さらに手元を回転させて唐竹《からたけ》割《わ》りでリュウファの頭を狙う。

完璧な拍子。しかしリュウファは剣を受け、右足で後ろへ飛びつつワイの右脇腹へ斬撃を放つ。

このままでは胴を割られる。左足を引きつつ、右《みぎ》薙《な》ぎを上からたたき落とす。軌道は逸れ、ワイの腹を掠《かす》める。僅かに肌が赤くなる程度の掠り。

弾《はじ》いた勢いでもう一度振り上げ、追撃で右足を出しつつリュウファの額を割るべく動く。

だが、これもリュウファは剣を旋回させて右の鎬《しのぎ》でワイの剣を弾き、ここで前に出た！

金属の擦《こす》れる不快な音が鳴り続く、緊張極まる鍔迫《つばぜ》り合《あ》い。ワイとリュウファの視線が交わり、互いの思考を読むべく頭を全力で働かせる。

引くか、押すか。返すか崩すか、いなすか流すか、打ち落とすか擦り上げるか。

鍔迫り合いは、超接近戦の形をしつつも、思考戦のそれに似ている。

相手の考え、重心の置き方、剣の傾き、手の力み加減、握り方、足の間隔、姿勢の変化。

さらには相手の奇策……掴《つか》み、蹴り、殴り、投げ、足の引っかけも考える。

考えろ、読め、読み尽くして出し抜け。鍔迫《つばぜ》り合《あ》いは、読み合いに勝つことが重要だ。

さらには読んだ内容を信じて突っ切る勢いの良さも大事だっ。

ワイは左足を下げ、中心線を取りつつ後ろへ跳躍。一気に間合いの外へ出ようとする。

「っ」

だが、リュウファは前へ出てきた。互いに下がって仕切り直すつもり、なし！

リュウファは前に出つつ、左片手突きを放ってきた。しかしこの突き、ワイの喉元一直線、正中線を取られている上にもう防ぐことも逸《そ》らすこともできない！

ここでようやく、リュウファの異様な強さの秘密に気づいた。なぜこんなに拍子を取るのが上手いのか、なぜワイの気がこいつの攻撃を前にして整わないのか、なぜこいつの攻撃が不思議なほどに速く、重く、鋭く、器用なのか。

全ては、後ろ足にある。リュウファは基本的に右構えも左構えもする。どちらの練度も高く、どちらかが低いなどということは全くない。それほど練度は均等であり、弱点なんて存在せんのや。

だが、左右のどちらかの足が蹴り足となるときはある。飛び込み、近距離における足さばき、後ろへの引き。

その全てにおいて、蹴り足となっていた足が前の足へ追いつく速度と、構えの形となる正確さが異常なまでに練り上げられている。

右足が前に出たならば、すぐに左足が最適な位置に引き寄せられている。右足が後ろへ下がったなら、すぐに左足が追いつき自然な立ち姿となる。

いつでもどんなときでも、最適な構えから最善の攻撃が可能なわけやな。さらに、相手が速度で勝っていようとも盤石《ばんじゃく》の構えから落ち着いて対処することができる。

これをするために必要なのは、両足にかかる荷重を正しく理解することや。片方の足に荷重、重心が偏りすぎれば一瞬でこの技術は使えなくなる。

右足に重心が寄りすぎれば左足の蹴り足は重く、引き付けは鈍くなってしまうんや。両足の荷重は均等が理想、もしくは蹴り足引き付け足側にほんの僅かな荷重がかかってる状態。

足首のアキレス腱《けん》と両足指の強さによる瞬発力、それに支えられる引き付け足の技術。

さらには、この技術を可能とする両足荷重の掛け方の妙技！

それこそが、こいつの強さの秘密!!

「ふん！」

こいつがどんな状況でも引き付け足により対応するならば、ワイはどんな体勢でも両手両足の母指球を利用した技にて対応する！

頭を極端に後ろへ傾けると、喉があった場所をリュウファの突きが通り過ぎる。

無論、このままだと軌道変化した剣にて切り裂かれる。だから、このままさらに後ろへ倒れ込むように体勢を崩す。リュウファは冷静に、ワイの足を蹴ろうとしているのが視界の端に見えた。

すね蹴り、骨の硬い部分に靴の硬いつま先で蹴る技。単純な喧嘩《けんか》技《わざ》やが、リュウファが使えば足を折ることも可能。だからこそ、そう来ると分かっていたんや、最適な対応ならば、ワイとてそうする。

なので頭の上へ急激に剣を振り上げ、地面を突く。その反動で一気に体を起こした。同時に蹴られようとした足を後ろに引き、すね蹴りを躱《かわ》す。

「しぃっ！」

リュウファの口から息が漏れる。すね蹴りで出した足を基準に、そこで構えを取った。

超至近距離。互いの呼吸音が聞こえるほどの接近戦。

――ムカつくが、ここはミコトの技を参考にさせてもらう。

ぬるり、と伸びた手が、リュウファの二の腕を掴《つか》む。この動きは予想外だったのか、リュウファの目が驚愕《きょうがく》に見開かれた。

普段はこんなことせぇへんのやがな！　技もへったくれもない力でリュウファを引っ張り、もう片方の腕の肘でリュウファの顔面を打ち抜くっ。

「ぶっ⁉」

まさかここで、単純な力技に来るとは思っていなかったリュウファが、割られた額から血を流しつつ仰《の》け反《ぞ》る。ムカつくが、時として策略も技の組み立ても練度も関係ない、勢いと無理やり押し通す暴力が有効な時もあるんやなっ。

が、なんとワイの体勢が膝から崩れる。

「あ？」

思わず視線が下に向く。そこにあったのはヒリュウがやっていた、至近距離で使える膝を使った崩し。相手の膝の外側から自身の膝を押す、単純な動作。

しかし、まさかここでこんな技を、リュウファが使うとは‼

「ふん」

ブン、とリュウファの剣がワイの顔面を通り過ぎる。鼻に感じた、熱い痛み。

咄嗟《とっさ》に下がりつつ、鼻に触れる。真ん中辺りでズキリと痛みが。指には血が付いていた。

危なかった、と気づいて冷や汗が流れる。リュウファへの肘打ちが額に命中し、流血させてなかったら……両断されていたのは間違いない。

リュウファもリュウファで額に触れ、血が流れていることを確認した。ばっくりと割れた額からは血が流れ続けている。

と、ここでリュウファの後ろからヒリュウが吹っ飛んできた。なんとか着地しながら体勢を整え、ワイの隣に立つ。

胸元を押さえるヒリュウの鎧《よろい》のそこには、大きなへこみがあった。

逆にあちら側を見ると、ミコトが体中に細かい切り傷を負っていた。頬には大きな切り傷。随所随所で効果的な攻撃をしていたんやろな、ヒリュウは。

「ミコト、大丈夫か」

「『俺』もずいぶんと傷を負ってるじゃないですか。あなたがそんなに血を流してるとこ、初めて見たぞ」

「あぁ……ヒリュウも、クウガも、予想外に強くなっていた。お前はどうだ？」

リュウファの問いかけに、ミコトは頬の傷を指でなぞって答える。

「ヒリュウは厄介でしたよ。どんなに力押しをしてもあなた同様崩れないし、体勢万全で対応される。最後はクウガの真似をして、相手の防御の芯をずらしてこっちの攻撃の芯をぶつけてみました。なかなか、効果的だ」

「俺もだ。クウガは強い。俺と同等の技と速さの練度、体系の違う技術に苦戦させられる。最後はミコトの真似をしたんだろうな、意識を縫うように力押しで、これだ。上手いよ、あの暴力の使い方は。俺もヒリュウの真似をして、膝でクウガを崩して切りつけたが、受けた傷が思ったより影響して殺し損ねた」

リュウファもまた、額の傷を指でなぞった。

「ヒリュウ」

「なんだよ」

「ミコトは、どうやった」

ヒリュウは俺の問いに対して、胸元をさすった。

「あれは人間の域を超えてる。どんなに崩しても体勢は一瞬で戻るし、どんなに切りつけても平気な様子で反撃してくる。あの膂力《りょりょく》での攻撃は、間違いなく一撃必殺。だから俺はリュウファの真似をして、引き付け足を用いた構えと対応でひたすら斬った。だが、ダメだな。お前の真似をしたのか俺の剣の軸を抑え、防御の芯をずらした攻撃の芯を叩《たた》きつけられて、これだ。クウガの方はどうだ」

「リュウファも人間の域を超えとるわ。卓越した技、千変万化の対応、最適最善の攻撃と反撃で隙があらへんわ。油断したら死ぬ。死ぬような鍛錬をしたから食らいつけただけやな。ミコトの真似で単純な暴力を使ってみたが、ああいう奴にはよく効いたみたいやったな。だが、最後はお前の真似をしたんか膝での崩しで、このザマや」

ワイは切りつけられた鼻から流れる血を拭って言う。

周りではまだ、戦闘が続いている。ワイらのことなんぞ、誰も気にしてない様子で戦いを続けておるわ。戦闘音と怒号が途絶える様子はあらへん。

でも、どこか気にならなくなってる自分がおる。周りのことなんぞ、どうでもええと思えるような昂揚感《こうようかん》。

リュウファも、ミコトも、ヒリュウも、ワイも。

リュウファのような技術を、ミコトのような膂力《りょりょく》を、ヒリュウのような崩しを、ワイのような変化を。

誰もが、戦ったことのない強敵であった。

組んで戦うことのなかった相手と組み、組んで戦うことなんてなかっただろう敵と戦う。

ここにいる四人が、自身の最強の分野を用いて全力で戦っている。

ここにいる四人が、相手の最強の分野を解析して学び戦っている。

経験したことのない学び、経験したことのない死線、経験したことのない気づき。

そして、湧き上がる感情に全員が気づいていく。

「ふふ」

ミコトが血を舐《な》めつつ笑う。

「はっ」

リュウファが血を払い笑う。

「ひゅ」

ヒリュウが胸を叩《たた》いて笑う。

「へっ」

ワイは鼻を指でなぞり笑う。

四者四様。

互いの最強の力を学び、己《おのれ》の最強の技を鍛え磨くことのできた全員が。

今まで知らなかった己の底力を引き出し、全力全開万全の能力を導き出していた。

「全部引き出していけ、出し尽くしていけ」

ワイは言った。

「まだ出してないんやろぉ!!」

第壱奥義《だいいちおうぎ》、零時間《れいじかん》を発動。第弐奥義《だいにおうぎ》、壱意閃心《いちいせんしん》を起動。第参奥義《だいさんおうぎ》、弐律相反《にりつあいはん》を使用。

最後、第肆奥義《だいよんおうぎ》、参界流転《さんかいるてん》にて己の全てを出し尽くす。

全ての奥義を使ったとき、ワイの目が真っ赤に充血して心臓の鼓動が強くなる。ドクン、ドクンという鼓動が、ドン！　ドン！　という音へと変わった。

「ははははは、はぁ!!」

ワイの様子の変化を見たのか、ヒリュウも笑いながら纏魔《てんま》を最大発動、持っていた双剣は、かつて見た双大剣へと変化。漲《みなぎ》る魔力の奔流が体から溢《あふ》れ出た。

ワイらの様子を見たリュウファとミコトもまた笑う。

「これを使うの、父上と戦ったとき以来なんですけど」

ミコトは地面に大薙刀《おおなぎなた》を突き刺し、両手を組んで大きく息を吐く。肌の赤みが増していき、血管の隆起がハッキリと見えた。

「はぁ……バカどもが。俺のとっておき、使わざるを得ないだろう」

リュウファは一度目を閉じて集中。次に開いたときには目の周りに太い神経が浮き出る。

ほうら見ろ。全員が隠し弾をそのままにしてたやろうが。

おのおのが今まで見たことのない秘伝の技、自身の限界を突破させる奥義をお披露目している。さらなる興奮と昂揚感《こうようかん》、そして快楽が頭の中を駆け巡ったわ。

こいつらを超えれば、ワイはもっと強くなれるとな。

ざり、とほんの僅かに足を前に出す。全員が臨戦態勢となり、何かのきっかけがあればぶつかるだろう。じゃあワイから行くぞ――。

カツン。

「……ん？」

カツン、カツン、と。この場にそぐわない靴音が聞こえてきた。

「……なんだ……？」

よく響く音だ。まるで、大理石の床の上を硬めの靴で歩いているような、厳《おごそ》かな靴音。

ワイも、ヒリュウも、ミコトも、リュウファも。

この場で戦っていた全ての戦士、兵士たちが戦いをやめていき、不思議な音の正体を探っていく。だが、どこから聞こえてくるのかわからない。

そもそもここは土の上だし、砦《とりで》の中すら石畳か何かやぞ。こんな音が鳴るような造りじゃない。

じゃあ、どこから聞こえてきとるんや？

「吾《われ》も長く生きてきたが、最近になって驚くことが多くある」

声が聞こえてきた。少女のような声。いや、まんま少女の声やん。

だが誰が言ったのかわからん。どこから聞こえたのかわからん。

「一つは、探していた仇《かたき》を見つけたこと」

カツン、カツン。

「お父さんとお母さんを害したクソ裏切り者。あいつは絶対に許さない。あいつのせいで吾は家族を全て失った」

カツン、カツン。怒りに満ちた、圧のある声。ようやくどこから聞こえてくるのかがわかった。そして、ワイの背筋に寒気が奔《はし》る。

「もう一つは、望んでた人を見つけたこと」

カツン、カツン、カツン……足音の間隔が広がっていく。歩を進める速度が緩んだ。

今度の声は、嬉《うれ》しそうな、蕩《とろ》けそうな、喜びに満ちたもの。心の底から望んだものを見つけた、幸せなものや。

「吾《われ》は知らなかったよ。お父さんとお母さんが異界に渡った後に、吾にとっての弟を授かっていたとは。少し複雑だけど、出会えたなら話は別。可愛い可愛い、この世界で唯一の、吾の家族。吾の弟」

バッ！　と上を見上げた。

「弟を、シュリを守ってくれてありがとう。クウガ」

ワイのすぐ上に、逆さのまま立っている女の姿。

カツン、カツン、と。逆さのまま、まるで見えぬ階段を上ってくるような動作で、女が首を見上げる形にしてワイと視線を交わした。

童顔の少女。白地に金と黒の糸で刺繍《ししゅう》が施された祭服に、豪奢《ごうしゃ》な司教冠。手には黒檀《こくたん》の杖《つえ》を握っていて、一見すると権力者の服装や。

不自然なほどに下の肉体を一切外に出さないようにしとる。

純白の髪を三つ編みにまとめて足首まで伸ばしており、肌も白い。不自然なまでに白いわ。大理石のような不自然なまでの白さ。

空のような青色が、ワイの目を真っ直ぐに捉えておった。

視線が外せぬ。突如現れたこの女に、全員が動けなくなっておる。

仕方ないわ。この女は、異様な雰囲気を纏《まと》っておった。

白い肌に、真っ赤な血の色の刺青《いれずみ》を全身に……顔中を覆うほどに文字や記号、陣が刻まれておる。服の袖から見える手にまで刺青がびっしりと刻み込まれている。

白い肌と表現したけど、その肌も刺青に埋もれてほんのわずかに見えるだけやった。

「あ、アスデルシア!!」

オルトロスの叫び声が聞こえた。こいつ、こいつが「神殿」の聖人、アスデルシアか!!

かつて、ワイとガングレイブを牢屋《ろうや》にぶち込んだ、神殿の最高権力者！　以前にシュリたちと話をした、という過去以外には全く接点はないはずやぞ！

そんな奴が、なんで一人でここにおる!?

「……シュリを連れ戻しに来ましたか？」

肌を赤くして、全力開放状態のミコトが大薙刀《おおなぎなた》を手にして、アスデルシアに尋ねる。

アスデルシアの首が回った。真反対方向、人間が回せる首の可動限界を遥《はる》かに超えていた。こいつ、人間じゃない……!!

アスデルシアはミコトを観察し、周囲を観察し、視線を魚のように動かす。

左右の目がバラバラに動いて周囲を観察するその姿を見て、こんなのが宗教組織の最高権力者として君臨するのかと思うとワイはゾッとした。

そして、アスデルシアはネギシを指さす。次に、砦《とりで》の方を指さして呟《つぶや》いた。

「そこの男と、以前に弟ちゃんの傍《そば》にいたアサギという女。この場にて警戒するのは、二人だけか。……いや」

アスデルシアは思い出したようにミコトも指さした。ミコトは不快そうに顔をしかめる。

「こっちの女も、警戒案件か。ああ、忘れてた。わかりやすいのが二人いたから、わかりにくいこっちに気づくのが遅れた」

「……なんの話や？」

今度はワイが質問する。弟ちゃんだのシュリがなんだのと、わけのわからないことを言い続けていて頭が痛くなりそうや。もはやこの場において、アスデルシアが空気を支配していると言ってもいい。

アスデルシアは面倒くさそうに口を開いた。

「あぁ？　ああ……そうだねー。説明は、いるかなー？　吾《われ》はもう話すのは終わりにしたいなぁ」

「それより、逆さで話すのはやめんか。……シュリと再会したとき、感動の対面を逆さ女の印象にする気かいな」

怖い。何か口答えをするたびに、アスデルシアの青い瞳が、ワイの底の底を見透かすかのように覗《のぞ》いてくる。さっきまであった戦いの興奮など、もうここにはない。

「あ？　あぁ、あー！　そうだね、それもそうだね、興奮しすぎて忘れていたよ！　賢人魔法……いやいや、『神域封界《しんいきふうかい》』を使うのは久しぶりで、自分がどうなってるのかわかってなかったね！　いやはやいやはや、失礼！」

アスデルシアはその場で足を使って回り、地面に着地した。音もなく、手に持つ杖《つえ》の装飾が綺麗《きれい》な音を鳴らす。

誰もが口を利けなかった。ワイは、剣を片手にしながら奥義の出力を徐々に上げていく。

アスデルシアが次に起こす行動によっては――。

「あれ？　アスデルシアさん？」

そのときだった。素《す》っ頓狂《とんきょう》な声が、この場に響いた。

ワイが声のした方を見れば、そこにはシュリが。数か月前にワイが敗北したことで失い、後悔した……助けたいと願い続けた友人で仲間。

良かった。

リルは無事に、シュリをウーティンから助けたんや。助けたいと、取り戻したいと、また一緒にバカ騒ぎの日常に戻りたいと願ってここまで。

ワイの頭は一気に冷えた。すぐにアスデルシアの方を見る。

アスデルシアの頬が紅潮して、喜色満面となっていた。

「あぁ、あぁ、あああぁぁ!! やっぱり! やっぱりな! 間諜《かんちょう》から情報が届いたときには耳を疑ったけど、こうして出会って、ようやく確信した!!」

叫びながら、大声を出しながらアスデルシアはシュリの方に歩き出す。

「お母さんからずいぶんと加護を受けていたようだね、弟ちゃん! 最初に見たときは全く気づけなかった! どうやらお母さんは弟ちゃんにたくさんの防御魔法やらなんやらを重ね掛けしてたんだねぇ!」

無遠慮なまでにアスデルシアは歩き続ける。シュリを目指して歩き、その進みに迷いは一切ないようだった。

シュリはというと、あまりのアスデルシアの様子の変化に、恐ろしくなって足が動かなくなってしまったらしい。その場から逃げようにも、足が震えて動けていない。

怯《おび》えたシュリを見ても、アスデルシアは意に介した様子はない。

「だから吾《われ》も気づかず、この世界の魔力で体が変化するのを防げていたんだ! なんでかその加護が剥《は》ぎ取られたから、吾はようやくわかった! 弟ちゃんはお母さんの息子だ! 吾の弟だ! 残り香のような吾に似た気配とお母さんとお父さんの面影を残す顔だ! どうやらお母さんは弟ちゃんからお母さんの因子を、肉体能力や魔法の素質やらを全部剥ぎ取って人間として産み育てたんだね、正解だよ! 弟ちゃんは人間として幸せになってほしい! 吾もそう思う!」

「お、弟、ちゃん⁇　まさか、本当に、アスデルシアさんは」

困惑するシュリ、周囲も混乱してる、何もできないし動けない。突如としてこの場に現れた混沌《こんとん》……アスデルシアによって、すっかり戦う気力を削《そ》がれちまってたんや。

「やめてよアスデルシアなんて！　それは吾の偽名なんだから！　今度からはお姉ちゃんと呼んでほしいな呼んでほしいな！　ほら、呼んでみてよ弟ちゃん！」

「お、お姉ちゃんっ」

「ああ‼　弟ちゃん、改めて始めまして！　吾が君のお姉ちゃんだ！　ほら、見てよ！」

アスデルシアが袖をまくる。そこに現れたのは、腐り落ちて体液が滴《したた》る腕。

あまりの異様な光景と異臭に、ワイはしかめっ面をした。この匂い、戦場に放置された死体のような臭いやぞ！　なんやあれ⁉

だが、不思議なことが起こった。腐り落ちていた肉が唐突に治っていく。その下に現れた白磁の肌と、不気味な刺青《いれずみ》。

さらに刺青が、焼き消えていく細い草木のように、薄れて消えていったんや。徐々に徐々に、腐っていた肉が元通りに。

アスデルシアは豪華な祭服を脱ぎ、なんと公衆の面前で裸同然の姿となる。質の良い布で作られた肌着と下着のみの姿。どうやらあの服は、腐って垂れる体液を内側に留めておくための仕掛けが施されておったらしい。

脱ぎ捨てられた服を見て、妙な仕掛けをしてあるとは思ったが……確かに、あんな体液をボタボタと垂らしながら立つのは嫌やろう。

で、ほぼ裸になっていたアスデルシアの全身にも刺青《いれずみ》が施されていた。もはや刻まれていないところなんてどこにもないんじゃないか？　と思うほどに執拗《しつよう》に施されておった。なのに、体中の刺青が消えていく。みるみるうちに消えていく。白磁のように美しい肌が衆目に晒《さら》され、刺青によって見えなくなっていたアスデルシアの本来の顔つきや体つきが現れる。

美しい少女だった。白い肌、白い髪、青空のような瞳、ほっそりして無駄な肉が付いていない体型。

全員がアスデルシアの美しさを前にして、呆然《ぼうぜん》として黙り込んでいた。いやらしい目で見る奴は誰もおらん。本物の崇高な美を前にすると、敬意が湧いてくるようなもの。

アスデルシアは嬉《うれ》しそうに、歓喜しながら空に向かって両手を広げて笑顔で叫んだ。

「見てよ！　この刺青、本当は吾《われ》に課した誓いだったんだよ！　自分の家族と再会するまで自分の力の大半を封印し、果たせなければ腐り死ぬ呪い！　死にたかったからね！　寿命を延ばす？　そんなものは大嘘《おおうそ》だよ大嘘!!　吾は元々、人としての寿命は超越してる！」

「あ、あすで、お姉ちゃんっ」

「ああそうだ、最初に会ったときに解《と》けなかった呪いが、今は解ける！　お母さんめ。弟ちゃんを守るためとはいえ認識阻害までこれでもかと張るのは、ハッキリ言ってやりすぎ！　吾でさえも初見では見抜けないほどの魔法を掛けるなんてさ！　まぁ理由はわかる！　弟ちゃんは弱いから、守らないとダメだから！　だから、ね」

突如として、糸が切れた操り人形のようにアスデルシアの両手がだらんと下がる。頭も背筋もだらりと曲がり、顔が見えなくなる。

沈黙。アスデルシアがどう動くかわからない。だが、ワイだけが。この場でワイだけが。

全員がアスデルシアの行動を注視しているとき、シュリの後から来た三人が広場の様子を見て困惑する。

「え、どういうこと……？」

「あれは……誰だ？」

二人はエクレスとギングス。シュリを一人で先に来させた理由はわからないが、追いついてきたってことか。二人ともこの場の異様な雰囲気から、何が起こってるのか察しようとしていた。

そして、最後の一人がシュリの隣に立つ。アスデルシアを見て、顔をしかめた。

リル、や。

「シュリ。アレは？」

「アスデルシアさん……です……。僕の姉……らしい？　です」

「リルにとってお義姉《ねえ》さんになるってこと？」

リルの発言がきっかけやった。

アスデルシアの様子が明らかに変わった。喜びではなく、困惑の体《てい》だ。

「お、お、弟ちゃん？　と、と、隣の女の子は、なに？　お義姉さんて、なに？」

「えと、その……」

「ああ、もういい。わかったわかった」

ずん。

「どうやら、吾《われ》が守る対象は二人のようだねっ」

場の空気が、一瞬で圧縮されたような錯覚。

「ふむ、守るためには、そうだな」

濃密で凝縮された、人が出して良い限界を超えた気配。

「この場における、弟ちゃんと弟ちゃんの恋人ちゃん以外を」

――殺意!!

「殺せばいいか」

動けたのは、四人。

ワイと、ヒリュウと、ミコトと、リュウファ。

一時的にだが、共闘する。なぜか？　決まってる。

共闘しなければ、戦わなければ。

全員がアスデルシアに殺されるからや!!

「では、アスデルシア改め」

アスデルシアが、おどけるように手を広げた。

「シアン・『フィフス』・アプラーダ。東緑藍《あずまリュイラン》が、行くよ」

最初に、アスデルシア、ではなく……リュイランの後頭部へとミコトの大薙刀《おおなぎなた》の刃が迫る。左薙ぎで放たれたそれは、先ほどまでの一撃とは明らかに風切り音が違う。速く、重く、鋭い斬撃。このままいけば、リュイランのこめかみから頭を上下半分に分けるはずやった。

それをリュイランは……上げた腕でそのまま受けた。ゴン！　と鋼が肉を打つ音が響く。

そうだ。鋼が肉を打つ音だ。ちょうど、肉叩《にくたた》きで思いっきり生肉を叩くような音。

あんな巨大な刃物を人体に切りつけたときに聞こえるような音じゃないぞ!!

「っは!?」

ミコトですら、これには驚きを隠せなかった。普通だったら鋼も岩も切って砕くような一撃のはずが、切ることすらできなかった。いや、切ることすら、どころやないぞ。吹き飛ばすことも、骨を折ることも、打撃で重傷を与えることもできておらん!!

「いったーい」

くるり、とリュイランは振り向いた。

「凄《すご》いねぇ。久しぶりに痛いって感じた」

「!!」

ミコトが大薙刀《おおなぎなた》を引く。が、リュイランが大薙刀を掴《つか》んだ。

「でも、力ばっかりだと大変だよね。こんな風に」

大薙刀を引こうとしたミコトが、唐突に尻餅《しりもち》をついた。ストン、と。その場におとなしく座るように。

「……は？」

「それと、これ。返しておくね」

リュイランが手首を僅かに引き寄せると、ミコトの手から大薙刀がすっぽ抜ける。手首の返しだけで、ミコトから武器を奪ったんか!?　さらに手首を振ったしなりを使って大薙刀をミコトの眉間に投げ返す。

大型武器を手首の力だけで奪い、手首の力だけで投げ返す。石突きで眉間を打ち抜かれたミコトが、後頭部から地面に倒れた。まだ意識があるらしく立ち上がろうとするが、脳が揺れているのか、立ち上がろうとしても不可能な様子だった。

ニコニコするリュイランの右側より、ヒリュウとワイが同時に襲いかかる。

切りつけても傷を負わせられないなら、せめて押さえ込んで制圧するしかないっ。言葉を交わさずとも、ワイら二人は同時に行動していた。

「しぃっ」

ヒリュウを追い抜き、ワイはリュイランの足首へ太刀筋を走らせる。すね斬りにて、足を掬《すく》う！　回りの風景は遅く見え、ワイの動きだけは速く見える。「零時間《れいじかん》」の効力は続いておるわ。

空我流《くうがりゅう》奥義……これらは簡単に言うと、体が持っている力を引き出す業《わざ》や。

零時間は脳の力を引き出して強制的に走馬灯《そうまとう》状態を作り出して反応速度を上げる。

壱意閃心《いちいせんしん》は肺活量を無理やり上げて心臓の鼓動を強くする。

弐律相反《にりつあいはん》は非常時の馬鹿力を引き出しつつも脱力の深さを極める。

参界流転《さんかいるてん》はこれら三つの重ね掛けを行う業なんや。

だが、当たり前やがこれらの業は体に酷《ひど》い負担を掛ける。使用後にはそれぞれ頭痛、体力低下、筋肉痛と関節痛を引き起こす。時間と業の深度に気を付ければ負担は軽くなるが、少なくとも二日は続く。

だが、ワイは後の痛みを全く気にすることなく、全力で奥義を使っとるんや。

そうしなければ、ワイらは殺される!!

「痛《い》って!!」

思った通り、ワイの一太刀はリュイランの足首を切り飛ばすことはできなんだ。

仕方あらへん、ミコトですらリュイランの肌を切ることはできんかったんや。ワイの細腕では無理っ。奥義を使おうが不可能や。

ていうか、こいつの体は何でできとるねん！　まるで水が詰まった、表面すら斬れない頑丈な革袋に切りつけたような感覚。肌へと攻撃したのは間違いないけど、刃物が通る感触が全く感じられん!!

しかし、や。こいつはミコトの攻撃を「痛い」と評した。刃物としての攻撃は通用せずとも金属の鈍器としての攻撃は通用するっ。

だからワイは、体勢を崩すことと鈍器で殴られれば痛い脛《すね》を狙った!!　この意図を察してくれたヒリュウは、リュイランの肩口と肘……骨部分へ剣を叩《たた》きつける！

ごんっ、と鈍い音が鳴る。やはり斬れなかった、とヒリュウは顔をしかめたが、すぐに切り替えおった。脛、肩口、肘と続けざまに痛覚が集中している箇所への攻撃。

「ぐぅ」

リュイランに致命傷は与えられてはいない。だが、体勢は崩したぞ！

脇の下から胸の前に左腕を通し、左足でリュイランの軸足となっている右足を払って倒すヒリュウ。勢いよくリュイランが仰向《あおむ》けに倒れた。

「おお？」

リュイランは驚くが、その顔は終始楽しそうやな！　その余裕、どこまで続くか。

倒れたリュイランの頭側で、リュウファが剣を両手逆手持ちにして突き降ろす姿勢を取っておった。

リュイランの目に、明らかな余裕のなさが浮かんだ。

「斬っても斬れない。だが、さすがに目玉を突けば脳みそを破壊して殺せるだろ？」

「わぁ。リュウファくん、久しぶりに会ったけど容赦なくなったね。昔のリュウファくんと比べても、強くなった」

「……」

リュウファは構わず、思いっきり剣を突き降ろす！　殺せるか、それとも行動不能にできるかわからんが、その一撃に懸ける!!

なのに、その場からリュイランの姿が消えた。

「なにっ」

ワイの目からも、ヒリュウの目からもリュイランの姿は突如として消えたような錯覚。

リュウファだけが、その先へ視線を向ける。前方の地面、ワイもそっちを見た。

こいつ、リュイランは！　この聖人は、人外《じんがい》は！　倒れたままなのに手首で地面を引っ掻《か》く動作だけで、足側の方へ一気に体を移動させたんや！

地面にはリュイランが地面を滑った跡があった。あの一瞬でこの移動か⁉

「強いね、四人とも」

体を返して、地面を滑る勢いを利用して立ち上がるリュイラン。

「そうか。シュリが言っていたのは、こういうことだったのかな」

だが、その顔から笑みが消えた。

「これだけ強くなったのなら、いつか戦乱が終わったときに人間は大陸の外へ行こうとする。そして、外からの脅威に立ち向かうだろう。それだけの力を持ってる。『敵』に一矢《いっし》報《むく》いる可能性もあるかな……と認めよう。でも」

「吾《われ》にはもう関係ない」

リュイランの拳が、固く握りしめられる。

ギリギリギリッ！　という肉が締まる音がこっちにまで聞こえてきよる。

「弟を見つけ、弟は恋人を見つけた。もう、シュリをお前らのような傭兵団《ようへいだん》には任せない。戦いの場には出さない。戦争に巻き込ませない。お前たちは」

リュイランが、踏ん張った。

「愛《いと》しい家族を戦争に引きずり出す、吾にとって明らかな『敵』だ」

来るっ。ワイとヒリュウとリュウファは同時に身構える。動けるように腰を落とし、膝を軽く曲げて対応する姿勢や。

リュイランは消えた。

最初に体をくの字に曲げて吹っ飛んだのは、ワイや。

悲鳴も、声も、上げる暇がなかった。咄嗟《とっさ》に腹に腕を挟んで防いだものの、重ねた腕の上に来ていた左腕が折れてしまっていた。

かろうじて剣を握る右腕を咄嗟に庇《かば》う形で受けたために右腕は無事やが、それでも右腕が動かへんっ。重度打撲、剣を落とさないようにするだけで精いっぱいやった！

ヒリュウたちの方を見ると、ヒリュウは肩口を殴られて骨折して壁に叩《たた》きつけられ、リュウファは顔面をぶん殴られて地面に叩きつけられていた。

ヒリュウも、リュウファも、最後にミコトも、とうとう気絶。

ワイは立ち上がろうとするが、吹っ飛ばされて地面を転がったときに脳が揺れ、平衡《へいこう》感覚が狂ってしまったらしい。腕も足も震えが止まらんっ。

場が静寂に包まれる中、リュイランがこっちを見て驚いた顔をしておった。

「……えっ!?　吾の攻撃に防御が間に合ったの!?　意外だなぁ……」

ワイに近づいてきながら、リュイランは首を傾げていた。

「君はただの人間で、この場では最も警戒の必要はないって思ってたんだけど……意外過ぎる、君は何者？　一番弱いと思ってたのに、一番痛い攻撃だったのが君だったし」

痛みが酷《ひど》い、左腕が動かん。だが、ようやく立つことができそうやっ。以前のような、リュウファの一撃で気絶してもうたような不覚は、避けたみたいやな。

膝が震えるまま立ち上がり、右腕一本で剣を構えてリュイランに突きつけるワイ。

「まさか……いや、違う。君は違う。間違いない、吾《われ》の目は誤魔化せない」

何を言っておるのかわからんが……それでもワイがやることは変わらん。

もう奥義は使えない。もうすぐ反動が来る。それでも、一矢《いっし》報《むく》いる必要があるっ。

「シュリは、今度こそ、ワイが守る……連れて、行かせへん、ぞ……もう、ワイは……負けたりは、せん……」

口が震える。舌が回らない。だが、言うべきことは言ってやらんとあかん。もうワイは、負けたりはせぇへん。負けてたまるものかよっ。

ワイの姿を見て、リュイランが優しく微笑《ほほえ》んだ。

「そうか。やっとわかった。君は間違いなく人間だ。この場にいる誰よりも、ちゃんとした人間なんだ。認めよう、君は強いよ。素晴らしい、人間の輝きと美しさを持ってる」

「シュリは……連れて、行かせへん……ぞ」

「大丈夫」

リュイランが、ワイの首に両腕を回すようにして抱きついてくる。

「今度は吾もシュリを守るから。君の意思を尊重しよう」

「お前……！」

「今は休みなさい」

優しい言葉が、ワイの耳に届く。

「目覚めたら、再会を喜ぶといいよ。吾は人間には優しいんだ。君のような人間には、特に」

首筋に感じた僅かな衝撃を最後に、ワイの意識は途絶えた。

〈『傭兵団の料理番18』へつづく〉

ヒーロー文庫

傭兵団《ようへいだん》の料《りょう》理《り》番《ばん》 17

川《かわ》井《い》 昂《こう》

2023年12月10日　第1刷発行

発行者　廣島順二

発行所　株式会社イマジカインフォス
〒101-0052 東京都千代田区神田小川町 3-3
電話／03-6273-7850（編集）

発売元　株式会社主婦の友社
〒141-0021
東京都品川区上大崎 3-1-1 目黒セントラルスクエア
電話／049-259-1236（販売）

印刷所　大日本印刷株式会社

ISBN 978-4-07-456674-7